捡漏一箩筐

钱五一 著

文匯出版社

图书在版编目（CIP）数据

捡漏一箩筐 / 钱五一著. -- 上海：文汇出版社，
2021.10（2024.1重印）
 ISBN 978-7-5496-3653-2

Ⅰ.①捡… Ⅱ.①钱… Ⅲ.①散文集—中国—当代
Ⅳ.①I267

中国版本图书馆CIP数据核字（2021）第197696号

捡漏一箩筐

作　　者 / 钱五一
责任编辑 / 乐渭琦
绘　　画 / 王贵良
装帧设计 / 张　晋

出 版 人 / 周伯军

出版发行 / 文匯出版社
　　　　　　上海市威海路755号
　　　　　　（邮政编码200041）
经　　销 / 全国新华书店
照　　排 / 上海歆乐文化传播有限公司
印刷装订 / 永清县晔盛亚胶印有限公司
版　　次 / 2021年10月第1版
印　　次 / 2024年1月第2次印刷
开　　本 / 890×1240　1/32
字　　数 / 180千字
印　　张 / 8.125

书　　号 / ISBN 978-7-5496-3653-2
定　　价 / 38.00元

目 录

写在前面的话 　　　　　　　　　　　　　001

流浪的房屋 　　　　　　　　　　　　　001

捡漏一箩筐 　　　　　　　　　　　　　006

串串串 　　　　　　　　　　　　　　　021

为美买单 　　　　　　　　　　　　　　026

叫花子桥 　　　　　　　　　　　　　　035

关于鼻烟壶研究的重大突破 　　　　　　038

极简风格的古玩赏析 　　　　　　　　　040

梁子湖 　　　　　　　　　　　　　　　044

永远的文学青年——记周华元先生 　　　049

我要一只白头翁 　　　　　　　　　　　052

良师益友 　　　　　　　　　　　　　　057

逗号	*073*
萨陶祭	*076*
救命的一道小菜	*079*
夜行车	*087*
我忘记了那些树	*093*
爬	*100*
师傅	*103*
玉蘑菇	*110*
八破图	*114*
杀签子	*118*
石破天惊的一杯茶	*121*
美人肩	*123*
镇纸	*125*

红花	*128*
养正书屋	*135*
德年制（非虚构小说）	*140*
竹雕鉴赏及辨伪	*148*
汉口的古琴	*154*
说砚	*160*
枇杷熟了	*165*
2020年3月19日	*169*
河豚	*175*
古玩惊魂录	*183*
我的责任编辑（代后记）	*247*

写在前面的话

老家的侧巷尽头有口井,小小的井口,套着个两尺高的麻石圈,有如一截枯干的老树桩,井圈往下却扩展成葫芦的样子,无数青砖重叠衔接,垒成一圈高深的圆墙,围住了一潭清水。小的时候我几乎每天都去打水,一手牵条麻绳,另一手把木桶丢进井圈,听到嗵的一响,就抖一下绳子,让木桶倾倒入水,再把绳子固定在井沿的凹槽里,两手交替用力,一尺尺地把木桶拉出井。不论旱涝,那水的味道一直很好。

写这些短文,长达多年,时断时续,除了三四篇在网络贴出一些时又自删外，余下的从没想过投寄哪个杂志发表，就那么写一篇攒一篇，纯粹是自娱自乐。但每当打开电脑，不时觉得我还在打水，一桶桶地把那些往事从记忆的深井里提出。

原先的想法是把这些零散文字结集出版，主要内容是古代艺术品收藏及其审美，其中的稀奇古怪，不亚于当今流行的段子或者笑话，如果再搭配相关图片，这不是个坏的选择，也不枉我多少年的留恋。但到了今天，在新冠病毒的威胁下，想法日渐改变，最后决定把那些图片统统删除，全部用文字来表达，在原稿基础上又新写了多篇，都是些陈年旧事，与艺术品鉴赏毫不相干，几近一半。为何用这类文章替代图片？它们与古玩无关，与收藏却关系重大，是个人，都离不开收藏，脑子里储存的一个温暖闪回，价值何止于千金？把它们组合在一起，合适。

回想很苦，有时又快乐得让人泪流满面。过去的事、过去的人、过去的东西，我知道我写得再努力，即便哭着喊着却再也回不到从前，过去的，已经永远过去了，一切过失都不可能得到修补，一切美好的瞬间也不会以当时的样子重现，但这种记忆的倒叙回放，也可称其为一种承接，至少可让人知道时光的珍贵。如果有哪位读者有缘看到这些文字，能得到一瞬间的感触，这就给了我最好的回报。

早年看过一段高论："过眼即是拥有"，不以为然，如果听信，饿了，到餐馆去瞄一眼就能管饱，到银行去看着别人数钱就能腰缠万贯，岂不是等于画饼充饥？于是不停地以占有为乐，到如今观念变化，人生短暂，再走老路，过多地寻找物的刺激，不是个好主意，身外之物，有几件喜欢的看看就可以，占有欲太强，难免会忽略一些更重要的东西，譬如清新的空气、好的身体、健康的食物、和睦的家庭、喜欢的工作，你在乎他、他也在乎你而不是仅仅依靠利益而存在的人际关系。

每当拿起笔，我总觉得自己还是那个提桶打水的野小子，还是爬在树上，渴望自己变成一只鸟哪怕是麻雀在空中飞，还是赤着双脚在长江边狂奔，脚板把沙滩踩得啪啪作响，泥沙水花飞溅，落得满头满脸，两腿被芦苇划出一道道伤痕，心里却没有一丝忧伤。

把好的人好的事好的景珍藏在心里，写在纸上，超过了物的收藏。再不写，那些往事，就跟老家的那口老井一样，早已不知去向。

流浪的房屋

在盘山路疾驰的车子放慢车速，天地开朗，眼前出现了一个平缓的山谷。如果车子化为一只鸟，一飞冲天，高高盘旋，当能看到大别山的余脉，像波浪那样向南推动，渐进渐衰，似乎即将化为平原，突然又拼尽余力掀起一个浪峰完成最后的绝唱。那浪峰便是一座山，山名木兰。

那是2015年初春的一天，我们站在木兰山下，惊讶地打量着一个小山谷。

大片的砖墙布瓦、飞檐斗拱落入眼帘，居然有几十幢老房子深藏在这个山谷里，顺坡而立，酷似一座古代的小型城镇，但道路包括草木都似乎经过精心打理，有几分公园的模样，毫无世俗人烟气息。目光扫到一块刚才错过的门牌，赶紧过去看一眼，那牌子上明明白白写着"明清建筑博物馆"。

信步走进一幢老屋，隐约涌起几分亲切感，就像扑进一个久违的怀抱，虽然是鄂地古建筑，但与我小时候居住的江南宅院相仿，大宅坐北朝南，不过青石门槛方向并非面向正南，而是直指门前道路。走进大门，传统的三进院落，踏着前人踩损的青砖地穿过两口天井，天光时黑时白。堂屋里，粗壮的顶梁柱已开裂如大小龟背云集，一排酷似老家的落地长窗落入眼帘，忽然胸腔间涌上几分酸楚。

或许，这就是当今被说滥了但还不得不继续说的乡愁。

乡愁到底是什么？

是牛背上泥巴孩子的牧笛？是老墓上的狗尾草？是横梁上衔泥垒窝的燕子？是水塘边挥着棒槌的大嫂？是老鼠出没的柴房里飘出的米酒香？还是撑着无数把小伞信天游的蒲公英？

千人有千种乡愁的解读，最珍贵的记忆无疑是人和人创造的建筑。

多年来，因工作的原因，我拍摄过无数老房子，印象最深的是距离武汉车程三个多小时的一个村庄。该村离河道近在咫尺，历代村民就地取材，用千年洪水打造的鹅卵石铺路、筑堤、建围墙、造房子，顽石也足以安居，因而村民视其为珍宝，将家园命名为宝石村，这名字起得真好。

村子十分古老，时见高大的风火墙，老宅连接着老宅。信步走进一条几十米长的卵石通道，一侧的鹅卵石堆积成墙，高过人头，仰面朝天扫视，石墙的上头老屋林立。一幢大宅的门洞两边，白墙上对称地镶嵌着大块的长方形砖雕，精美的飞鸟走兽等吉祥图案虽无残破，但已尘埃满面、蛛网缠绕。卵石小路上，青的绿的瓷片静静地躺在荒草中闪光，弯腰拾取几片看看，居然是明代龙泉。走走停停，眼前空无一人，村子安静得可怕，爬满青苔的卵石间壅塞着阴冷的味道，一个又一个门口的野草疯长，高达门楣。一把铁锁悬在一扇开裂的老木门上，早已锈蚀失形，仍在耐心地等待主人。村子里听不见鸡鸣狗叫，远远忽然传来一阵喘息，声声惊心，循声寻找，转了几个弯，在一间老屋里找到一个弯腰驼背的太婆，太婆已年近九十，垂手坐在门槛上，显得瘦弱不堪，但那双操劳多年的手却大如蒲扇，粗壮异常。

"这是一个即将死亡的村庄，如果人气回升，不知该有多美。"两年后，我将这段见闻告诉了凤凰卫视的阮先生。阮先生当即表示：拍摄一部长篇纪录片，就用镜头如实将这样的村庄记录下来。两人当即商定了拍摄计划，遗憾的是至今仍未成行，而阮先生已不幸作古。人生苦短，很多想做的事情依然停留在想的状态。

金窝银窝比不上自己家的狗窝，农耕千年的中国人始终爱屋如命，但时至今日，多少人为图生计却不得不抛家离舍扑向陌生的城市，无数古老的村庄或被人遗弃，或濒临死亡，或逃不脱抓斗车的任性狂暴。

多年前，大量老房子的部件就在市场上流浪，那些精雕细刻的梁柱、石墩、石鼓、斗拱、牛腿、雀替、花板、门窗、匾额、楹联等当年可都是某乡某村某家鹤立鸡群的标志或形象工程的一部分，如今给肢解成七零八碎，颠沛流离，就那么随随便便地摆在地摊上任人挑选，再也回不了自己的老家。

人，不能生活在过去，但可以收藏并欣赏过去的美丽。

那些老房子残剩的精华早已成为当代很多家庭装修的最爱，雀替牛腿类，直接安装在门框上，花板类多半镶嵌在电视背景墙，石墩石鼓类一般进入茶舍，或放电磁炉，或充当茶座，老青砖一面磨平则可当砚台。原先古人捣药捣蒜的小石臼则成为栽花栽观赏石的最佳选择。我有一位朋友放着沙发不躺靠椅不坐，长期坐在青石门槛上看书。那套用重金购买的石门就直接安放在他家的书房门口，我也曾在那门槛上坐过多回，抚摸着历经数百年的青石，自然会联想到小时候在类似的门槛上做作业、掷铜板。

现代化艰难推进的同时无疑会抛弃很多老东西，必须承认，某些旧货老物甚至包括部分所谓的古建筑并非都有收藏价值，如果它确实妨碍城市的发展以及大众的生活，扬弃并不足惜，让人心疼的是那些美丽又凝重的老房子接踵坍塌，而一些又丑又怪的建筑却在野蛮生长。过去的一年里，在路过老租界某个大院门口时，我总目不斜视，我害怕看到那房子，在那里我曾拍摄过无数镜头，那原本典雅颇具民国范儿的红墙上，木制窗框已荡然无存，只剩下一个个黑黢黢的方形墙洞，如同剔除了瞳孔的眼窝，凝视着喧嚣的都市。

到了今年三月，再次路过那里，意外地发现门口已被封闭，拆迁人员也已撤离，守门的师傅告诉我：不让拆了，说是要复原。明明白白，我看到了希望。

据说，老房子的私下交易已成为一种热门买卖，我认识的一个熟人已在打老房子的主意了，是买一幢老屋搬到城里来还是留在原地，至今举棋不定。据报载，有位香港影星把内地买的老房子捐了一套给海外而引起口水一地。显然，这些偶发的个人行为对于挽救大批的老房子来说实在是杯水车薪，微不足道。

一只鸟飞进老屋，蹦蹦跳跳，寻觅片刻，不知去向，顿时想起一个传说，多年与人相依相偎的老房子必将产生精灵，它会如同主人一样呵护房屋，就像黄金梅利号的船精那样，临终前还希望再陪伴主人出一次海。那鸟，可是当年某幢老房子精灵的一缕游魂？

这些辗转千里的老房子是幸运的，列入了国家博物馆的花名册，将长久安居在这葱翠的木兰山谷里向世人展示它残存的美丽，但脱离了当年孕育它的地气人脉，这些不完整的躯壳，又能否安放乡愁？

附记：

此文完成六年后，无意中在报纸上看到宝石村入选第七批中国历史文化名村，甚感欣慰。是宝石，总会闪光的。

2021.7.31

捡漏一箩筐

一

下班路上，在公交车站遇到小李，此人是汉口的老古玩商之一，面孔瘦削，眼睛明亮，他最出名的不是卖古玩，而是喝起酒来不要命，人家过早用热干面配蛋酒，他过早是用白酒来就热干面，绰号猴子。他一把抓住我的手说：叫了你两次都不看，是看不起我，还是看不起我的东西？

我说：你的东西我肯定要看，但这些时忙，等我有了空再看。

小李：站住！看五秒钟你就走人。

我无奈，只能点头。

小李从包里取出一件铜器。

这是只蛤蟆，铜的，只有三条腿，还支起了一个大肚子，咧开了大嘴对我傻笑着。那嘴巴咧得也太大了点，把耳朵都挤不见了，不知它看见了啥，笑成那样。

我也笑了。

这家伙傻得实在太可爱了，换用现在的话来说，这叫作萌。

能把它做得这么傻这么可爱的人可不傻，那是个绝顶聪明人。

舞台上的白痴，能不能去精神病院请个白痴来出演？不能，必须找个最好的演员才能胜任。

问价。

贵得出奇。

谁让我笑了呢？

喜形于色，溢于言表，这是收藏的大忌，不少朋友劝我要沉稳，要欲擒故纵，要大智若愚，可恨我到了这把年纪也劣性难改，心里藏不住事，有点什么都明明白白挂在脸上，结果让人一眼看穿。

于是明摆在眼前的"漏"不翼而飞，变成一笑千金。

回家后，我把那只铜蛤蟆放在案头。

我认为它是只明朝的笔洗，那大肥肚子里，至少能装两斤水。

它不改初衷，依然咧开大嘴对我傻笑。

我不时对它回报以笑。

能让自己每天笑一下的东西，这世界上并不多。

这千金一笑，值。

萌的造型，在古代艺术品中并不罕见。我见过萌的瑞兽、萌的竹雕、萌的造像，还有一些光素无纹的古代瓷器，我觉得也很萌。

个性化的作品，才会让人从现实生活中寻找到似曾相识的地方，才会产生共鸣。

几年后，中山舰博物馆王馆长转到我家来，一眼看见了那只蛤蟆，也笑了笑，说：这只蛤蟆和我那儿的蛤蟆长得一样，中山舰出水时，它就在驾驶室里。这是清早期的，它上头还缺一个盖子。

我：什么样的盖子？

王馆长：这是只熏炉，它上头的盖子是个刘海，刘海戏金蟾啊。

二

听说，杨师傅买过一件真正的元青花。

这跟一泡尿有关。莫奇怪，就是尿。

那还是在 1990 年的冬天，杨师傅孤身一人去北方寻宝，饿了，啃几个随身带的馍，渴了，就敲开老乡家的门讨口水喝。累成了流浪狗，却还是一无所获。

杨师傅决定犒劳一下自己，那天夜里，他来到一个偏僻的郊区，住进一家小旅馆，买来羊肉、花生、啤酒，一瓶瓶地往自己嘴里灌，喝着喝着，他就睡着了，半夜醒来，膀胱胀成了球，即将爆炸，于是他迷迷瞪瞪出了门，钻进一个墙角，解开裤腰带就哗哗哗地往外拉。

尿水冲刷着老墙，冲刷着墙根的残砖碎瓦和坛坛罐罐，大概拉了一半，脑子清醒了几分，杨师傅一眼看见尿水在一个坛子上画出了花纹，俯身看去，醉眼蒙眬中，这是青花啊！

青花为什么在这里出现？他感觉自己在做梦，越想越奇怪，于是他集中尿力向那个坛子扫射，尿水刷尽了坛子上的尘埃，一只画着鳜鱼的青花罐出现了。杨师傅两眼放光，用双手捧起那只散发出强烈味道的青花罐，不由得发出一声感叹：苍天不负有心人，千辛万苦终有成。

他捡了个大漏。

据说，这个异味刺鼻的罐子是真正的元青花，给他卖了 N 万。

这件事流传甚广，激励了很多元青花崇拜者，引发了花样寻宝的新高潮。

杨师傅国字脸，眼睛大而明亮，说话中气十足，这段经历从他嘴里说出来，具备一个故事构成的全部要素，即情节曲折，首尾圆合，细节精彩，结果是无人不信。

我曾听过一回，当然深信不疑。

时至今日，我觉得这是个故事。

依据：他如今收藏的东西，都没有他本人的年龄大。

三

周末上午十点，我和林先生坐在小池的古玩店里，有一句没一句地聊天，似乎没有让人兴奋的话题出现。过了一会儿，一位西装革履的先生走进门，把一只锦盒放在桌子上，说：小池，我刚从国外拍卖会回来，拍了件东西，可能捡了个漏，请各位看看。

锦盒盖被打开了，出现一只画着花卉的粉彩瓶子，底部写着大清雍正年制的青花款。

小池拿起瓶子：多少银子？

穿西服的先生：不便宜，但跟国内的比，这是个大漏。

他的话千真万确，这类瓶子如是真的，放在国内拍，至少三百万元。

小池点点头：造型蛮漂亮，彩头也好，但这件东西路份高，我眼力够不上，看不懂。

穿西服的先生：说真话，我不怕。

小池犹豫了一下：可能，到民国了。

穿西服的先生激动起来：只到民国？还只是可能？你看这粉彩，跟清早期有区别吗？一个娘生的。林先生，你看看。

林先生：民国精品现在也贵得要命，这盒子，老外做得可真好，你闻闻，一点胶水的怪味都没有，这市场上的锦盒，一打开就冒甲醛味。

穿西服的先生把目光投向我。

当时我正在发微信，这位先生，我不认识。

几天后，无意中碰到小池，他一把拉住我：还记得那只瓶子吗？粉彩的。

我：记得。

小池：他缠了我一晚上，每隔一刻钟打一次电话来，吵得我老婆小孩都睡不成，他先说那瓶子肯定进清了，我说到不了，他又说老外不会骗人，最少是民国。争过来争过去，粗话都出了口，只差撕脸了，最后他要抱着瓶子打出租车过来跟我一起研究，我吓坏了，只能说，你认定是民国那就是民国，这才罢休。唉，要是我早说那瓶子到唐朝到汉朝就好了。

我：汉唐没有粉彩吧？可能，他要的就是个安慰。

小池：不，他要的是捡漏发财。其实国外的拍场，现在也没什么漏可捡，我早就听说，一些人把地雷埋到国外去了。这叫想捡漏的，却被漏捡了。

我无言。

当年的我，听了太多的捡漏故事，谁谁谁一两块银元买了只鸡缸杯换了多少套房子，谁谁谁四五十块买了件宣德官窑卖了多少钱，只见人家吃肉，不见人家挨打，于是照着葫芦画瓢，最后的结果不说也罢。

四

八点都过了，周边的摊子都分别开了张，扫码的，递票子的，讨价还价的，一出出买卖小戏不时上演，可李师傅从六点守到现在，分文未得，连个问价的都没有。

李师傅看看自己的摊子，感到奇怪：人家摆的，主要是珠串、高古玉、明清官民窑，都是大开门的新东西，而他的塑料布上则摆着一二十只老碗老壶，虽然全品的没几只，但都是真正的老货旧物，样子也不差。莫非现在的人口味变了，逛地摊买古玩也喜新厌旧？

一双双脚从他面前掠过，但没哪双脚在他摊前停留，李师傅站起身,让隔壁的老张帮忙照看一下他的摊子,随后他穿过逛摊的人群,到市场外头的小吃店买了碗热干面,就那么端在手上回到自己摊前。

热干面分量给得很足,把一只斗笠状的黑碗堆满还冒尖,顶部覆盖着厚厚一层芝麻酱,间杂着葱花和萝卜丁,香味扑鼻,李师傅随便用筷子搅了搅就开吃,他饿狠了,不到十分钟就把碗吃成底朝天。

当然,他吃面期间,依然无人看货问价,吃完了也同样如此。

天上无云,阳光很毒,李师傅忘了带伞,不一会儿背部就汗湿了,看人要先擦眼皮上的汗,不过他仍不想收摊回家,头回来他卖了二百多块,今天他不信自己颗粒无收。

一排脚忽然移到他眼前,至少有三人,只是略略扫了一眼抬腿就走,可有个穿西服的先生过去又过来,眼睛炯炯发亮,似乎发现了什么,他一把抓起一只碗,掂了掂,放在耳边,用指头轻轻敲了敲,然后掏出一把足有半尺长的筒形放大镜看起来,先看碗沿,再看碗底。大约看了五分钟,他开口问话:碗什么价?

额头上的汗又沁入眼睛,李师傅捋了一把汗,茫然地:什么碗?

穿西服的先生把手一伸:就这只。

李师傅盯着那只黑碗,沉吟片刻,嘴里吐出两个字:八十。

穿西服的先生掏出一张红票子:别找了,以后再收到什么好东西,给我留着。

李师傅点点头,接过钱。

那伙人带着那只黑碗配锦盒去了。

满脑门子官司的李师傅又守了半小时,再不见客人光顾,他收好摊子,走进一家他熟悉的古玩店。

小强迎上前:开张了?

李师傅:开了,卖了一只碗。

小强:有好碗也不先给我看看。

李师傅愁眉苦脸地：可那只碗是装热干面的，我才吃完，就顺手放在摊边上。

小强：就门口那家馆子的热干面？装在一只黑碗里？

李师傅：对。我还欠馆子一只碗钱。

小强：噢，那就是三五块钱的事。那碗我天天用，黑的，糙，蛮像宋代建窑，碗边再沾点芝麻酱，太阳一晒干，跟老的没什么两样。下周我进一批来摆摊。哈哈哈。他可能以为自己捡了个大漏。

正在喝茶的老刘大笑起来：有本事！卖了一只热干面碗。卖古玩，李师傅排名第一。

小强：差不多。去年，有个顾客在我店里挑了半天，把我喝水的杯子买走了。那杯子，我超市买来还不到三天，李师傅卖面碗，吃完就卖，比我厉害。

老王：人家都是冲着捡漏来的，莫奇怪，几年前，我在店里卖了一块抹布。

李师傅：抹布你就是盯着看一百年也不像古玩啊，谁有那么好的眼力？我不信。

老王：一般抹布长得确实不像古玩，可我那块抹布有些年头了，也够脏，搭在一个树兜子上至少有两年，跟谁学谁，定了型，风化了，结果样子变得很奇怪，有个逛店的老兄以为它是个树疙瘩或者假山，就出一百块买走了。

小店里又笑声如雷。

小强：干脆来弄一个排行榜，评比评比，到古玩市场来买抹布的、买茶杯的、买热干面碗的，看看还有什么稀奇的，前三名，发奖。

听着一浪高过一浪的笑声，李师傅的眉眼舒展开了，腰杆子也挺得直直的，忽然觉得自己很有点了不起。他提起包往门口走去，他要把卖面碗的一百块还给店老板。他得到了这只碗的快乐，想起来就会笑，够本了。

五

上世纪九十年代的一天，当时的我，作为一个即将成名的赝品收藏家，站在一个古玩商的家门口，心情激动，期待着一件宝贝的出现。

开门的是刘氏兄弟的老大，听说这兄弟几个长年累月在外头跑，行话叫铲地皮的，铲来东西因付不起门面租金就放在地摊上卖，或者卖给古玩店老板。

刘老大不说话，对我点点头，就从口袋里掏出一件东西。

这是个印章，白白的，润得像块猪油，个头也不算小，印钮是个瑞兽，雕得很好看。

问价。

六百。

我：什么材料？

刘老大：白芙蓉，是个老的，我查过了，这边款上有个姓名，是清早期的一个画家。

其实我根本看不懂，但只要人家说老的我就很高兴。关键是我能否信任他。

刘老大补上一句：为了这件，我把人家一地烂货都买了，在这儿。

我想了一会儿才明白，这个印肯定混在一堆东西中，只买张三不买李四和王二麻子，人家容易产生怀疑而报出高价，于是，刘老大一枪打了。

这也叫捡漏。

这种捡漏，与眼力、审美能力和社会经验关系重大，一般人学不会。

我买下了那枚印章，收藏到今天，尽管它不值几个钱。

六

午睡醒来，接到老陈电话，说邱先生捡了个大漏，邀我们去他家看看东西喝喝茶。老陈聪明，直爽，眼力老辣，是我的半个师傅，平时他没少教我。他的吩咐，我必须照办，何况，他要我去的，不是一般人家。

据说，在本地收藏界，邱先生是个真正的实力派，眼力一流，家藏宝贝无数，但为人低调朴实，从不在外头显摆。他的藏品，我只见过三分之一，那是一块挂在腰带上的玉佩，在裤兜上方半遮半掩，那白玉上点缀的一块朱砂沁，红如一滴血。

一小时后，我坐在邱先生家的官帽椅上环顾左右，两侧排满了开放式书柜，视线可以直达那些瓷的铜的玉的古玩，真假我看不懂，但样子都很古朴。邱先生跟他的藏品一样儒雅，戴副眼镜，随便穿件汗衫，显得格外亲切，他给客人分别递上茶，说：先喝口熟普吧，我这儿东西多，喝完茶再慢慢看。

端起杯，顺眼看见了那个茶台，这是一块老的门板，又宽又长，布满了深深浅浅的裂缝，中间还挂着两个铜铸的兽头辅首，似乎刚从哪个老宅搬来。一侧摆着只青玉炉，三足顶着一个圆砣，旁衬白石池，菖蒲满满一大盆，青翠悦目。两支线香被插在一截盘曲似卧龙的树根上，冒出一丝丝青烟。

老陈抚摸着茶台说：一块板子，超过我的一房。你看这铁梨木的老门板，这么又大又完整的可不好找，拿来当茶台正好。石盆也漂亮，最晚到明朝，玉炉到汉啦，香插也是老红木的。

邱先生慢声细语地：别慌着下结论，看看，再看看。

老陈取出放大镜，仔细看了看那个香插，又把鼻子凑近它闻了闻：噢，你看我这眼睛，白长的，这是黄花梨啊。这种文房小件最讨人喜欢，肯定不便宜。

邱先生：进价五十，噢，不，好像是五块，贵不贵？

老陈：五块钱不等于白送吗？人家肯定把它当作一个烂树根，邱先生找东西，就像老鹰抓小鸡。

邱先生拿起那个青玉炉：这个炉子，和田的，市面上卖个三五万不算贵吧？我进，三百。

老陈又惊叹一声：至少能换个十来万。

我觉得老陈的赞美过于夸张，像演喜剧那样，一惊一乍的，但此时此刻，我只能默默听讲。

邱先生：我的东西，看起来都能参加拍卖，其实进价都不贵。搞收藏，最好玩的就是捡漏，不是拼钱赌富。以小博大，以弱胜强，这才是正道。

老陈直点头：我现在是两分靠看八分靠猜，结果买来东西不但贵得要命还是个假的，以后邱先生多带带我们。下回我带点香烛带个猪头什么来拜师。

邱先生笑了：有空就一起玩吧。你们稍等。

见邱先生走进内室，老陈压低嗓门对我说：这一屋子的东西，百分之九十以上是假的。

我一惊：不会吧？这个茶台，再怎么看也不像新的。

老陈：就这块门板是老的，石盆有十几岁，辅首、炉子、香插都是新的。

我：可你说香插是黄花梨的。

老陈：不说黄花梨他会饶过我吗？

我：那你为什么还带我来？

老陈：见识见识嘛，你不是也想捡漏吗？先参观学习一下，看看人家是怎么捡漏的。等着，他的大漏就要上场了。

果然，邱先生搬着一只大锦盒过来了，他揭开盒盖，小心翼翼地把盒中物摆在八仙桌的中央。

我顿时睁大了眼。

老陈先挺直腰背，两眼放光，然后慢慢站起身来。

桌子上，摆着一件黑中泛黄的雕塑，大约两尺高，我一时认不出材质，不知是金属的还是陶瓷的，但形象生动风趣，可爱得像个大玩具，似曾相识，脑海里忽然浮出一本杂志的封面，那可是一件国宝啊！大名鼎鼎的，就摆在我的面前。

老陈绕案走了两圈：不得了！这种级别的你也能搞到手，厉害！不便宜吧？

邱先生：不便宜，花了我一千。

老陈面色泛红，喘气渐渐急促，显然心跳加快。他又围桌绕了一圈，把雕塑前后左右仔细看了一会儿，说：邱先生，你好东西多，我忙死累活找一万件不如你轻轻松松找一件，这件就让给我玩吧，我出五千。

邱先生：刚刚到手，清洁还没来得及做，你看这上头脏死了，让我玩几天再说。

老陈又吐出八字：再翻个倍，我出一万。

邱先生动心了：真要的话现在就拿走，免得让我看久了舍不得。

老陈二话不说，从包里取出一叠钱来拍在桌上，然后把雕塑装进盒，抱起就走。

出了门，下了楼，老陈招停一辆出租车，一小时后，我换坐在老陈家的客厅里。老陈放下锦盒，放声大笑：邱先生捡了个小漏，我从他手里捡了个大漏。

我：你不是说他捡漏捡的都是新货，一再警告我，你自己怎么忘了？

老陈：这种东西，故宫的专家瞄一眼都会动心，别说我。机会难得啊！你看这造型，比书上印的那件还漂亮，这风化痕迹，纯粹天然。你等着，我去洗洗，把这些脏东西洗掉再看，感觉会更好。

老陈抱起那件雕塑，像抱个刚出生的儿子那样，进了洗手间。

我在客厅里等了刻把钟，不见老陈出门，心想邱先生捡了个小漏，老陈从他那儿捡了个大漏，如果我加点钱把这个大漏买过来，会是个多大的漏呢？

又过了半小时，还是不见老陈人影。

我喝了一下午的茶，坐不住了，走到洗手间门口，把头探进门。

门内无人，老陈不知去向，地上墙上布满了脏兮兮的水痕，我把头凑近拖把池。

池底，堆着一摊烂泥巴。

那件东西呢？

泥巴的形状十分可疑，隐约可见雕塑的痕迹。

莫非老陈把它洗化了？

我弯腰捡起一块，那是雕塑上的半只耳朵。

七

七点不到，阿罗就提个蛇皮袋，站在胡老师的家门口。

阿罗卖过鱼，当然大多不是他卖，他就蹲在鱼摊边上，操一把木柄粗长的快刀，把顾客买下的鱼撩倒在木墩上刮鳞去鳃开膛破肚，后来他觉得鱼老板太抠门，炒了老板，转行去当了保安，过几天他又嫌这个新行当就是站在马路沿子上吃灰，干脆当了电麻木，即骑着电驴，带着乘客在巷子里乱窜，直到有一天，胡先生坐上了他车子的后座，两人一起摔得头破血流，一起在医院住了三天。

胡先生是个收藏家，属于名气很大的那一类。

于是这个本来装鱼的蛇皮袋就用来装古玩。

几分钟后，阿罗把蛇皮袋拎进了胡家客厅：这回我跑了三个乡，脚趾头都跑肿了两个，你看。

胡先生：莫把你的臭脚提起来让我鉴定，站好。赚钱哪有不辛苦的？东西呢？

阿罗从袋里取出一只瓶子，将其端放在桌上，还没开腔胡先生就先说了：有进步，比上回那件好多了，好。

阿罗的脸顿时像花儿开放：那胡先生估估价，这件能卖多少钱？

胡先生：一百。

阿罗一惊：才一百？这是老的吗？

胡先生：老，普，卖不出价。你花了多少钱？

阿罗：七十。

胡先生：净挣三十，不错，你捡了个小漏。

阿罗：可我连吃带喝外加路费，花了六百。

胡先生：但上回你提件新的来，亏得连本都保不住。所以我得表扬你：进步很大！别垮着个脸，我带了你两三年，不说怎样鉴定新老，那些靠一件东西翻本的事，我给你讲了多少？

一瞬间，那些捡漏发财的故事，就像走马灯那样在阿罗脑子里飞转。如果要他讲一遍，那至少得一千零一夜。

胡先生：再说个新鲜的，那个老马，也是我带出来的，亏得连裤衩都恨不得卖了，可人家勤快啊，只要我一开鉴定课，他一节不落，结果这回捡了个大漏，就在外地地摊上找到一只影青洗，头模、三鱼，开门老的一眼货，手头还没捂热就卖了几万。

阿罗两眼放光，每当听到这些捡漏故事，他就觉得特别励志。

胡先生：硬买，家里有矿的也会买成穷光蛋，古玩，玩的就是眼力、胆量，还有机遇，并非砸钱取胜。再下点功夫，去找件好点的回来，卖个好价，你前头亏的、这回亏的，不都扳回来了？

阿罗是挺着胸膛走出胡先生家门的，可走到马路边上却愁肠满腹：亲戚朋友都借过七七八八了，连他的电话都不接，这翻本的钱上哪儿找去？

走到菜场门口，嘴皮子上叼支烟的鱼老板远远站在那儿，看见他，眼睛里就像撞进一条臭鱼，叭的一声，一口白痰带着半支烟被他啐到地上。阿罗面如死灰，掉头走了。

老婆正在午睡，侧着身子，半身搭着被子，睡衣的肩头已绽口见肉。阿罗溜到床前看着妻子，心里一阵阵发酸，暗暗发誓赚了钱要给老婆多买几件新衣裳。他轻轻打开床头柜门，从中掏出老婆的钱包，那钱包很大，一张张的一块钱毛票叠得平平整整，夹层里躺着几张红票子，这是老婆挑着担子卖青菜萝卜挣来的钱，阿罗心里充满了犯罪感，最终还是抽出那几张红票，让钱包重归原位，溜出门。

两天后，阿罗终于凑够了路费和捡漏的钱，再次出发找宝。这回他去的城市每到周末地摊就排得长龙见头不见尾。转了两天，阿罗突然在摊子上看到一块红彩，晚霞那样绚丽，还衬着月白的底色，"纵有家财万贯，不如钧瓷一片"，阿罗顿时想起那句历经千年仍让人心口怦怦跳的名言。他掏出手机，偷偷拍了几张照片，然后发给胡先生。牢牢盯着屏幕一刻钟后，胡先生回话了，只有一个字：好。于是阿罗趁热打铁，赶快写好借条，向一个他熟悉的外地朋友借了钱，买下了那只钧窑大碗。

教室里传出掌声，响亮，持久，显然胡先生授课即将完毕，当阿罗走进教室时，胡先生的课后鉴定已经开始，阿罗排到队伍后面，当前头几个或狂笑或眼角含泪的藏宝人离开胡先生后，阿罗走到铺着绒布的鉴定桌前，把那只碗放到胡先生面前。

胡先生很忙，一边接电话一边看那只碗，而一个捧着只大罐子站在阿罗身后的家伙不时上前试图插队。阿罗把背脊当盾牌左抵右挡，终于等到胡先生放下电话。

胡先生看了那碗三秒，嘴里冒出两个字：不老。

阿罗：不老？我给你发了照片，你回话说好。

胡先生：你迎难而上，越挫越勇，我能对你的奋斗精神视而不见？但古玩鉴定不能光看图片，图片代替不了面对面的实物鉴定，这方面内容我讲了两堂课，噢，那两堂课你都缺席。

车流滚滚的主道上，阿罗一脚高一脚低，歪歪倒倒，活像喝得太多的。但如今的司机都精得出奇，不是绕道而行就是对他按喇叭。一个交警快步往他走来，阿罗醒了，翻过栏杆，用力一抬手，那只蛇皮袋，装着那只寄托他无数梦想的大碗，在空中划出一道弧线，准确地栽进垃圾箱。

一条鱼，足有五斤以上的胖头鱼，悠闲地在水池中游动，可老板娘连伸几次手都落空，只落得一身水。这时阿罗上前，一探手就捉住了鱼，一转身就把那鱼在柱子上敲晕，闲着的另一手伸进熟悉的地方抽出那把熟悉的长柄毛刀，只听得铮铮一阵响，刀过之处，片甲不留，去鳃他也只用了两刀，即用刀角一顿略带旋转一挑，鱼头就干干净净。

叼着半支烟的鱼老板过来了，冷冷看着他，这回他没往地上吐口水，只是吐出一句话：都说天上不会掉馅饼，我说会，天天掉，但砸不到你头上。有几多铁，打几多钉，心里要有点逼数。

阿罗连连点头。他抓起一条水管，对着砧板、毛刀冲洗，不一会儿，哗哗的水柱便把他的工具冲得干干净净。弯腰拿刀时他发现了一个奇怪的花纹，酷似鬼脸，就嵌在毛刀的木柄上，而用来当砧板的那个老木墩上似乎也有几个鬼脸若隐若现。他提起刀，平持，在老砧板上刮出一层碎末，然后把脸紧紧贴近它，猛吸一口气，冲进鼻腔的有腥味、血味、霉味，还混杂着一种淡淡的香味。

是的，这味道属于黄花梨。只有寸长寸金的黄花梨，才会散发出这种香味。

串 串 串

时尚就是风，往西又向东。好像是一夜之间，那些闪亮了多少年的大金链子、金手环几乎在街头失去了光彩，替代的是珠串，不信你看看低头一族，有多少只套着串串的手在手机屏幕上滑动？更多的珠串爱好者出现在周末地摊上，男的女的，穷的富的，几乎人手一串，左手右手两串三串的不稀奇，最多的从腕部往上整条手臂都套满珠珠串串，佩戴者一走动，南红、绿松、水晶等玉材摩擦撞击，叮叮当当，就像个花花绿绿的移动货架。于是很多古玩商开始改行卖串串，至少一半以上的地摊珠串堆积。本人曾亲眼见一位商贩随意倾倒一只大麻袋，顿时大堆珠子从袋口倾泻而出，那声音，切切错错，真正的大珠小珠落玉盘啊。捡起一颗看看，居然是千年神物天珠，那风化纹、喇叭孔，比真的还像真的，堪与某功夫影星脖子上挂的那颗媲美。

别以为珠串是现代人的新宠，其实它的出现可追溯到人类的起源，周口店人类遗址中就出土过染色石珠，此后的仰韶文化、河姆渡文化、夏家店、良渚文化遗迹中也出土了大量珠子，它们标志着至高无上的等级、权力和财富，到后来又从神圣神秘往世俗演变发展，变成普通人图吉利保平安的装饰品。

问了一下价格，一串椰蒂圆珠最少千元，正宗小叶紫檀的要千元以上，海黄老料的手串竟高达数万元，一点不便宜，按眼下行情，用这钱来买古董也可以找件像样东西了，至少可找根真老的珠串，为何老的不玩玩新的？想了几天才明白，人家爱玩什么由不得你，别自命风雅了，那些被称为古董的离烟火尘世还很遥远，它们身价昂贵，大多身世扑朔迷离，真假难辨，巴掌那么大一件，一百张嘴有一百种说法。而现存的串串无论新老，它相对古玩的廉价，它单纯的美丽，它提供的多样选择，它的实用性及亲和力，尤其对人体肌肤的亲密接触，确实难以让人抗拒。新老杂陈的珠串是一根红线，无疑会让一些有缘人爱上更具文化内涵的古代艺术品。

  珠串的材料五花八门，好像只要能用台机床车成小圆球的材料就可以往身上挂，一般可分为木质和玉石两大类，佩戴者以木质类居多。戴什么？怎么戴？我以为只管随心所欲，需要警惕的是三类，一类是黄花梨、紫檀等传统名木制作的手串，此类串串的单颗珠子直径多半在1.5厘米上下，指头那么小，就是请个老木匠或者木器收藏家来也难断其材质，于是一些奸商就用便宜的硬杂木来冒充黄紫，什么花梨、血檀、黄檀一属被广泛应用，让你被人家卖了还在跟三朋五友炫什么鬼脸、对眼、牛毛纹。另一类是用氢氟酸腐蚀过的串串，即染色、染灰皮、染虫眼的仿古类珠串，化工材料对人体的危害无须我赘言。譬如湖北出产的绿松石，绿得实在让人喜欢，但摆在地摊上的多半是染色的，只消戴上半年，那份葱翠欲滴的绿便会变成脏兮兮的灰白。

  还有一类是以动物骨头制作的所谓灵骨类珠串，这些材料是否经过杀毒除菌处理，恐怕只有天知道。此外把一串尸骨挂在身上，去约会，去上班，还须佩戴者拥有强大的心理承受能力。唐代大儒韩愈的评说"枯朽之骨，凶秽之馀"，显然是符合当代卫生要求的。另外所谓的星月或金刚菩提子近些年颇受人追捧，但由于新料白碴碴的极难上色，市面上常出现一些金光灿烂的，看起来，很像经久多年形成的包浆，其实那是商贩使用了染发剂，或者放进油锅炸出来的，还有用机械滚筒加工的，你如果喜欢也只管买回去，那是真

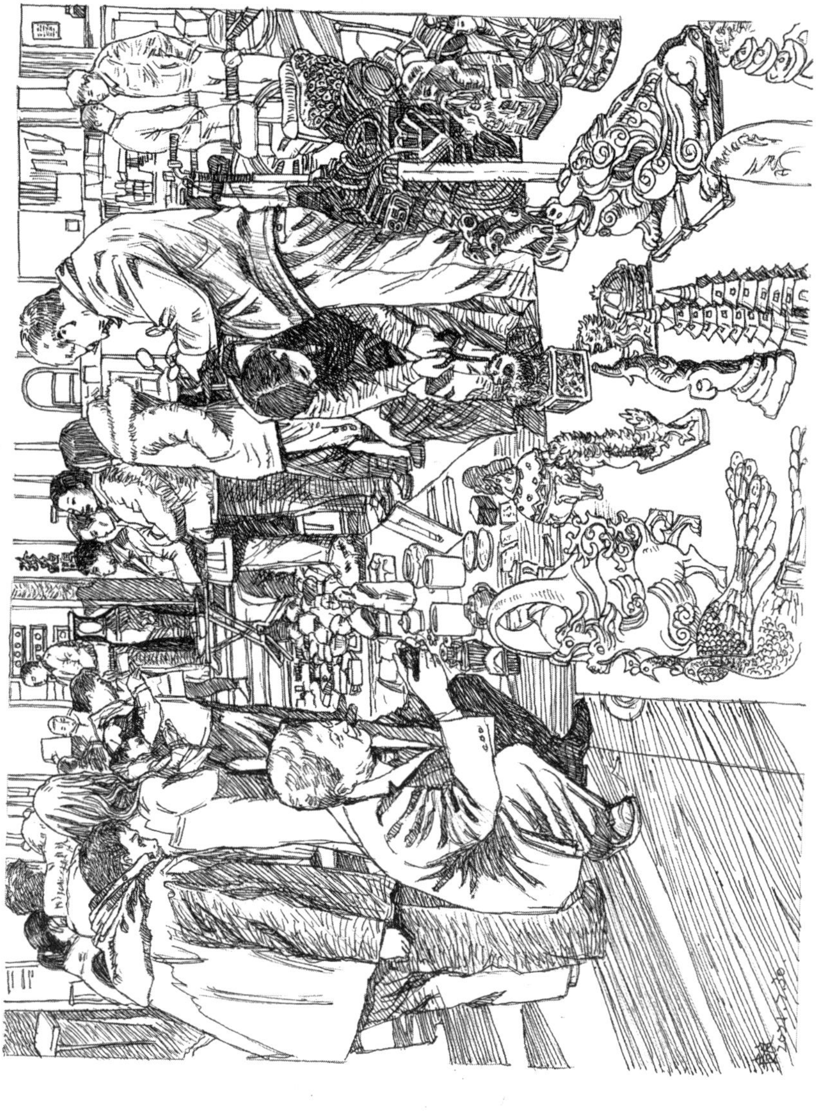

正的色香味俱全，什么时候无菜下酒时不妨嚼几颗试试。

常来常往的好友中也有人佩戴珠串了，率先的是桂先生，从他皮带上解下的那条多宝串就让人眼前一亮，旋纹环是汉以前的，翠莲蓬是晚清的，玛瑙路路通和几个白玉环都是开门老，最大的看点是一颗清中期的龟钮印，又白又润，龟首翘得挺拔刚健，每一颗都是小精品，再配上老的金质小动物以土豪的力量提气亮色，于是这条多宝串名副其实。

多年的收藏，我有意无意间也积累了一些小玉件，其中有蝉、鼠、鸟、乌龟等小动物，印象深的是一只和田玉小蜜蜂，白、润，雕得很精彩，买来才三块钱，比当今的一斤白菜还便宜。在家搜寻几天，找到了一大盒，可惜的是小蜜蜂不见了。藏品中最多的是和田，最缺红绿黄之类的彩珠，尤其老金饰，一件没有，但我始终坚定认为多宝串的主角应该是和田，不管三七二十一，串了再说。

串串的过程是快乐的，就像小时候搭积木，大配小，方配圆，红配绿，要达到形色的协调，无非是串了拆，拆了串，多串几回总会找到看起来还舒服的搭配，遗憾的是我穿绳手艺太差，抱着一本《绳艺》看几天也没一点长进。小刘介绍了江东一位名叫阿C的师傅，说他串得好，串串中融会了古玩精神，我去请他串过一回，只见他后蓄短辫，每根发丝像电脑画出的那样整齐洁净，两腿开合与肩并全，眼神专注而明亮，一手持珠，一手拽动皮绳，那拽的手势既优雅又有力量，我觉得，他本身就是多宝串的一部分。

这真是：

一根细线，串起唐宋元明清，赤橙黄绿蓝凝聚，金银铜铁锡会合，东南西北中随行，看阴晴圆缺，听风生水起，再不单人独舞，几多逍遥。

补记：

才过去了三年，大概串串的市场已接近饱和状态，地摊的主角换成了高古玉，各大博物馆的珍品名器就那么随随便便地平躺在水泥地上，等着你选购，瓷杂占比不到三成，想当年，瓷器可是地摊的绝对主角，大概地摊的主人也不太好意思卖大清乾隆年制了。逛地摊的也有了变化，年轻人似乎变少了，爹爹婆婆变多了，我亲眼看着一个爹爹花六十元买了两件，一件汉代的勒子、一个唐代的戴板，然后一手拿一件，使劲往自己的脸上蹭。

回想当年，我很佩服古玉仿制者的敬业精神，尽管他们的产品样式有限，颜色染得也不够好，也没有在机器工的基础上添上手工，但他们使用的材料至少有百分之七十以上是新疆和田玉，大的单件如山子的最高价格一般不会过千，如果1990年前后下个狠心，把那些宽大肥厚的籽料玉件买下来，放到现在，请人修改一下或者重做，或许你就发了财。

和田玉的套路实在是太深了，若按2013年的标准，新疆和田玉、俄料、青海料、韩料均属和田玉，听说还有一些地方玉，什么河磨玉、罗甸玉、黑青料等也都属和田玉，这让一些新疆和田玉的爱好者无可适从，如何识别玉种，在此三言两语说不清楚，我只记得一句话：

如果你买到真古玉，百分之九十五以上是新疆和田玉，如果你买新玉，那肯定不是新疆和田玉。

如今的地摊上和很多古玩店，不会出现真正的新疆和田玉。

为 美 买 单

收藏多年，面对一件件似是而非的古玩，始终免不了被两个问题困扰：

一、它是真的吗？

二、它能否长期摆放在我的书房里？

没有疑问，真是前提。真，换句行话，就是老的，一件古玩，如果不老，失真，那它就不是古玩，它可能只是一件伪装成古玩的东西，它打扮成那个样子的唯一目的就是骗钱。如果结论相反，则符合历史的真实，就找回了它应有的价值和尊严。一件所谓的古代艺术品，一旦被鉴真辨伪，就调动了你相关的知识储备，也许你还调动了眼力好的师友，甚至动用了物理或化学检测。这个求真的过程，也就是审美的过程，不论结果如何，你都得到了一种快乐。

求真很难吗？当然难，想想中外历史上那些因求真而掉了脑袋的故事，在此不多嘴，只说古玩行。

古玩鉴定的能力，其实与收藏者的身份、职务没有关系。一个写了几十本书的教授不见得就胜过一个摆地摊的小贩。我认识的几位堪称大师级别的收藏家，论学历，不一定小学毕业，但眼力好得惊人。东西过手多了，再看点靠谱的正版书，多到博物馆去转转看看，必然水到渠成。

有的时候，甚至不需要你找师傅，哪怕你是白丁一个，只要你具备一些最基本的逻辑推理，也能判断一件东西的真假，譬如网传孙悟空的墓已被发掘,有人就求购孙悟空的金箍棒,据说还有人秘藏西门庆的扇子,你信吗?

这不是笑话,在我身边,屡见不鲜。

本市有个收藏家,十年间,他在同一个古玩商手里买了三件金缕玉衣,头一件,二十二万,第二件,不到十万,第三件,两千。

只要用脚趾头想一想:两千元?盗墓贼买工具买相关材料够不够?不用说还得付出风险代价,被抓后蹲上一二十年大牢是逃不了的。

这无须拜师求教,只消一般常识就能让你通关。

真正的古代艺术品,它是过去的东西,年纪最小的也是你爷爷的爷爷,人老珠黄,物是人非,何况古玩。它们,都蕴藏着各自的时代特点,都经历过时间的磨炼,多少年空气或土壤中微量元素的侵蚀,无数双手的使用、把玩,不知其经历过多少富贵和苦难,因而气场强大。它的型、色都有所变化,对富有经验的人来说,隔着一米之外,都可以一眼看穿。

第一眼尤其重要,有了第一眼,才可能延续到第二眼第三眼。

这是一个从宏观到微观的审视过程。不必埋怨一些专家对时间的吝啬,一条臭鱼,用不着把它从头吃到尾才能认定它是一条臭鱼。

细节,太重要了,但它决定不了古玩鉴定的成败。过多地沉迷于细节,容易一叶障目,忽略大的方向。当年我就因为迷信细节,结果成为一个赝品收藏家。

早年,拼装货流行,即用一件带有官窑款识的老底镶嵌在另一件新器身上复窑,新老组合,看起来天衣无缝,你能根据这到代的白底黑字判断它是真品吗?走进一些野鸡博物馆,只消扫一眼你就会觉得自己走进了卡通片场,类似米老鼠、机器猫的造型比比皆是,你还有必要认真观摩?不笑我算你狠。

我认识的一位古玉收藏家,经常给人展示一些刀工微痕的高清图片,特别强调这根弧线是用若干短直线衔接而成,是典型手工特征,从而证明这是块古玉。此君一贯高冷矜持,素来无人点破,直到某日一位嘴贱的朋友脱口而出:明明这是块韩料,民国以前,有韩料的手把件吗?

当然,你是绝对说服不了他的。

赝品收藏家都极为自信,常常欢聚一堂,各自炫耀着比自己儿子孙子年龄还小的古玩,迷失在国宝的五光十色中,源动力是一夜暴富的幻想。

只求真品的藏家多半很孤独,但不会寂寞,因为他和他的藏品有太多的话要说。

千万别混迹于两个圈子,否则你会迷失方向,猫狗不同道,马和牛也不可能谈情说爱。

老东西是否就具备摆在书房里的价值?我想说几句大实话:

是真品,1+1=2,它就有了准确的数学之美,但并不标志着它等同于许多收藏家认为的美丽,它只是获得了一个通行证。

时光倒溯几千年,某位披着兽皮或树叶的先民挖出一团泥巴,捏把捏把,放火上烧了烧,将其做成了一只陶罐,看起来粗糙不堪,但这是地球上第一只陶罐,此后人类烧水做饭,就有了一件实用工具,用它,就可以改生吃为熟食,用的人越多,人类的体力、智力都能得到大幅度提高,这在人类文明史上石破天惊,其重大意义可写无数篇文章。

收藏家会收藏此类陶罐吗?有,极少,虽然它的原始质朴也逗一些人喜欢,但它只是作为一件工具而存在,有用,这是它的核心价值,还没有上升到艺术层面上来。它最合适去的地方是博物馆,因为它只是件文物。人们喜欢的是古玩,是古玩就一定是文物,至少是一般文物,是文物则不一定是古玩,此乃基本常识。

本文探讨的是能否放进书房亦即家庭一角的古玩,除了求真以外,它还须具备两个重要特质:一、好玩;二、耐看。好玩解释起来很简单，这是一件古人创作的东西，无论是陈设器还是实用器，它应该内涵丰富、赏心悦目，让人时不时想看它一眼，或者上手把玩一下，否则它愧对古玩中的那个"玩"字。

耐看的解读也不复杂，它能够长期承受目光的严格审查，它绝对永远保鲜，不会随着时间的流逝而魅力衰减，让小仙女变成黄脸婆，让欣赏者变成花心汉。但不可否认，有很多外表光鲜的东西，并不经久耐看，甚至越看越烦。不过穿衣戴帽，各有所爱，我不能强求别人，只能说自己：某些真品，确实属于古玩一类，但在我眼里，并不好看。

譬如一二百年前制作的一些天价彩瓷，当年，它们都是服务于宫殿，取宠于皇帝眼球，都是用最好的工匠、最好的材料精工细作，不计成本，不惜时间，方寸之地，恨不能把天下的华彩都画上去，每一笔都力求造成近似于暴力的视觉冲击，夸张炫耀，极尽奢华，结果无不花团锦簇、烈火烹油，看起来光彩夺目，实际上大多机械刻板，好像是一个模子里倒出来的，加上脂粉堆满脸，粉墨过了头，免不了艳俗，多的是匠气。目前这类瓷器成为大拍场隆重推出的头牌花旦，拍卖价高过云霄，上亿的比比皆是。每成交一件，都会引起舆场狂欢，赞誉的声音一浪高过一浪，没人质疑过它是否真正美丽。重要依据之一，这是皇帝欣赏把玩的东西，不可置疑。两千多年的皇权崇拜，至今还潜伏在很多人心里，于是跪舔。

就我而言，我喜欢宋朝的单色釉，外型朴素简单，釉色明净如蓝天，青翠似草原，浓烈像晚霞，白润堪比七月的云彩，这些饱含自然属性的艺术品，属于最耐看的那一类。

明朝的民窑青花我也喜欢，那些看似普通的坛坛罐罐我至今仍藏有数件，一件画个放风筝小孩，一根纤细长线一笔画出，遥遥连着一只风筝和一个憨头萌脑的娃娃。另一件画十六个童子，或甩袖舞蹈，或踮脚前行，或像天使那样在空中飞翔。干净利索的寥寥数笔,就画出了古代儿童的天真烂漫。

北京古玩城的一位熟人告诉我:某年某月某日,某西方大国的总统携同一群达官贵人来城造访,许多商户无不力推明清官窑,梦想中个头彩。万没料到,这群高鼻子蓝眼睛的洋人转了一圈,就买了一堆喜字罐。

没错,就是如今堆放在不少古玩店墙角里的青花喜字罐,那上头的双喜写得很大,就是当前通行的黑体字,旁衬缠枝莲,年代最早的不过清中期,价格也便宜,品相好点的上千,差的几十元,偶有买者,那多半也是为了放茶叶。那些身份尊贵的老外肯定不差钱,看中它的原因何在?我猜只有四个字:中国符号。可以确定,在他们眼里,这些写在瓷器上的方块汉字充满了神秘和诱惑,一个字就是一幅画。

并非出自宫廷的才美丽。

并非用紫檀、象牙、犀角、黄花梨、和田玉、贵金属等材料制作的才珍贵。

只有赋予灵魂又倾注个性的艺术创造,它才可能产生真正的美。

美,是生动,是有趣,是和谐,是深邃,是表里合一的风采,是生命力的坚强和张扬,是与品读者灵魂的融合及互动,当然这一切取决于你的认知。就像长在深山里的一株杜鹃,它并不在等待谁,随你看不看,任你说丑美,它一如既往地花落花开。

再说几句雕塑:按规则,古代造像都必须严格遵守法度,要造型周整,宝相尊严。开脸、手印、花饰等一切细节都必须虔诚地按祖训执行,不敢有半点马虎,唯恐亵渎了神灵。奇怪的是有一类造像另类,我见过几尊造像,年代明朝,材质普通,可神态憨厚,甚至带点笨拙或木讷,用现代流行语来说是萌得出奇,萌得可爱。还见过一件麻石雕的魁星点斗,亮着一张笑脸,扭身抬腿,把那个书斗舞成了一条凌空飞扬的飘带。这类作品人间烟火气息浓厚,直接可与当代人心接轨。

　　再翻翻图录，吃了一惊，原来从距今遥远的商周开始，就有此类作品出现，甚至在贵为皇家礼器的青铜艺术品上也不罕见，譬如那件举世闻名的马踏飞燕，从正面看，写多少赞美诗也不为多，另一面呢？无意中看到一张图片，瞪眼咧嘴，似乎不堪重负，又像在开口大笑。还有伟大的青州造像，那一张张笑脸，凝聚了中国人的种种笑容，或含蓄如蒙娜丽莎，或明朗如冬天阳光，或憨厚如身边好人，可亲，可敬，可爱，直接走进瞻仰者的心里。

　　在封建社会严酷的管控下，依然有一些艺术家在悄悄释放他们的个性，其顽强，有如路边的野草野花，任你铲除，它总会绽放。

　　再好的艺术品，也不能与一座山一朵花媲美，艺术家所做的，不过是用最丰富的体验及其想象、最好的手艺，去概括它、模拟它，或取一角，或截取最美的那一瞬间，或东西杂陈、裁剪拼接加以提升，所谓艺术并不超越大自然，不过会使大自然更美丽，超越只是个美好愿望，追求可到永远。老祖宗推崇的天人合一，就包含着这种思想。

　　如今的精品古玩，在大拍场上已变成了一种资本游戏和赚钱的工具，小鲜肉赚钱，他就力推小鲜肉，网红脸赚钱，他就力推网红脸，只要物变钱、钱生钱，追捧者就趋之若狂，大批吹鼓手不请自来，溢美之词溢出屏幕，似乎立马就能变现的藏品最美丽，收藏的唯一目的就是为了银子。实用主义者奉行有奶就是娘，从没看到过一篇批评文章，甚至连明显的败笔都故意忘了说。几乎所有的文章都在告诉你怎么用古代的东西来赚钱。

　　于是博物馆里的游客，多半只提一个问题：这件值多少钱，哪件值多少钱，甚至有人一边嫌编钟的声音难听，一边问它值多少钱，就跟菜场里的大爷大妈讨论鸡鸭鱼肉一样。

　　钟声浩荡。

你能听懂编钟的声音吗？

我听不懂，我只会想象：当这神一样的大钟放声歌唱时，它同时也就开始了讲故事，很多，很长；如果听懂，也许它的歌声就能携带你穿越千年。

再回到老话题上来：只要想清楚你收藏的目的，你也会变成收藏家，也会得到收藏的快乐。而且不要花你很多钱，市场上普品众多、赝品云集，只要你稍有眼力，沙里淘金，总能得到一些意外收获，一只缺了口的明代青花罐，一枚老印章，一块杂木雕花板，贵吗？大多，一瓶酒钱，普通的那种。

居家之人，并非只添置必不可少的锅碗瓢盆，有意无意间，免不了会买一些看似毫无实际用场的东西，逢年过节，家人生日，买束鲜花总少不了吧？一束，稍好点的就得几百，放不了几天就会枯萎。而那些有味道的真品古玩，或置案上，或摆书架，还不用喂吃喂喝，存活的年头够长。在现代塑钢家装云集的环境中，它会变得特别，格外引人注目，生活，无疑就增加了一些文化气息和历史的厚度。如果你有缘收藏到真正的古代艺术精品，那你就收藏了那个年代伟大的民族文化结晶，它远远超过黄金，永远光芒万丈。

养心养眼，这就是古玩的实用价值。如果你再翻翻跟它有关的书，也许，你就能跟它对话，跟一个不能回话的老家伙说话有意义吗？我觉得有，至少，跟那些你讨厌的大活人对话相比，它强。何况，它本来就会说话。

它会告诉你：我出生在什么年代，当年的工匠为什么要做我。

我怎样从一团泥巴变成一件艺术品。

我胖瘦高矮的依据是什么，我身上的纹饰有什么讲究，我的主人是谁，我曾经去过什么地方，证据都若隐若现，你只管寻找。

最多的回答可能只有一句：尽管我不值几个钱，但不妨碍我的独特，你再仔细看一眼吧。

在对话中，你的焦虑就可能得到缓解和释放，你会变得心平气和，不时还会收获到小小的惊喜，至少，你会多少知道一点它的来历和秘密，甚至还会联想到许多历史人物和故事。

千万别嫌弃普品，别讨厌残器，普品和残器是通向精品收藏不可绕过的台阶，一只民国破碗超过一万件官窑赝品，讨厌一件或缺口或挂线的残器，等于讨厌一个生病的长辈。况且，你不是为取悦于他人而收藏。普品精品，各有其美，都能收获到大同小异的快乐。

就为你得到的美买单吧！

就把它当作一种消费，当作一只苹果或一张板凳，吃了用了，你不会想着还要回本还要赚钱。

如果你东西买多了，放久了，你想转让变现，或者想赚几个钱，此乃天经地义，也属国家政策许可范围，但你马上就会发现：买进来只消几分钟，卖出去恐怕要几年，还可能永远无人问津。毕竟不是柴米油盐，只求真品的收藏家永远属小众群体。

即使你马上变现了，还赚了不少钱，很可能你还时不时念着它，就像惦记一位曾经朝夕相处的老朋友。

如果你听多了那些捡漏故事，只想变现，梦想靠此来发财，我劝你不如赶紧去做点别的，骑个电动车，做个串街走巷的外卖小哥都比这强。我多次劝告过一些初涉者放弃这种幻想，每劝退一个，都会获得一种成就感。

这个圈子，水深，坑多，似乎最聪明的人最狡诈的人最傻的人都削尖脑袋往里钻，某心理学著作明确把包括古玩收藏在内的恋物癖断为轻度精神分裂症，据某权威部门统计，全国精神病患者约有1.8亿人，此圈潜伏者甚多，我一度怀疑自己是其中一员。在这样的环境中，作为一个收破烂的，我很怕自己把一个正常人带得不正常。

如果你钱够多，意志也够坚强，铁了心要当个收藏家，我也举双手赞成，一个实力雄厚的买家足以让一座中小城市的古玩行业兴旺，但我有个建议：在掏出钱包以前，不妨先掂量一下卖方。

三百六十行，古玩商属智商最高的那一类，其眼力，超过CT，其心思，比苏绣中最好的绣品还稠密，其编故事的能力，超过希区柯克，有的人说起假话来，沉着坚定，眼皮眨都不眨，说完一个谎后他毫不介意再说一万个。某些人的言行举止，让人如沐春风，但内心其深其险，超过常人的想象，揭开盖头，就是一头狼。在收藏过程中，我就见识过几位，为了获取一两百块钱的佣金，他就可以用一件赝品冒充真品，坑掉买家几十万。

当然，你也可以忍辱负重，继续与那种人斗智斗勇，你可以选择一家大型拍卖会，大多拍卖会有众多专家把关，择选严格，所推拍品不可能不靠谱，但假如你挑选了下例的拍场呢？

按程序，你会先接到一本拍卖图册。此类图录装帧印刷堪与拍品媲美，每件拍品都背衬灰色渐变纸，主光逆光搭配精湛，拍品越发显得高贵神圣、精美绝伦，文字描述之雅，赶得上东坡先生。于是你心动手痒，选中几件。时辰将到，大多是五星级酒店，当然群贤毕至，或富豪，或才俊，或贵妇，或淑女，西装革履挺拔，旗袍燕尾招摇。主持人话语节奏明快，时高时低，恰如江水一浪高过一浪。尤其是当你看中的那件宝贝闪亮登场时，自然也有许多识货人举牌争抢，你难免一时兴起，屡屡加价举牌，终于力压群雄，抱得美人归。

结果如何？好消息，一人独享的居多，坏消息总会不胫而走，总有好事佬喜欢揭穿老底让你出尽洋相：

那本图录上的东西都是根据你的口味征集的，主持人、所有举牌争抢的参拍者，包括站在门口的迎宾小姐，都是高价请来的临时演员。

你是该场拍卖会的主角之一，没有之二。

这个故事只是听来的，信不信由你，我写此文也只是为了警告自己：你得时刻准备为自己的愚蠢买单。

叫 花 子 桥

天地一色，灰黄，大片的野草渐变为一片混沌，从脚尖一直蔓延到远方，几乎找不到一点生命的迹象。突然一阵聒噪声从天而降：嘎嘎嘎，恍如两块竹板撞击，大概从田头飞来的一只喜鹊，黑翅白腹，落到光秃秃的树梢上，不知为吃还是为性在放声大叫。耳边又传来一阵捣衣声，弯腰看到一个束着红围腰的农妇、一个时起时落的棒槌，清亮的河水在静静流淌，我隐约感到春天的味道。

这是小寒后的一个星期天。一周前就约我去看桥的夏先生驱车两个多小时，把我带到黄陂乡下。直到踏上一条土路，夏先生说声到了，扫视左右，我这才发现自己正站在桥身上，时宽时窄的河床往天边延伸，很长很长，尽头是在一片灰黄中淡淡描出轮廓的大别山。

俯看这桥实在是太普通了，既无老家拱桥上精雕细刻的石柱护拦，也无拾级而上的青石台阶，就像随处可见的一条土路，横卧在冬天枯萎的田野上。桥的主要部件也不过是最寻常的石头和青砖的组合，在百年风雨的侵袭下，石材的表层多半已风化剥落。但跑到半湿半干的河床上，视角变化，一座长长的四孔桥顿时出现在眼前，模样颇有点奇特，记忆中，江南老家的拱桥多半是单孔，连接两岸的是一条优美的弧线，而这座桥四孔相衔，弧形连接着弧形，再凶猛的山洪涌到桥前，也只能乖乖地化为四股水流从桥下通过。

当地的一位朋友拿出一份有关此桥的介绍，钢笔字写满了一张

2021.7.21 夏邑

纸，大意如下：

从前，大概是明朝，有个乡绅，出门打点酱油都被村口的一条河阻挡，于是他拿出钱来，请人在河上修一座桥，谁知水情复杂、洪水凶悍，桥刚刚落成就被冲成豆腐渣，幸好他足够坚强，再拿出银子来修桥，岂料该桥仍是屡修屡垮。正当他发愁之际，不知从哪里跑来了一个叫花子，鹑衣百结的叫花子看了看地形，横躺在地，叫人就按他卧地的姿势架桥，又吩咐工匠用糯米掺石灰捣烂后黏合石材。病急乱投医的乡绅采纳了叫花子的方法，居然顺利竣工。

此时我正踩在叫花子桥的脊背上。

三百多年来，这个无名无姓的叫花子用他的身影、学识和智慧化为一座桥，默默地躺在这几乎无人知晓的荒原上。是桥，它就承担了桥的责任。当地的乡民，就通过这桥，走出了大别山，走上了大路，走向很远的地方。

我深信，这个叫花子显然不是洪七公之类的神仙人物，来无影，去无踪，指点迷津或扶危解难以后就消失了。他应该就是一个普普通通的平头百姓，衣衫褴褛、泥头土脸。脑子里突然掠过一系列画面：火车站蜂拥的民工、骑着电动车飞跑的快递员和外卖小哥，谁敢说，这些像蚂蚁一样找口饭吃的芸芸众生中，就没有藏着那样的能人奇士？

那个乡绅似乎忘了搞乡绅的形象工程，没有把该桥冠以自己的尊姓大名，于是从明末清初时，当地的百姓便将其称为叫花子桥，延续至今。几百年后，当地政府又在桥旁树立了文物保护的标志。据我所知，这大概是国内唯一以叫花子命名的桥。

关于鼻烟壶研究的重大突破

小时候恶作剧,在教室门楣上放扫帚,往邻居家门口扔西瓜皮,没有大的出息,唯有见父亲或姐姐打喷嚏将打未打之时突然怪叫一声,让他吓一跳,硬生生地把喷嚏吓回去憋得脸红脖子粗,暴跳起来追打你,这才产生几分成就感。

成人后,认了几个汉字,再不敢明目张胆地捣蛋了,开始附庸风雅收藏古玩,慢慢攒了近百只鼻烟壶,居然野心渐长,一心想为鼻烟壶著书立学,可一查资料,不由得一口气叹到脚板上,原来有些既聪明又手快的先生早已把鼻烟壶的起源、用材、造型什么都写得一清二楚,腚都朝了天,用武汉方言说是裸了。关于鼻烟壶我已无话可说,我若硬写,要么抄人家,要么说废话,不如不写。

我当然不甘心只当鼻烟壶的保管员,且藏且研究,终于有了史无前例的重大发现:

鼻烟壶的作用是什么?须知把玩、扮酷之类只是它的辅助属性,它最基本也是最重要的属性无疑是让那些塞进鼻腔的珍贵中草药刺激鼻黏膜,产生一个喷嚏,最少一个。如果没有这个喷嚏,就像挠痒挠不到痒处,性爱只有前戏,后不见来者。阿嚏!打一个酣畅淋漓的大喷嚏,就是鼻烟吸食者的终极目标。

当年的藏壶者,自然不是贩夫走卒,个个非富即贵。那年头,掌心托只好壶,绝不亚于今天开辆豪车招摇过市的车主。但鼻烟壶盛行的年代等级森严,无数道学家用种种规矩规范人的言行举止,所谓非礼勿视，非礼勿听，非礼勿言，非礼勿动。藏壶者企图获得那种快感绝非易事，试想，如果一人独处品尝鼻烟，只管把喷嚏打得震天响也跟别人毫不相干，如果两人对品，则要事先做好全盘接受对方口水鼻涕的思想准备，那情景，无疑比情侣缠绵还热烈。如果三人或更多人共享鼻烟呢？难题来了，谁来享用第一个喷嚏？是长者为先还是尊者为先？这恐怕有一些讲究。如果聚合在一起的是平起平坐之辈，自然不必顾忌，那个个涕泪横流，鼻涕与眼泪交融，飞沫和烟霾双飞，噼里啪啦的喷嚏声此起彼伏，肯定胜过春晚鞭炮，彼此是多么爽快又是多么狼狈不堪。真是越想越替古人担忧。还有，如果某位觐见皇上的大臣鼻腔还隐藏着鼻烟残余，一时忍不住打了个喷嚏，圣殿之上，岂容喷嚏咆哮？

　　一个喷嚏，其中包含细菌、病毒至少三十万个，覆盖面积不低于六平方米，一般气流速度为每小时150公里左右，即每秒41.7米，可以把飞沫瞬间喷到十米之外，几乎接近14级台风。所以鼻烟壶被淘汰出局是命中注定的事，至少它违背了现代卫生条例。

　　至于那些失去烟丝烟末的玉壶料壶瓷壶铜壶，由于它料好工精颜值高，则成为收藏家的玩物。

极简风格的古玩赏析

半年前,当那张几乎空无一物的白纸以一亿二的拍卖价成交时,一时舆论哗然,我对当代西方美术了解甚少,无力评判这种文化现象,只是盯着屏幕上那幅极简到近似于无的画作,想起武则天的无字碑,想起存世甚多的和田玉无字牌,想起中国画的留白,还有《金瓶梅》等著作里的白描、宋朝的单色釉、惜墨如金的明代窑工。从古到今,中国的极简艺术早已十分精彩。

好的艺术家,每一根线条,每个点、面、色彩,都在塑造形象,诉诸感情,表达作者对世界的态度,每一笔都不是可有可无的,都寓意深长。有的喜欢繁文缛节、重彩艳妆,如某些超现实主义画作,其精细入微,感觉可以画出DNA。有的喜欢尽可能简单,少一笔是一笔,让看官的目光快捷而轻松地穿越作者设置的绿色通道,直接到达作品的本质,让你的想象如投墨入水。作品看似简简单单,给人的想象却宽阔无边。就个人而言,我喜欢传统的极简艺术。

不用跑远,在自己家里便可选出极简风格的藏品,搜搜寻寻,找出几件大开门的傻子货,虽然不是什么名器,但具备极简的特点,试着赏析一下:

第一件是个紫檀的残件,明显是极简的相反,先让它与其他作品做个对照。此件长20厘米,宽14厘米。制作年代约为晚明至清早期,可谓烦琐艺术的代表作,层层叠叠的波浪中,游动着两只螭龙，那波浪雕得纤如发丝，环环连接着圈圈，尤具几何图案的重复美，密集有如古代公主头顶的盘发。曾想将其改为一件砚屏，找来几位手艺好的红木工匠请他们补缺，岂料均遭拒绝，原因之一是他们认为连回纹都难以克隆。雕回纹难在何处？用放大镜细察，才知那回纹并非阴刻，而是层层往上盘旋，每一个都状如螺丝。烦琐之美毋庸置疑，但它容易让人眼睛疲劳，陷入过于复杂的解读过程，忽略主题。

第二件是块和田玉，这是个带扣，准确的器名应为琵琶扣，即其外形参照了琵琶。该物长7.5厘米，最高为3厘米，全器光素无雕，只是以一根流畅的弧线构成，结果摆脱了平庸，洗尽了匠气。让人愉悦的夸张弧线加上自然天成的红黄沁烘托出一块洁白滋润的和田玉，性感十足，让人联想到最美的人体曲线，当然也可以将其看成一个剥去外壳的鸡蛋，一块即将溶化的冰激凌。作者发现这块玉材后，读玉，品玉，搞明白自己要什么，于是以少胜多，用最少的线条塑造出这块和田玉的美丽。雕刻光素之物难吗？难，超越常人想象，一位玉雕工匠告诉我：要我雕一个戒面，宁可去雕一个图案复杂的花件。

不说艺术品，试想一只老式的老鼠夹，五个部件的组合，只要减去五分之一就不能工作，极简，就是所谓"不可精简的复杂"。

但简约不是简陋，不是偷工减料，不是让人看了无聊、空虚、茫然，遵循奥卡姆的剃刀定律，用最经济的笔墨勾勒出诱导观众产生发散式思维的多种形象，也就是用最少的线条艺术激发最宽广的想象空间，这正是极简艺术的特质。

第三件是块宋砚，材为歙石，形为抄手，由于年代久远，又曾入土，隐均可见一层土沁灰皮。此砚也光素无雕，仅以几根横线竖线加一根弧线构成，但有一种静悄悄的美。让人惊讶的是那砚触手便湿，哈气成雾，这在歙砚中极为罕见。良材更须良雕，作者的选择是少雕、不雕，价值观无疑是以瘦为美，那几根均为手工刻制的线条，横得平稳，竖得刚健，弧得优雅，骨感极了，瘦削险峻又不失稳重，通体近似漆黑的颜色又恰好深化了主题，宋人的理学精神可见一斑。如果用游标卡尺测量此砚，便可得到一组有趣的数据，某些看似平齐的部位其实对称地各减一毫米，某些部分又对称地各增一毫米，仅仅是一毫米的差别，视点的细微变化，就提升了该砚的品位。在高古砚赝品猖獗横行的今天，恕我再不提供该器的细图及数据。

古人对极简艺术的追求覆盖到方方面面，如伟大的唐诗，基本上每句只有五字七字，言简意赅，随便摘两句大白话："无边落木萧萧下，不尽长江滚滚来"，让后人产生无穷感想。

最后出场的是一只明朝晚期的青花碗，碗外绘九个舞刀小人，碗心绘舞刀小人一个。小人均手持长柄大刀以金鸡独立状面世，屈指可数的几笔，便画出了婴戏的生动，画出了生命的力量，甚至让我看到了小人脚下的尘土飞扬。明朝涌现大量极简艺术的杰作，在瓷器方面尤其是民窑青花的画风悄悄挣脱礼教的束缚，饱含东方的机智、幽默，令后人五体投地，如果将其中的青花人物移植成卡通形象，制成故事片，足可与那些风行一时的卡通大片媲美。

顺便说一下，在古玩论坛常见一些极简风格的明式柴木家具，减一分则太瘦，增一分则太肥，拙得那么美丽，瘦得那么文雅，便宜得不敢让人相信。恐怕这是古代家具爱好者最后的晚餐了，过不了多久，这些古代柴木家具也许会变得像地摊上的瓷片那样，难以找到一两片真的。

处世之道，无疑包含极简艺术，所谓做事的最高超艺术就是把最复杂的事情简单化，而不是把简单的事情复杂化，类似名言无数名人说过无数次，但贯彻执行起来却很难。譬如世人须臾不离的手机，对日益庞大的老龄群体来说，界面都做得过于复杂，大量老人只会接打电话，连短信都不会。

以前看过一个视频，很有趣，属烦琐艺术那类，大意如下：老鼠偷吃了跷跷板一端的一颗糖，让跷跷板保持平衡的另一颗球形糖便坠入一根长长的管道，该糖球趁着惯性推力在管道内飞速滚动片刻后又准确地撞击一个电源开关，一辆小火车顿时沿着轨道奔驰，车到站，蒸汽弥漫，濡湿顶棚，放在纸糊顶棚上的一只皮球终于压穿纸壁，又顺着某根长而复杂的通道滚动，落在一个跷跷板上，跷跷板上下沉降，一头的水壶顺势倾倒，汩汩的水正好注入一只水杯。

时光飞逝，可我总在等待老鼠吃糖，不明白只消举手之劳，就可得到一杯水喝。

梁 子 湖

太阳出来了。

秋天的太阳把光芒洒在这片土地上，于是梁子湖变了，变成了一张水粉画，远方的山、近处的水、错落在湖水中的高大棚子，都披上了一层浅浅的蓝灰色，有几分朦胧，又有几分透明，万物仿佛都失去了锐利感，也失去了层次的鲜丽，变得柔柔的、静静的，连水中的倒影也像凝滞了。

这是 2007 年 10 月 25 日的上午，我在梁子湖区采访的第二十五天，一艘小木船载着我、我姐姐赵践，还有两个渔夫，在湖面上划行。

天地间，似乎只有我们的小船在移动。

大片大片的红蓼首先给抛在身后，这红色的野草可是江南农民染土布染丝绸的好材料，也是古代文人笔下的雅物之一，杜牧就写过"犹念悲秋更分赐，夹溪红蓼映风蒲"，恰合此景。更为辽阔的荷花荡出现在眼前，足有上万亩，一眼望不到尽头，时值仲秋，荷花已成枯枝败叶，如果我提前到此一游，它鲜花盛开的样子该有多么美丽。

我信口问了几句：这荷花是不是人工栽培的？外头来的人能否下去挖藕？得到的回答是：随便挖，这荷花都是野生的，但挖藕一般要到凛冬季节，挖藕人要穿上防水衣，首先要挖开冰层，掘出至少一米的深坑才能挖到藕，最深的坑高过人头，深过战壕。挖藕人天天水一身，泥一身，稍不留神，冰水会倒灌进领口。可想而知，一盘脆生生甜津津的藕片，从梁子湖跑到饭桌上的历程有多艰难。

一只水鸡扇动双翅，始终保持着离湖面半尺的精准距离，悄无声息地飞行，就像一个童话中的精灵。

小船又驰过一大片叶面斑驳的荷花，这才见到梁子湖的主角登场，那是一只足有四两重的螃蟹，悠闲地爬在围网上，甲壳已风干了，化石一样，见小船驰近，它才不慌不忙地躲进水。但更多的螃蟹出现了，浮木上、水草间，随处可见攀附的螃蟹，此刻如果潜下这平静如镜的水面，无疑能见到千万只横行在湖底的家伙。

在这成熟的季节里，螃蟹的精子卵子也在日益成熟，把厚重的盔甲顶得鼓鼓囊囊的，于是梁子湖散发出荷尔蒙的味道，那些渴望成为新郎新娘的螃蟹们，任凭性欲煎熬，绝不会随便找个地方胡乱野合，而是严格遵循从螃蟹祖先那儿遗传下来的生育法则，开始疯狂地寻找它们的新房，那是在千里之外的长江入海口，一片汪洋，一张天造地设的大婚床。据说，螃蟹们为了寻找洞房，除了觅食，几乎每分每秒都在徒劳地绕湖爬行，只有到达那半咸半淡的入海口，它们才会射精排卵，繁衍后代。这种恪守古老规则的千里大迁移，有如角马、斑马、羚羊等野生动物在非洲大草原的迁移，万蹄奔腾，浩浩荡荡如长龙入海。

让渔民最担忧的是螃蟹的逃跑，这些横行的家伙螯大爪利，开合如钳，在性欲的煎熬下，每时每刻都在岸边打洞，一旦挖出一个小洞，一夜之间，一湖螃蟹就会跑得一干二净。因此，岸边的巡逻便成为渔民的日常功课。

说起来也可怜，这些螃蟹除了性压抑以外，吃饱肚子也成了问题，因为它们得不到任何人工投放的饲料，江夏区为了确保梁子湖的二级水质，主湖区严禁放养螃蟹，渔民们只能在大湖周边的湖汊里放养或种植螃蟹爱吃的鸭舌草，像"原生态"这种时髦用语，几乎每一个梁子湖农民都会脱口而出。好在梁子湖够大，洋洋四十六万亩，属千湖之省的第二大湖，名列中国十大湖，浮游生物够多，梁子湖螃蟹完全可以自食其力。

我老家江阴市离阳澄湖很近，小时候吃过太多的阳澄湖螃蟹，跟梁子湖的螃蟹相比，阳澄湖螃蟹的甲壳饱满，脂膏丰厚，梁子湖的水深湖大，螃蟹外型稍稍扁平，八脚修长，但入口清甜，带着几分荷花的味道。

在这梦幻般的景色里航行，随处可见精灵一样的小生物，我坐在船头，扫视着平滑的湖面，感到从城里带来的戾气一点点在化解消失，耳边响起一支久违的田园牧歌，心里一片宁静安详。

小船缓缓靠拢一个四面临水的棚子，上百根粗长的楠竹，深深地插入湖底，托起一个三层的竹棚，临水的底层应该是登陆区，上层是居住区，顶层支出的竹梢上斜斜挑着一盏马灯，显然这是瞭望区。我正在琢磨如果让我来担任这湖水的守望者该要承受多少孤独，我会就着油灯读书吗？我是否会惦念上网的日子？出乎意料地，从贴着水面的棚底首先窜出两条土狗，冲着我们摇头摆尾，紧接着，狗的主人出现了，似乎是一家子，俯看着小船。掌舵的渔夫用土话不知说了个什么笑话，这一家人哈哈大笑起来。

站在我身旁的渔夫也在笑。

我端起相机，拍下了他们的笑脸。

这片湖水，蕴藏着他们太多的苦难太多的希望，仅养殖螃蟹他们就遭遇了太多的灾难，如今遇到这风调雨顺的丰收年，他们的笑应该是发自内心的。

小船返回码头，湖边的窝棚上方已盘绕着一缕缕炊烟，当地渔民为了招待我们，宰了一只在湖边长大的土鸡，烧了一条刚从湖里捕的长身鳊，又蒸了满满一脸盆的螃蟹。八九个人，团团围着一只竹桌落座，我喝了几口乳白色的鱼汤，突然想起俄罗斯作家伊格纳

齐伊奇的《鱼王》,那其中的祖母象征着"人的不朽,人民的生命力和人民永恒的记忆",我的故事也许有了开头:

这是一个中年渔夫的故事。

伴随这个渔夫的只有一个四岁的小女孩,还有一条黑狗。

当然,他还有一艘小木船。

每天他划船在湖面上游荡,一人,一船,构成了梁子湖的一部分,有时他叉起一条乌鱼,有时他捞起一个塑料瓶子,更多的时候,只见他在看湖,看他的女儿——小女孩身上挂着两只大葫芦,在船板上咯咯笑着,逗她的是一只水蜘蛛。

远远地,湖边上跑来一辆破旧的面包车,载着村里的几个老男人,有人拉开车窗喊道:不走啦?

他微微点头,视线又转向了湖水。

有人在湖边喝着茶叨叨,说他本来有个漂亮老婆,他跟老婆一起在外头打工,老婆经不住城市的诱惑,跑了。

也有人说他运气不好,本来在城里好好地开着一个理发馆,花花绿绿的,不知怎么就倒闭了。

岸边有小村,古老的小村,似乎被居住的人抛弃了。村里只有老人和小孩,狗都不叫。村口有一间老屋,住着一个很老的女人,偶尔走出黑黑的门洞,于是他走过去,给她递过一条扭着身子的鱼。

荷花开了,渔夫在河滩上走走停停,忽然发现了一只爬行动物,很像大甲鱼,四肢粗如成人手臂,抓在手里,感觉超过了五十斤,扫视着它头背上密集的小疙瘩,脑海里浮起一些传说,还有一个古老的名字:鼋。于是他把这头来历不明的鼋放进小船,盖上荷叶,然后划起双桨,把船划向湖心,那边人迹罕至,水质更好。

当大鼋入水沉浮片刻翘起头来向他告别时,他知道,今后,他又多了一件事,大事。他只盼这件事平平淡淡地过去,不要演变成一个曲折的故事。

　　回家路上,他顺便捕了一些杂鱼。他在湖滩上挖了一口行军灶,往锅里舀进几瓢湖里的水,再放进那些来自湖里的鱼,点燃枯枝。半小时过去,湖滩上散发出鱼的味道。一声吆喝响起后,村里的那些留守儿童便飞奔到湖滩上,手里拿着大大小小的碗,他用一把长长的铁勺,舀起浓浓的牛奶一样的鱼汤,分别舀满孩子的碗。

　　据说,对岸的人都闻到了鱼香。

永远的文学青年——记周华元先生

八年前的一个中午,我去汉口火车站月台上接人。车刚到站,下客很多。这些老家来的师友已多年未见,我担心错过,就赶到出口处等待。

远处的人流似乎簇拥着一块小小的白云过来,那是头白发,白得像银针一样干净,在四周行人黑发的衬映下显得格外醒目,白发下是一张红润的脸,两眼黑白分明,清澈见底,透视出朴实善良,似乎还有一些腼腆。我推断这是位高人,不由得多看了几眼,突然在他身旁发现沈振明先生和孟昭禹先生,又看到走路微瘸的周良国先生,这才省悟到这一行包括那位白发老人就是我等待的客人。

沈振明指着那位白发老人:这是周华元,月城的,你们应该认识。

周华元说:我们一起参加过文学学习班,我还去过你家。

往事如潮水涌来,当年,我、程炜、方国荣、丁阿虎、赵国怀、唐麒、华国琴等一班江阴的文学青年和周华元曾多次参加过由上海少年儿童出版社编辑沈振明主持的文学学习班,地点一般是在江阴的长江饭店,而我们心目中的圣地,则是上海延安西路1538号,那是上海少年儿童出版社的所在地,如果能进入少儿社院子深处的一幢尖顶小洋楼改稿,那就标志着你的作品接近出版。听说贾平凹、张抗抗、梁晓声、莫应丰、叶辛等作家都入住过那幢小楼,我和程炜、周华元等人也有幸在那里改过文章。但当时我和周华元交往很少，印象中他比我大二十多岁，是个月城乡下的农民。

这一群快八十岁的老人跑到汉口来只为一件事，那就是找我用电视剧这种形式来讲一个乡村企业家的故事，原著即将在文汇出版社出版，作者是周华元，编剧兼出品人也是周华元。

我吃了一惊，我实在难以把一个七老八十的农民和创作一部电视剧捆绑在一起。

当天晚上他们就解开了我的困惑，这几十年来周华元在办工厂的同时从未放弃过文学创作，七十五岁那年他把家庭企业一拆为三，分别交给三个儿子经营，自己则退入幕后一心搞创作，书一本接一本地出版发行，直到他产生拍一部电视剧的梦想。

活生生的一个文学青年！虽然满头白发，依然抱有文学的梦想，依然胸怀少年时的血性和激情！

所谓七八十年代的文学青年即当年的一部分草根，多半是知青，没受过系统教育，能挑一两百斤的担子，疯狂崇拜文学，梦想用文学来证明自我实现自我，爬格子能爬得手指起茧，夏天写作，上身赤膊伏案，下身则泡在水桶里防蚊，凡是印上文字的纸找到都看，阅读量绝不会少于当今的文科教授。其中的一些人的文字功底、文学思考及对生活的概括能力，与当今的一些大师相比也毫不逊色。在当时及现在，他们都在努力发出自己的声音，对文学的贡献功不可没。

在中央电视台张华山先生的建议下，周华元把小说和即将改编的剧本更名为《小媳妇当家》。此后，在一年多的改编及筹拍过程中，我和周华元成为朋友。他话少，一旦开口也是轻言细语，温文尔雅，典型的静水深流，但改本子需要某个工厂的细节时，他就信手拈来，相同类型的故事他能一口气连说几个。办厂多年，他深知农村企业家的酸甜苦辣，笔下所写的都是他熟悉的生活，因此作品显得真实、鲜活。有一回我随口喊了他一声周先生，他有些慌乱，脸也红了，马上说：我不是先生，我当不了先生的。说心里话，我真喜欢这种微微带有腼腆或羞涩的男人。

就在央视也准备参加该剧的合拍之际，该剧却因某种原因搁浅了。2014年春季我回老家探亲，周华元先生执意把我送到常州，路上他说：要是当年拍了，比那些媳妇剧都早……你等着我。

可是该剧开拍的那一天已不会来临，沈振明刚刚打来电话：就在今天上午，江阴市月城镇正在举办周华元先生的追悼会，他已于前天晚上因脑溢血去世。

周华元先生走了，听说为他送行的乡亲队伍长达一里，我也匆匆写下这篇短文为他送行，这么多文字，其实只想对他说一句话：

当我七老八十的时候，我能否像你那样？

我要一只白头翁

不要孔雀，不要凤凰，不要锦鸡，也不要天鹅、鸳鸯、绶带、仙鹤、大雁、老鹰，鹌鹑什么的也不要，我就要一只白头翁，两只最好，三只四只或者一大群也不嫌多。

托了几个熟人，可回话都说找不到我要的那种白头翁，那就先找只麻雀吧，斑鸠也行，就是那种看起来胖墩墩、有点傻乎乎的鸟儿我也会笑脸相迎。但画得好点的麻雀、斑鸠也都不见了。

从前的我自以为风雅，偏激得厉害，总以为瓷器越老越好，于是错过了太多的浅绛和新粉彩，多少次摆在面前也只看见它的柔弱和苍白，当然也就错过了白头翁。

院子里的鸟儿倒不少，我家的小竹林里，总有五六只白头翁、两只斑鸠和一群麻雀进进出出。写这篇短文时，窗外的新笋已蹿出地皮，挺拔如矛尖林立，不时有一两只小鸟站在梢头一上一下地荡秋千。繁殖的季节即将来临，从早到晚，鸟叫声分秒不停。麻雀大概是跟人学的，表情丰富，又嘴碎话多，讨论起来很热闹。斑鸠稳重得近似于呆傻，偶尔从它的肥肚子里窜出个低音，就那么咕咕咕咕叫几声，听起来单调、低沉，还有几分闷骚。灰喜鹊召唤同伴的声音最温暖，那种柔和赛过一阵轻风，甚至有点儿嗲声嗲气，但一旦听到什么动静就会变成轰炸机，一边上蹿下跳，一边把哇哇的狂叫声当作炸弹往人家耳朵里扔。

"瞿哩瞿哩瞿"，或者"鞠躬鞠躬灵"，这是白头翁的典型叫法，还有"瞿瞿"两声,就像个放大数倍的蟋蟀叫。这个中音干干净净,明朗而安详,找不到一丝杂质,并且不煽情,不聒噪,如一股清清的泉水和谐地渗入这个世界。见了人,白头翁也不像别的鸟儿那么慌张,它大大方方地看着你,眼睛里没有一丝恐惧,直到你触手可及它才飞走。一旦它躲起来,它青翠的羽毛与树叶融为一体,就很难找到它的身影。春耕秋收的日子里,白头翁大概过于爱惜羽毛,从不跳到地头像麻雀、斑鸠那样找吃的,也许它吃喝拉撒都在离地三尺的树上,只要有树,就会有果,有水,当然是露水,还有虫,在白头翁的食谱上,各种害虫可以排成一个长长的名单,足够它生存。院子里有一只栽着睡莲的石盆,不时有鹁鸪、斑鸠、灰喜鹊等鸟儿飞到石盆边喝水,我多次见到一只棕鸟在石盆里打滚洗澡,但我从未见过白头翁。

几分钟前我打开阳台门通气,隔着玻璃,我突然看到一只毛茸茸的鸟窝,饭碗大小,一只白头翁嘴里叼着一根细布条,在窝边跳上爬下,显然它正在垒窝。它趴在竹叶掩映的窝里,离我的书桌不到两米,正好面对电脑,这只白头翁会不会阅读我写的"白头翁",然后跟它的伴侣说有个人正在瞎扯蛋?我赶紧进门关门拉上窗帘,又通知家人,这个月内千万别打开阳台门。

再过些日子,到了真正的阳春三月,阳光普照的时候,我们就会看到一对头顶白发的小鸟在蓝天上飞翔,那种飞行的姿势和叫声里充满了快乐和自豪,而就在小竹林的青枝绿叶上,趴伏着三四只刚刚离开窝的雏鸟,当然还不会飞,只是边扑腾翅膀边嘘哩嘘哩叫。此时的雏鸟还是一头青丝,大约五六个月后才会披上白发,而且跟人发那样,越老越白。这种鸟,年纪轻轻,就把忠贞和长寿的标志佩戴在头顶上。

白头翁、麻雀、斑鸠、灰喜鹊,是江南民宅周边不请自来的四种鸟。不知从哪年开始,它们飞进村落,居住在一幢幢民宅周

2021.8.2.

围的树林里，伴随着一代代小孩长大成人，变成了老百姓日常生活的一部分，烟火人间，离不开它们的鸣叫。我觉得它们是最典型的家鸟，只要你的屋前屋后有竹有树，它们就是你这个家庭无须喂吃喂喝而又不离不弃的一部分，——当然有的地方还包括燕子、椋鸟。于是景德镇的画家把它们画在瓷器上，其中红红绿绿的"富贵白头"最受欢迎，成为老百姓追捧的婚嫁瓷。当年，谁家的闺女陪嫁一整套包括赏瓶、帽筒、冬瓜罐、碗盘在内的瓷器，那是很有面子的。

可是我没有一只画在瓷器上的白头翁。

我只有一些虐杀白头翁的不堪回忆。十三四岁的时候，我用一把弹弓，打死了太多的白头翁，当然也有麻雀、斑鸠、灰喜鹊，然后把它们吃了（详情可见我的另一本书《顽童忏悔录》）。在那些饥饿的日子里，这些小鸟给我输送了蛋白质，让我幸存至今。我长大成人，不能忘记它们。

五天前的晚上，一位朋友发来几张图片，点击微信，屏幕上出现了一只白头翁。

才看了两三秒钟，我就确定这就是我要的白头翁！

而且这不是一只白头翁，而是一对！一对头顶白发的小鸟一上一下，站立在一株牡丹花的枝头。鸟身之大，几乎占据了画面的三分之一，旁衬以粗枝大叶的牡丹花。看似密不透风，其实鲜明突出了主角，花红，叶绿，鸟大，作者的构图气势宏伟，笔如钢勾铁划，施彩居然酷似刷漆泼墨，把柔媚的花鸟画得不亚于山水的磅礴。

这对白头翁体态矫健强壮，仿佛时刻都会跃入天空，雄踞枝头的一只利嘴半张，微见红舌，无疑正在鸣叫，另一只则流露出几分温顺。让人不可忽略的是它们的眼睛，像深不可测的两潭泉水，漆黑，又大又圆，凝视着同一方向，那么专注，是真正的炯炯有神。

如果你想与这只帽筒交流，不得不正视的就是两只小鸟的眼睛。

帽筒上限有一排题款：富贵绵绵到白头 时在戊申之夏仿新罗山人笔法敖少泉。戊申之夏，应该是1908年夏天，敖少泉，不知何人。在网络上查询才得知敖少泉是晚清时期专为皇帝画画的御窑画家，擅长画山水、花鸟、人物。回想千年前，大概从唐宋开始，多少工匠和瓷画家创作了多少不朽的作品，可这些伟大的原创者却失去了署名的资格，直到大清帝国即将崩溃，与敖少泉同时期的那批瓷画家，换句话说是一批卑贱的工匠，才能在作品上题上诗文并留下自己的名字。

两天后，这只帽筒如约而至，实物比图片更漂亮，我把帽筒放在餐桌中央，叫来妻子女儿，说：你们看，这是一只帽筒，就是过去的帽架。以前，我总觉得这类东西俗，造型俗，题材俗，大红大绿的色彩也俗，可我现在却喜欢得要命。而且再过几个月，我们就要离开这个地方，搬到市区去住了。带着它，我们在闹市也能看到白头翁。

妻子仔细看着那只帽筒。这个我用文字无法来描述的女人，用她的生命守护着我，挽着我走了几十年，到如今已头发花白。

富贵白头。

白头到老。

不要金银财宝，就跟你相依相偎的人，从满头青丝渐变到满头白发，这就得到了真正的大富大贵。

良 师 益 友

1978年，几月几号我忘了，长江航务局举办全线文艺会演，我作为江阴港务局文艺宣传队的一员，登上了汉口十七号码头。当时，我写了该宣传队一半以上的节目，还即将出版一本小说，没多少字，很薄的那种。江阴港的很多节目都获了奖，由此我得到了长航宣传处创作室和《海员文艺》的关注，用借调的名义把我留在了武汉。

长航创作室精英荟萃，有码头工人诗人黄声笑、长篇小说《漩流三部曲》作者鄢国培、《武当》等多部电影的编剧谢文礼、《三峡情思》等电影的编剧刘振东。创作室主任，是赵致真，当时，他刚从山西煤矿调回武汉，已发表了大量小说和报告文学。

刚开始，创作室把我安排在临江的长航招待所住宿，那是个小小的三人间，每天，来自各地的海员进进出出，没有空铺。我觉得与其在客房里创作，不如到走廊上去写，就找严所长借来一张小桌子，将其搁在走廊的尽头当书桌用。过道上人来人往，但没有影响我的写作，讨厌的是蚊子，它们从江滩的杂草中飞来，把我的腿叮得像泡泡纸。于是我借来一只塑料桶，装满水，把腿放在水里防蚊，几天后我又改变方法，把塑料纸包在腿上，这样防蚊的效果最好。一天晚上，赵致真过来看我，两人就站在过道上说话。赵致真到我房间看了看，问了情况，说这样写不行，得换个地方。几天后，我得到通知，要我去《海员文艺》兼任编辑。就这样，我搬进了海员文化宫。

我白天在《海员文艺》工作，晚上睡在游泳池的更衣室里。当时，那个游泳池已经停业，更衣室正好用来给长江沿线的作者住宿，我可能是入住的第一个，后来南京分公司的周锐、重庆分公司的陈艾、南通港的李军都在那住过。周锐当时是油轮上的轮机员，文章就写得很好。

午饭我可以在食堂吃，晚上只能去街市上找吃的，我喜欢大块吃鱼大块吃肉，但路边摊上有肉无鱼，我不时买一块卤牛肉，就那么抓在手里边吃边走，回到家，肉已经吃完了。有一回我终于在路边摊买到一条煮熟的鱼，也是抓在手上吃，结果汁水淌满了下巴还往下滴落到脚板上。

海宫游泳池更衣室过道很长，白天也被阴暗笼罩，像个隧道，几乎看不到头，小小的更衣室排列在过道一侧，我占据了其中一间。到了晚上，写完几百字，最大的感觉是饿。

长航创作室的老师们几乎都来更衣室看过我，有一回赵致真陪着宣传处领导郭英杰、黄振亚来了。这两位领导都是慈善长者，都给我带来了吃的。记得黄振亚给我带来了一瓶炼乳，在这以前我还没吃过什么乳制品，当天晚上就把炼乳吃了，觉得这是世界上最好吃的东西。

送吃的人再多，也不可能天天来，于是我主动出击，开始了我的混饭计划。

永清街的刘振东家，海宫的李道林家，我都去过多次，每次都获得成功。记得刘振东的太太王英丽最爱做鱼香肉丝，那味道，我直到今天还记得。刘振东演过曲艺，有一双时不时惊愕的眼睛，有一天他格外惊愕地对我说：我老婆还在炒第二个菜，你怎么就把第一个菜吃得底朝天了？

当然，我混饭最多的，是赵致真家。

赵致真家住花桥长航宿舍的六楼。每次去，赵致真负责摘菜洗菜，他夫人高淑敏是光华路小学的老师，负责炒菜做饭。赵致真洗菜方式很特别，他洗蔬菜，首先将一棵菜全拆开，再拿起一张叶子单独洗，先洗一面，放在水里，用指头一点点地去抠菜叶的茎脉，漂洗一会儿再洗另一面。我站在边上看着他，心里急得要命，生怕他把菜洗坏了。

这时他会跟我说：洗菜既费时间又麻烦，像这儿，这儿，很难洗干净，你别在这儿看了，去跟虎子、二淘玩一会儿。

虎子、二淘是赵致真的儿女。当时我只觉得我是真正的大人，跟两个小孩玩不到一起去。

每次的饭桌上都有鱼，大概高老师知道我爱吃鱼。我吃过鳊鱼、鲫鱼、鲢子鱼，都是刺多的家伙。高老师劝我慢慢吃，但此刻我舌如灵蛇，齿似磨盘，进食系统运转得格外灵敏，用赵致真的话来说：鱼块秒进，鱼刺秒出，不到十分钟就把一条鱼吃得干干净净，包括刺最多的鱼头。这是我插队三年学到的本事。

这时，坐在桌边的赵致真和高老师笑眯眯地看着我，赵致真两眼笑成了一条线。

大概从没见过这种吃相，虎子、二淘看得目瞪口呆，都忘了吃，其实那条鱼已被我吃光了，两个孩子无菜下饭，筷子悬停在空中，虎子（赵琦）突然冒出一句：小钱叔叔真会吃鱼！

我的吃相一贯可怕，小的时候，父亲经常把我拖到饭桌边上打一顿，因为我把好吃点的菜都抢光了，弄得姐姐和两个弟弟无菜可吃。母亲骂我薄皮棺材。直到今天，我吃起来看似文明，其实，那只是在外头装的。

我混饭甚至混到了赵致真的父母家里。

赵致真的父亲李蕤，武汉市作家协会主席，十级干部，早在1935年，他就加入了左联，在抗战中任战地记者，主编《燧火》。

1940年，胡愈之、范长江组织国际新闻社，委任他担任洛阳站长，被国民党逮捕入狱。1942年，河南大灾，饿死三百万人。国民党禁止报道灾情，把报道灾情的重庆《大公报》都封了，李蕤却骑着他夫人借来的一辆旧自行车，深入偃师、巩义、汜水、荥阳、郑县等饿殍遍野的重灾区采访，所见所闻，都是灾民吃观音土吃鸟粪甚至吃尸体等悲惨情景。在灾区里骑行了二十七天，他病了，腹泻不止，身上的衣服变得像灾民一样破烂不堪，可他用笔再现了一个真实的人间地狱，集为《豫灾剪影》，该文发表后，产生巨大反响，一些学校甚至将《豫灾剪影》列为国文教材。不久，由于支持学生"反饥饿反内战"运动，他再次被国民党逮捕入狱。1952年，他参加了由巴金任团长的"中国文联朝鲜战地访问团"，历时十个月，深入开城前线采访，写下了十多篇反映志愿军英雄事迹的报告文学，都发表在《人民日报》上，后结集为《在朝鲜战场上》。

刚进门，李蕤先生就站起身来迎接我，他身材高大挺拔，面部表情显得忠厚坚定，浓眉下的眼神给人以锐利、睿智的感觉。

这是一位真正的人民艺术家，敢于直言，敢去最危险的地方，始终站在时代前列。"艰难困苦，不能使勇士屈服，而寂寞、漠视，却会使牺牲者胆寒。"李蕤的这番话，至今发人深省。

面对这位德高望重的老人，我难免惶恐。可饭前他夫人宋映雪甩着手臂过来了，无疑她在锻炼身体，她原地甩了一会儿手臂，说：小钱，你看着，我给你变个戏法。

抬眼望去，只见她同时甩动两臂，突然停止，双手平伸合在一起，指尖并拢，接着甩几圈左手，再跟右手并拢，这时左手比右手突然长了一节，于是她再甩了一会儿右手，再跟左手并拢，右手又比左手长了一节。

我哈哈大笑，这个老太太实在是太有趣了。

那天赵致真的一家都来了，围满了一桌，我吃得很痛快。

那年，我写了多部短篇小说，其中有一篇被《芳草》杂志采用，清样出来后，我发现一些段落被删除了，还包括一些我自认的好句子，于是我决定直接去找李蕤先生，当时他兼任《芳草》主编。我带着清样和原稿直接走进他办公室。我说：三个段落都不见了，还有一些句子，好像哪句精彩就删哪句。

李蕤先生马上看了原稿和清样，说：不奇怪，这类事情常见，编辑有编辑的职责，不能代替作家来创作，因为作家的生活体验和风格跟编辑不一样。

半个月后，杂志出来了，我发现除了语病和错别字得到修正外，原文已恢复，高兴了几天。其实当时我只能算个文学青年，也没写出什么好文章，但李蕤先生对作者的尊重和理解我始终记在心上，他的话，实质上是告诉我怎样做好一个编辑。写到这儿，我感到自己特别对不起那位责任编辑，我有意见，为什么跑到主编办公室，而不是直接找她交流？

1983年初，历尽艰辛，在赵致真的倾力帮助下，我结束了借调的日子，被正式调入武汉市，在市总工会《主力军》杂志社当编辑，办公地点在武汉市文联大楼的一楼右侧。当时我刚刚结婚，没有住房，晚上就睡在妻子办公室的地板上。

赵致真得知后，先安排我住在位于花桥的长航招待所，这是个单间，面积不大，但够用。房价是赵致真去谈的，只要原价的三分之一，但这个价格他也嫌高。住了一阵子后，他又到处打听，最后选中了位于三阳路中原无线电厂招待所的一间小房，面积约10平方米，一天只收一块钱。董所长对我特别好，允许我在客房内开伙，几天后，妻子买来一个小炉子，用玻璃瓶当擀面杖给我包了饺子，我和妻子初次感受到家的温馨。

如此便宜的房租，住了半年后，赵致真还是担心我多花钱，他跑到我工作单位去，在办公区域转了转，找到杂志社主任李元春和丁明顺老师，建议他们把库房腾出块地方来给我暂住。李元春是个善良的大姐，这才知道我的住房情况，怪我早不告诉她，满口答应。

后来有个熟人问我：你父亲也姓赵，你肯定是赵致真的亲戚，否则他不会对你这样。这个问题让我很不高兴，为什么人与人的关系，非要用血缘来判断？我的回答是：我与赵致真非亲非故，不过是我父亲凑巧姓赵，不过是我运气特别好，赵致真在意的，不仅我一个。

《主力军》杂志社的那个仓库很大，一半堆满了资料，靠文联后院的那面墙还漏雨，有时会变成水帘墙，但我和妻子终于有了住的地方，而且是单位的，不要钱，开心异常。我买来一块铺板当床，搁在库房的一角，围床挂了条帘子，在帘外摆开了道场，我找来一些废旧材料，自己动手做柜子，做沙发。每天晚上，我都把库房敲得震天响。

赵致真经常过来看我，很少说话，就直直地站在那儿看我锯木头，有时还帮我搬材料。有一天他带着个中年人过来了，说：这是郎玉林，他在百货公司工作，喜欢文学，就住在文联后院，你们挨得近，有空就交流交流。

此后我与郎玉林成为朋友。郎玉林长方脸，大眼大嘴，说起话来像演员说台词那样有腔有调。他酷爱文学，晚报连载过他的小说，为人又热心快肠，也见多识广，喜欢跟我聊武汉的风土人情，聊名著里的文学形象，聊他认识的名人，各行各业、奇奇怪怪的都有。对我这个小编辑，他始终保持一种作者的尊重。如果你托付他什么，再小的事，比如买一本书，他都会很激动，仿佛别人的需要对他来说是多么重要，都会尽心尽力地去完成。最有趣的是他经常问我身体怎样，如有病他可以立即带我去二医院检查，因为他老婆是医生，好像是干部病房的大夫，可惜我什么病也没有。每当听到我没病的回答，我总感觉他有几分失落。终于有一天他发现我缺少木料，马上告诉我百货公司正在处理一批木头做的旧货架，价格不高，如果你需要，可以去挑几个。于是我去选了一个，付了二十元，将其改成了一个大衣柜。赵致真过来仔细看了一下，敲了敲柜子，说做得很好。

万没料想的是几年后，赵致真给我带来一个消息：郎玉林因心脏病突然发作去世了，我大吃一惊。赵致真说：我们的存在，依附于千万个郎玉林这样的文学爱好者的存在，如果失去他们，我们文章写得再好又有什么意义？

这番话我多年后才真正明白，任你写出花样文章，失去了根基，不过是迷幻了自己。

郎玉林，你走的时候我没有去送你，今天我借这篇短文告诉你：你，一直在我和赵致真的心里。

当编辑没几天，武汉少年儿童图书馆举办青年作家与小读者见面会，我应邀到会。那天来的人很多，我不爱热闹，就站到一边。这时过来一个年轻人，像个作家，突然闯到我身前，指着我鼻子说：你姓钱是吧？

我点头。

年轻人：你这种人，还想跑到武汉来打码头？赶快滚回你老家去吧！

我说：我不是来打码头的。我是来打你的。当然这后半句话我憋在肚子里，没说。

他：那就滚出去！滚！

我想了想，看看周围，真的滚了，但怒不可遏，就跑到赵致真那儿说了这件事：这个人我根本不认识，为什么对我这样凶狠？我很想揍他。

赵致真：如果我在场，我会跟你一起揍，不怕他。但我们是作家，作家必须用作品来说话，作品强大那才是真正的强大，不能用拳头或别的东西。你在那种场合，一大群喜欢文学的小孩看着，在你抑制了自己火气，走得对。

当时我已产生了几分依赖心理，遇到什么事总要问问赵致真，忘掉了一个男人应该独自担当的那些责任，但赵致真的这番话，让我一生受益。

在市总工会工作期间遇到一个难题，组织上要求所有干部具有高中以上的学历，而我只有一张初中文凭，要想获得任职资格，必须重考高中，或者取得两门大专的单科结业证书。我自认为我是个青年作家，不想再去考什么高中，就打听了一下，好消息是电大即将开考，可电大的林老师告诉我：还有二十二天就考试，你一节课都没上，绝对过不了关。

愁肠百结中，我将此事告诉了赵致真，他说：赶快去报名，就报文科，你记性好，又发表了不少作品，专业课就选写作或者现代文学，你还怕写一篇作文吗？再选一个拼记性的，肯定能考上。另外，等这件事完成后，你必须去考大学，电大、夜大，都可以，这样你就能边上学边工作。

这番话给了我信心，我立即去电大报了名，二十天后，我参加了电大考试，成绩达标，拿到了两门单科结业证书。随后，我立即考取了湖北大学夜大学。此后武汉大学作家班开课，我姐姐也在该班学习，告诉我可以转学，我想了想，工作太忙，放弃了。

三年后的一个晚上，赵致真又来到杂志社，告诉我，他即将被调入武汉电视台任副台长兼专题部主任，详谈了他对文学与电视联姻的思考，问我想不想去电视台工作。我没有犹豫，一口答应。

实际上，赵致真是我真正的老师，我的选材与文风都得到他的指导和影响，也包括他父亲。譬如写报告文学，在长航时，他就安排我去安徽采访两位离休的老红军，还安排我去驳船采访水手，去瞿塘峡白鸽背采访航道站。他写长江客轮上的优秀服务员陈巧姑，我写了武汉市的清洁工苏传发、大中华酒楼的厨师芦永良。他父亲李蕤先生写了著名鱼类学家伍献文，我去写了中国科学院院士曹文宣，也是个鱼类学家。他出版了报告文学集《黄鹤百年归》，我也出版了报告文学集《爱，不用眼睛》，赵致真为该书写了序言。与此同时，赵致真还写了不少小说，集为《小巷的琴声》，其中有一篇名叫《调动之后》，被《新华文摘》收录，产生了一定影响。后来，赵致真还写了个电影文学剧本，获了奖，剧中有个细节我到现在还记得很清楚：水手甲不小心把一个五分硬币掉进了甲板缝隙，于是他不惜撬开木制甲板，找回那五分钱。

赵致真为我选择及推荐的那些报告文学题材，有清洁工、盲人、医生、教师、杂技演员，几乎都是武汉的普通劳动者，我作为一个新来初到的江苏人，用报告文学这种文体来写这些武汉好人，很快爱上了武汉，了解了楚地的风俗，还学会了用武汉方言来写作，这也为我几年后进行汉派电视剧的创作如《汉正街》系列打下了基础。

遗憾的是直到今天，我还没拍过赵致真担任编剧的电影或电视剧。

当时的武汉电视台坐落在武圣路上，破破烂烂的一幢老楼，专题部设在楼顶搭建的一个临时板房里，一共六人，有曾玉华、黄德冽、王卉、张伟。除赵致真年龄稍大外，其他都是年轻人，个个意气风发，都渴望尽快地证明自己，但写文章，靠笔；拍片，只能到别的部门去借机器。所有办公桌上没有一台电脑，也没有一台摄录设备，直到一年后的冬天，大雪纷飞，楼顶上积雪过膝，专题部才

2021.8.9.黄昏

迎来了第一台摄像机，六个人像迎亲一样，欢天喜地，就在雪地里围着那台模拟信号的摄像机跳舞、唱歌、合影。在此期间，赵致真亲自担任了编导，拍摄了《黄鹤百年归》《欢迎你，哈雷彗星》《我们应该长多高》等纪录片，我也拍了《黄鹤楼笔会》《桌面上的运动会》，好像有五六部。

一部部的纪录片登上了屏幕，《欢迎你，哈雷彗星》还获得了全国一等奖，大量项目在不停推进中，专题部却不太平起来，虽然没出什么大事，与争名夺利也毫不相干，但每回都闹出很大动静。现在回想起来，这些事大多跟我有关。我虽然被任命为专题部的负责人，但没有一点当头的样子，偏激、暴躁、苛求，一言不和就会动怒，一发火脑子就会变成一片空白，于是失控，样子变得穷凶极恶，专说绝话、死话，鸡毛蒜皮也要争个输赢，竟然在谈工作时会激化矛盾，甚至转为人身攻击，把道听途说当作炮弹来轰炸，结果是一次次地伤害了同僚。

赵致真找我谈话了，大意是你一人一笔一纸单打独斗了多年，现在换了工作，而且是新闻单位，必须转变观念了，电视编导的最大特点是团队合作，如果没有合作精神，待人又不厚道，一人打不下码头。

愚蠢的最大特点是愚蠢者往往认定自己是聪明人，再加上固执，人家劝说一百句，你能听进去一两句就算上上大吉了。面对赵致真的忠告，我经常加以狡辩，找出种种理由来为自己开脱。如此无视职场规矩，换今天，早被除名了。

再换用今天的话来说，若论利益，从认识到老，我没给他送过一盒茶叶或者别的，若论我当时的那种行为，叫作消费感情资源，再深厚的感情，也受不了我的挥霍。

但赵致真却承受了，这个高干子弟，武汉大学的高才生，我的顶头上司，他从来没有对我说过一句重话，最多，当我嗓门变粗变大的时候,他默默地走了。

　　事隔多年后我才知道,当时赵致真处在一个两难境地,他和我一样,也是新来初到啊,虽然担任副台长,但他就主管一个专题部,而他带来的人,也就是我,却从未替他着想过,不忙着建功立业,相反还不停地闹出是非,这让他如何带兵打仗?

　　我何德何能?

　　就读了个初一,不懂外语,不懂机务,还有太多的常识,就凭我插队时看的《新华字典》和那些书?就凭我能把一个句子写得通顺、能把一篇文章写得看起来像篇文章?

　　自命不凡,缺少修养,包括我在朋友那儿放肆吃喝,无视规则,过分计较自己的面子,不考虑他人的感受,把零打碎敲的知识残片当作宝贝胡乱凑合在一起作为文化背景,这是我的最大问题。

　　根子是虚荣,自认我没接受过系统教育,为了掩盖内心的贫乏和脆弱,给自己罩上了一层臭面子,装得很强大,生怕人家小看了你。

　　也许,吃苦耐劳,是我唯一亮点,为了一部片子,我经常几天几夜不睡觉,但这么做有何稀奇?要论辛苦,别人就不辛苦?而我当时的那种辛苦,只不过是一种光棍精神的发扬,烂命一条,死了拉倒。实际上,是对自己的人生和在乎你的人不负责任。

　　也许我跟赵致真有过相似的经历,我插过队,挑过二百斤重的担子,住过三年真正的牛棚,他呢?当过真正的煤黑子,在山西煤矿生活了十一年,他也曾一根根地攒过木头,渴望在煤矿边上为自己家搭一间小屋,深知普通人的生存艰难,这才导致他不忍弃我,而且一如既往地信任我,渴望我转变及提升。这种信任,对我来说尤其重要。

　　他的人文关怀,根植于血脉中的善良以及修养,不仅体现在作品里,也体现在他的为人处世中。

赵致真提出的这些问题，直到我担任电视剧导演和制片人后才逐渐认识，我必须真诚地善待每一个职员、演员，否则一事无成。

但当时的我不知天高地厚，居然说我不适合在电视台工作，要求调走。那天凑巧赵致真和胡大楚两个台长审看我刚拍完的专题片《铜锣》，看着看着，赵致真没说什么，胡大楚突然拍了一下椅子扶手，几乎是吼着说：你很适合拍电视，调什么调？

胡大楚，名编剧，一年前，我带着我的全部作品走进了他家门，他当即翻阅了一下，马上表态：就来武汉台吧，欢迎你！

第二天，赵致真告诉我：你执意要走，我不拦你，你可以去文联工作，我已经帮你联系了，先去《芳草》当编辑部主任，你要是改变主意，武汉台的工作任你挑。我建议你去电视剧部，胡大楚分管那儿，他很欢迎你去。

就这样，大概是一个月后我去了电视剧部。当时的我只是稍稍有些感动，没有往深处想，现在看来，过去的我实在是太自以为是了，如果没有赵致真的理解和宽容，后面的发展不堪设想。

在专题部剩下的日子里，我每天都忙着采访、写稿，有一天，我在拍片时累倒了，突然接连吐血。那天赵致真很忙，要了车，要张伟把我送医院去检查，可临走前赵致真却代替了张伟，他亲自把我送到武汉市第二医院。

走进放射科，站到X光机前，我这才发现赵致真也进了放射科，就站在我的斜后方，直直的，纹丝不动，不知他在想什么。

诊断报告出来了，赵致真比我还急，直接去问医生，得到的回答是：肺部没有问题，很可能是支气管炎。

赵致真把我拉到门外，说：你烟抽得那么凶，我最担心的就是你的肺，要是检查出那种病，我真不知道该对你说什么，也不知道该怎么给你老婆说。

这些话我每一个字都记在心里，我会记一辈子。

到如今他退休十多年了，每回遇到武汉电视台的老同事，都会听到赵致真如何关心职工的各种故事，每一个都让人感动。

原来他作为武汉市广播电视局局长、任职十八年的武汉电视台台长，并不是仅仅关心我一个。

这也是他获得成功的原因之一。

1986年，我被调入电视剧部，即武汉电视艺术中心的前身。当年，胡大楚就拿出两万元，支持我拍摄了我的第一部电视剧。央视收购后，安排在一套黄金时间播出。开播前，我把这个消息告诉了赵致真，他连说了几个好字，说这只是个开头，以后的作品一定要超过这部。

第二部作品是单位任务，胡大楚要我去南方某大药厂拍摄一部纪录片。万没想到，我又回到老本行，于是我一人先跑到南方去采访。该厂家大业大，把我这个小编导安排在一个多人住的大房里，幸好我有过相似的经历，毫不在意，白天采访，晚上又躲在宾馆走廊的一角写作，费时五天，交出剧本。当天该厂领导就审完稿，当晚就把我转进了单人房，又要求我拍完这部后别忙着回武汉，接着拍一部。随后我就拍了电视连续剧《汉正街》，该剧播出后反响强烈，甚至得到中央主要领导关注。此后约稿不断，都是电视剧，原以为此生不可能再拍纪录片，突然有一天接到著名记者王志纲的电话，他邀请我去广东拍摄爱国华侨姚美良，稍后广东新华分社又发来了借调我的公函。于是我去广东、北京工作了三个月，担任该片的撰稿和导演，拍摄了大型纪录片《情系中华》，该片一周内，在中央电视台一套黄金时间连播了两次。

如果没有报告文学和纪录片创作的经历，我不可能完成这些作品。更重要的是赵致真教会了我尊重规则，注重团队合作，同时保留自己的个性创作。作为导演兼制片人，每次带的队伍少则五六十人,多达数百人,如果还是逞性妄为,结局肯定一塌糊涂。我不敢说我表现得有多好,但我努力去做了,心里牢记最终目标,尊重艺术规律,尊重每一个演职员,尊重投资商对影视的热情,其结果是我的所有作品没有遭遇过失败。

记忆仓库里的藏品很多,随便拿一个出来,都让人回味。

记得有一天晚上,赵致真和高老师走进了我家门。原来赵致真开车路过我家门口,就顺便进来看看。赵致真不抽烟不喝酒不喝茶,就要了杯白开水,说:刚才在路口看见一对老夫妻,坐在小板凳上守着一个打气筒,天那么冷,又那么晚了,还能有多少人在街上骑自行车,又正好胎跑了气?概率实在太小了,我们开过去老远后心里很不是滋味,又拐回去停下来,也没带多少钱,只能把身上的都掏出来给了他们。也算让这两个老人真的遇到一次"小概率"事件。

我无言,因为我知道,如果我回话,恐怕会流泪。

一个深夜,我和赵致真在解放公园路散步,他突然问我:你学车了没有?

我:没有,我走路都撞墙,不学车。

赵致真:为什么不去体验一下?那就像一只鸟啊!车轮,变成了翅膀,城市就变成了森林,你等于飞在天空上,想停,就停下来看看,想飞,你只管飞到地平线尽头去。

写到这儿,我才发现我写的都是零碎小事。

我不想过多罗列赵致真各种优异的成绩单,譬如他如何创办"科技之光",如何为武汉市铸造21吨的千年吉祥钟并为其撰写钟铭文,如何创作"科技与奥运",如何获得国内国际上科普创作的最高荣誉,如何创作《播火录》,由此得到国内外很多科学家的赞扬,被誉为"中国科普电视的带头人",如何在七十六岁时仍在努力创作,如果展开写,那足以写一本大书。

此时,一本红色的大书摆在我的书桌上,如火焰那样燃烧,这是赵致真刚出版的纸质作品《播火录》。这是一部近代科学史的启示录,副标题为"科学发现的人文启示",引人入胜,我必须认真拜读。

文学、科学、电视、网络——四位一体,赵致真将其有机结合,用他广博而深厚的鉴赏力及其作品来推动科学的大众普及,促使国人崇尚科学精神,提高科学素养,赵致真的奋斗,注定会被载入历史。

但在我这篇短文里,我只是想写一个真实的人、真正的人。

跟一个好人做朋友,该有多么幸福,何况,这是一个优秀的好人。

多少年过去了,

浪里淘沙,

留下的是比金子更珍贵的回忆。

逗 号

路过那家小店，我下意识地扫了一眼店堂，一地的老旧花板，夹杂着几只破盘子，毫无新鲜感，提脚想走，视线中突然出现了一个逗号，准确说，是一个黑色的逗号，约有三厘米大小，就躺在柜台的一角，顿时心生奇怪，这个标点符号出现在一个它不该出现的地方，不知其寓意着什么。赶紧叫来店主，几分钟后，这个逗号就被裹上报纸，装进包，背上我的肩头。

别以为我俯仰之间就捡了个什么漏，这不是个漏，它只是个石头做的破砚台，售价还不到二百，我好奇的是它身上那个标点。

打开报纸，用肥皂和自来水给它做了个清洁，污垢褪尽，现在可以放在阳光下仔细看看它的模样了：这是一块平板砚，即四面平的那种，长约18厘米，宽大概13厘米，背面还带着少许尚未磨平的白渣灰斑，虽没有大的残破，但浑身伤痕累累，不用扔在地上，就跟乡下搭房子的那种旧的八五红砖一般无二。砌在墙里，不会有人说这不是块砖。

但它通体泛红，间杂着一些黄色，与红色绞合在一起，是难解难分的红中泛黄，说黄中泛红也可以，尤其侧面，可以看到它一丝红缠绕一丝黄的样子，脑子里突然出现三个字：红丝砚。

这是一个浪漫的名字，堪能让人陷入多种想象，不过我不想找几本书来背，我只隐约记得柳公权曾说过"红丝砚为诸砚之首"，余下的有请读者自行脑补。在信息化时代，不用翻书，在网上搜寻一些相关资料写篇文章实在是太容易了，捻断数须琢一字的日子早已过时，我觉得过多地引用一些名人名言是对原创者的不恭，不如自说自话。

这块砚原本素面朝天，只是在砚的右上方雕了一个逗号，雕得很率性，就那么随手一刀，先剜出一个圆圈子，然后从右往左撇出一个由大至小的尾巴，于是一个类似行楷的逗号就出现在砚台上，形象，逼真，逗号本来就应该长成这样。此刻若按我书写习惯摆放，那个用来舔笔或做墨池的逗号则改变方向，变成了小尾巴朝上。

这块砚的年纪不小，最晚也到元明，而标点符号的产生虽在先秦，但广泛应用却到了民国。此前给古文断句可是个难活，稍有疏忽，便会导致许多先贤大儒的论述遭到误解，至今还有不少专家为一句名言在何处断句争论不休，譬如老子的"道可道非常道"似乎就有多种断句方式，在哪个字后落上标点，这可是头等要紧的大事，断错一句，含义全变。至于这块砚的作者为什么要雕这个逗号？此刻我只能凭借想象，或许他恰巧看到了一筐发芽的豆子，或者是窗外池塘里的一群小蝌蚪，便信手把这个酷似逗号的形象刻在砚台上。再看看古代玉器上的谷粒纹，既像发芽的种子，也像一群浮游的小蝌蚪。这些充满生命力的种子和小动物，象征着绵延不断的多子多孙，永远是古人的最爱。

再看砚堂，理应平滑如镜的砚面上居然出现了一个深坑，是那种缓缓往下倾斜的那种坑，贴近砚底，差不多可放进我的半个拳头。这个坑的形成肯定是墨和毛笔的联合挖掘，松墨、毛笔并非攻坚利器，这要多少年的研磨、多少回的蘸墨、舔笔才能完成这种挖掘？这不亚于挖一座山！

一块古砚，无论什么材质，都是使用者的工具，也等于使用者的农田、饭碗和衣食父母，寄托着使用者的人生抱负。可即使把毛笔磨秃、砚台磨穿，又有几人能化鱼为龙，跳过龙门？

二十多年过去了，这块红丝砚，至今还摆在我的书房里，每当看见它，便会想出许多故事来。我喜欢那个坑，更喜欢那个逗号。

逗号，就标志着没有结束，一切还会延续，一切还可能峰回路转，还会前行，或如骏马奔跑或如蜗牛爬行，哪怕只有小小一步，只看你有没有把砚底磨穿的决心。

我觉得，应该取消句号，因为天地间万事万物，都只有逗号。

逗号

萨 陶 祭

萨陶死了。

很多人早就盼望它死，盼望它的大牙变成有钱人的玩具，在这些人眼里，萨陶的牙就是两根金条。兜售者或把玩者也许会忘记亲娘活老子，但肯定不会忘记最重要的一句炫耀：这是萨陶的牙、被世人誉为象王的牙。

看过萨陶的照片，难以形容它的神采，当它像一座远古的城堡，在非洲草原的暮色中缓缓移动，那种君临天下的气势跃然而出。这是天地孕育的伟大精灵，是老天赐予地球的尊贵礼物。可据说在多年前，萨陶就开始用草丛掩盖它的长牙，防止它身体的这部分引人注目，并非常人想象的那样，尽力去炫炫它最美最大的，自由自在地挺着这雄性的骄傲，去觅食，去求偶，去给敌人雷霆一击。显然，它害怕的并不是豺狼虎豹。

萨陶的担忧果然成为血腥的现实，当它中了毒弩，连牙带鼻被砍掉，血肉一团地蜷缩在地上挣扎时，谁能听得懂它的哀嚎？或许它在诅咒"象王"的称号！

萨陶的死因是什么？仅仅只是那支毒箭吗？

我不得不恶意地揣度，萨陶之死肯定与国人有关，无须劳心费力，在大小古玩店的柜门背后，在网络，甚至在地摊上，都能找到或偷偷摸摸或明目张胆的象牙交易。某些地方，一些象牙小件如白菜地瓜那样随便卖。据海关统计，目前全球每年被非法掠杀四万头大象，它们的牙有百分之四十被运往中国。

杀死萨陶的是贪婪，一些人对财产的所谓保值增值而疯狂掠夺与占有，人情友情亲情包括对地球其他生灵的感情在利益的追逐中日渐淡漠甚至冷酷如冰。别说大象的牙，如果人的门牙能换钱，大街上肯定会出现很多漏风嘴。

杀死萨陶的是无知，很多有钱人搞收藏，真伪不辨，美丑不识，哪样材质贵重罕见就选哪样，首选之物便是象牙，还找了句典型实用主义的谎话来哄自己：即使买错，材料也值几个钱。这些人中的部分极品甚至发展到收藏那些残骨碎片，那些高深莫测似鬼似神又似巫的如灵骨类。每当看到这类我就害怕，马上会想起小时候看过的《人皮台灯》。曾听说有一类盗墓贼专盗尸骨，然后将其打磨成所谓灵骨兜售，这可真正地让人毛骨悚然，但愿这只是谣传。

杀死萨陶的是荒谬，对材质的过分迷恋，无疑是大象遭到屠杀的最重要原因。那些看似风雅的鉴赏者，杀戮于无形之中，一句"材质之美"不知杀死了多少大象。翻开史册，最伟大的艺术雕塑与材质之美没有任何关系，"思想者"材质之美吗？"维纳斯"材质之美吗？还有宋朝那些伟大的雕塑，不外乎是极普通的木头，但作者对材料依然敬畏，对艺术不改虔诚，用他的创作点石成金，赋予它生命及其个性，于是庸才嬗变为神迹。而今天的象牙制品能让人看到什么？只有丑陋，当然还有丑陋掩盖不住的贪婪。

在身上挂两块血腥的骨片真不如挂两坨金子，或者干脆就挂钞票，如此更有面子，更能实实在在地显示身份和地位。

痴迷于牙角类的收藏者可曾想到，每一件精美的象牙制品背后都有一具被侮辱被伤害的大象尸体，每一具大象尸体会不会化作凶灵？依附于它们的牙制品，给携带者无尽的诅咒？

多少年了，世人视大象为吉祥平安的象征，始终用最美丽的语言为它歌功颂德，但同样是高唱赞美诗中的一部分人又在不遗余力地杀死大象。仅靠道德批判譬如我此类的短文并不能挽救大象,萨陶死了,萨陶二萨陶三依然会被杀害。唯一依靠的只有法律。

英国威廉王子为阻止非法象牙贸易,曾呼吁白金汉宫销毁1200件象牙工艺品,此倡议显然是矫枉过正的无奈之举。作为一个小小的收藏家,我也藏有几件古代象牙工艺品,如果需要,我也会毫不犹豫地将其销毁,不后悔。

附记:

时至今日,那群迁移的亚洲野象时刻牵动着亿万人的心,成为世界关注的一个焦点。一路上,它们平平安安,受到了无微不至的关怀,这证明了世人价值观的大幅度升华,只盼望它们吃饱了玩够了,早日回到家乡。

救命的一道小菜

2006年一天的上午,林子开车送我去医院。一路上我咳个不停,胸腔似乎变成了一个痰盂,每一口吐出的痰中都夹带着鲜血,不一会儿,红的白的分泌物装了一塑料袋。林子边开车边流泪,一路上只说了一句话:叫你戒烟、戒烟,可你偏不听,结果弄成这样。

我回了句话:我已经戒了个把月了。

女儿不再说话。

车到医院门口,我叫女儿就坐在车上等我,独自进了医院。

坐在CT室门口的长凳上,心里难免有点好奇,以前我害怕去医院,每年的体检都不去,好像这辈子只拍过一两次X光,听说这CT比X光精准无数倍,能把肚子里的一切拍得清清楚楚,它能在我肺上发现什么呢?脑子里突然想起还在修改的剧本、还想写的书,还有,这辈子对老婆小孩似乎不够好。

护士喊我进门。医生很年轻,头一句话就是:抽烟吧?

我:抽,十五岁插队那年就开始抽。

医生:一天几包?

我:两包以上。

医生又看我一眼:那你得做好思想准备。

我:我做好了,我的一个朋友的老婆得了肺癌,不过她不抽烟。

医生不再问话了,叫我去躺在CT机的床上。只听得移动轨轻微作响，我被送进一个看起来很神秘的大圆筒里，长条的小床似乎来回移动了一下，每一秒都显得特别长，忽然听到护士的声音：好了，下来吧。

我下了床。

那个医生也没叫我过去，他正在和另一个医生交头接耳。我硬着头皮走到他们身前，只听见一句奇怪的问话：你是怎么保养身体的？

我：我不保养，平时喜欢吃肉，抽烟，不喝酒，不锻炼，觉睡得也不多，就这样。是不是我的肺？

医生：你的肺比较干净，没有病。你看这个病人的照片，才二十二岁，肺上很脏，你比较一下。

我看了看屏幕，那是我的肺，稀里糊涂一大片，根本看不懂：那我为什么会咳嗽，还吐血？

医生：你看这儿，这是你的支气管，你得了支气管扩张。

走出医院大门，我从口袋里搜出一盒烟，赶紧抽出一支叼在嘴上，不点燃。

女儿还窝在车里哭。

我敲敲车窗，对她夸张地举起烟。

女儿抬起头来，脸上挂着眼泪，接着出现了笑容。

支气管扩张，它已折磨我十多年。

1972年，我从插队三年的小村调进江阴港务局，当过钳工、木模工、仓库管理员，突然有一天干活时从嘴里喷出鲜血，赶到厂医务室和县人民医院检查，两个单位的医生结论一样：营养不良，导致支气管扩张。

营养的问题好解决，妻子对我百般照顾，此后的饭桌上，从未少过蛋奶和鱼肉。药我也换过七八种，吃了足有两箩筐。但一切的努力，阻止不了我的咳嗽。

这个病，时好时坏，好的时候，不用吃一颗药，几个月安安静静，天天加班也没事，一旦发作，事先毫无症状，突然像个炸弹爆炸，而且是个没完没了的连环爆，咳起来撕心裂肺，打雷一样，身上的每个细胞都在剧烈震动。

妻子说：如果隔壁住着条恐龙，也会被你的咳声吓死。

最让人烦心的是我总以为痰中有血，口袋里常备一叠白纸巾，每当吐痰，我都仔细地把痰吐在纸巾上，然后再看白中是否含红，这个动作既麻烦又不干净，但我乐此不疲，有时非得咳出血来才罢休，感觉自己神经兮兮的，又得了什么强迫症。

长期咳嗽的后果是引发肺部感染，我至少得过两次肺炎。好在我从来不把这个支气管扩张当回事，一如既往地抽烟、加班，制作《还是汉正街》时，央视已把该剧的播出时间登在报纸上了，可我还窝在录音棚里做后期，于是我只能四天五夜不睡觉，眼睛熬得血红，终于完成了任务，居然一声不咳。但一旦进入案头工作，每逢天气变化，就咳个不停。

救星的出现是在 2010 年，那天，我在公交车站扶着一根电线杆咳嗽，突然听到一个声音，充满了同情：当年，我比你咳得还凶，走着走着，就歪在马路沿子上咳，或者扶着墙咳。

说话的人我认识，姓常，四十多岁，是个商人，我跟他不是很熟。我说：你得了什么病？

常先生：支气管扩张。

真是病友见病友，两眼泪汪汪！我顿时有了亲切感，说：这个病很麻烦，死不了也治不好。

常先生：治得好，我就好了，十几年没咳。

我：你是遇到好医生了，你吃的是什么药？

常先生：不是药，是大蒜，就是可以做菜做调料的大蒜！

接下来的对话很长，足有一刻钟，每个字我都记住了，在此省略不表，离开他时，我只记得两个字，大蒜！

回家路上，很想直接去超市买大蒜，一转念，先别操之过急，这大蒜能治支气管扩张，以前闻所未闻，说不定是什么巫婆神汉胡诌的鬼话。江阴老家的对门是个大宅，里头住着三个老中医，听说全国出名，他们的小孩天天跟我一起玩，但我那一大家子老少，有了病，都是去医院，从不找他们的老爹。再说苏南人从不吃大蒜，唯一吃过的，就是蒜苗炒鸡蛋。

回到家，打开电脑，我想查查世人尤其是科学家对大蒜的研究及其评说。

吓了一跳，这简直是一味神药啊！

大蒜能抗癌，大蒜能美容，大蒜能降血压，大蒜能消炎，大蒜能降胆固醇，大蒜能防治瘟疫，几乎无病不治。就连古罗马的士兵上战场，也人手一袋大蒜用于治疗伤病。此外还看到一些研究报告，其中有美国、英国、德国的一些医学家，都说大蒜对人体健康有益。

我小时候喜欢瞎看书，父亲的藏书我几乎都看过，插队时无书可看，我就到处借书，凡是印上铅字的纸都看，其中有《中药大辞典》《本草纲目》，以前对这类药书深信不疑，后来条件好了，看的书更多，认识了"马铃兜酸"等新名词，于是朋友聚会时，看见桌上有蕨根、鱼腥草之类就坚决不吃。医生给我老婆开西药时总是夹带一些中药，我一旦看见配方中有什么天仙藤、广防己、关木通、何首乌、益母草、雷公藤、千里光，立即将该药扔进垃圾箱，害得老婆跟我吵个没完。

但我现在咳起来不要命，甚至感觉去日无多，唯一能救我的，似乎只有大蒜。

一、工具及材料准备

1. 二升以上容积的大号玻璃瓶一个，瓶盖须带金属卡扣，盖底必须有环绕的橡胶垫圈以利密封。

2. 独蒜若干头，切记，是独蒜，最好的是紫皮独蒜，不是炒菜用的瓣蒜，超市有卖。独蒜的皮，比美女塑身衣包裹得还紧，用一把尖头小刀撬开蒜底的肚脐眼，便可将整个蒜皮去除，如果该蒜没被你的脏手污染，不必清洗。

3. 香醋一壶，什么牌子我不便说，以免广告之嫌，唯一要求是用粮食酿造的醋，陈醋也试过，很咸，味道不好。白醋难免化学醋的嫌疑，我缺乏鉴定能力，弃用。

4. 蜂蜜一瓶，以前用过大别山的野生蜂蜜，后来又疑神疑鬼，担心野生蜂蜜中含有不良花粉，改用大超市的各种蜜，如紫云英蜜、枇杷蜜、桂花蜜。

二、制作过程

1. 把香醋倒进大口瓶，比例为该瓶的三分之一，再倒蜂蜜，将香醋和蜂蜜搅匀后，可以尝一下，我的体会是不宜太甜，以防勾引出糖尿病。香醋和蜂蜜的混合液约占瓶子的二分之一。

2. 把去除外皮的独蒜装进玻璃瓶，我使用的瓶子一般能装三十多颗，要求是混合液与瓶口平齐，减少空气进入。

3. 盖上瓶盖，扣紧卡扣，然后把该瓶放在阴凉处，最少置放二十天。我腌制时间最长的一瓶超过八个月，开盖食用，并无异常。

三、服用方法

1. 吃饭时，你可用干净勺子舀出一颗独蒜，再舀出一些蒜的浸泡液一起服用，你可以将蒜切成薄片小口小口吃，也可以大口大口啃着吃，另外有什么新的吃法，你可以发明创造。

2. 蒜头吃完，余下的蒜液万万不可倒掉，可继续用其泡制新蒜，或者当你突然干咳时喝下一勺，效果你喝了就知道。

3. 坚持每天一颗，不要中断。

四、副作用

1. 屁臭，屎臭，口臭。这三种臭，超越常识中的臭。

2. 长期服用，眼睛干涩，往下看，有应对方法。

五、注意事项

一旦开盖，该瓶子就不能放在常温下，必须马上移入冰箱冷藏。

我性子急，第一罐大蒜腌到第十五天就开罐吃了两颗，入口的大蒜头又硬又辣，味道生猛，难以下咽。坚持吃到第六天早晨，感到很想咳嗽，奇怪的事情发生了，以前咳嗽，根本无法控制，一咳就没完没了，而那天我居然能控制器官，让咳声缓缓地轻轻地送出口腔，想停就停，想咳就继续咳，就像服用了什么强力抗生素，它正在阻止支气管的痉挛。我大喜过望，继续服用，不到一个月，我就不咳了。

初服半年内，我的胃肠道经常咕噜作响，打雷一样，有可能是大蒜素在清除胃肠中的细菌，但半年后肚子里就风平浪静，异响失踪，几乎不得感冒，也没得肠胃炎。

到如今，八年过去了，我一直在坚持服用香醋加蜂蜜泡大蒜，再没有人咳过，连伤风感冒也不咳，我完全可以认定：我的支气管扩张，已被治愈。这个结论，还可以用一张胶片来证明：2019年9月，经某三甲医院CT检查，我的肺与支气管均没有发现异常。

我的一些朋友也开始吃大蒜了，有的按我的指导如法炮制，有的把独蒜剁成碎末，用温开水冲服，我试过一回，结果被呛出大把鼻涕眼泪。还有的朋友直接买来大蒜素胶囊服用，我在网上买来一瓶进口的大蒜素，结果没开盖就可以闻到浓浓的蒜臭味。

蒜臭确实是个大问题，坐车，约会，说话，都如影相随，不少人一闻到该味就掩鼻逃离。于是我改随时吃为定时吃，即早餐、中餐不吃，晚餐再吃，睡前漱口刷牙，第二天早晨起来后再漱口刷牙，口袋里再常备薄荷糖，如此就能有效地掩盖蒜臭味。

大蒜吃多吃久了，眼睛会模糊、流泪，或者干涩，这个问题我束手无策，只能在网络上瞎找解决方法，终于看到一句话：大蒜可能会影响维生素 B 族的吸收。于是我尝试每天服用几颗复 B 和 AD 胶囊，还常在杯中放两三朵菊花泡茶喝，眼睛和视力恢复了正常。

去年底，某三甲医院的一位中年医生，认真听完我用大蒜治疗支气管扩张的整个过程，说真实、细致，建议我写篇论文，说这是个功德文。我说写这种论文要有药学基础，还须数据支撑，我一窍不通，我唯一能做的就是如实写下这段经历和感受，灵不灵，各自随缘，谁谁谁吃了糖醋大蒜产生不良后果，我拒绝承担任何责任，我只是用这篇短文告诉人家怎样用大蒜做一道小菜。

没错，这就是一道小菜，酸、辣、甜、脆，稀饭吃它正好。

秋叶落地，寒冬来临，正值独蒜上市，你不妨找个大点的超市逛逛，就在蔬菜柜的一侧，摆着用尼龙网装的独蒜，每袋装十颗至十三颗，2018 年底的价格为二十到三十元。我一般买十袋，回家后，妻子用把陶瓷小刀剜掉独蒜皮，她认为用铁刀会让大蒜的伤口发黑，然后用醋和蜂蜜调好后，腌上三罐。每天只要吃一颗，可吃一百天。到如今她认为我支气管扩张已经好了，就在蒜上洒一点盐，盐虽然会破坏部分大蒜素，但这个混合体依然有保健作用，腌起来也快，一般只要二十天，不加盐的须一个月。如果你在腊八节腌，你会得到一个惊喜：漂浮在玻璃瓶里的独蒜会变得碧绿、透亮，就像一颗颗翡翠珠子。

有个年轻朋友问我：如果我不小心吃了一个蒜头，马上要去约会，如何是好？

我的建议是：见到你的女友，先请她吃一颗蒜。

禁忌：患有胃病或食管反流者慎用，因该物糖多醋多，容易诱发胃酸分泌过量。

夜 行 车

收工了。

我爬上一辆吉普的前座，安下身子，把脑袋深深埋进军大衣的毛领里，合上眼。车到市区至少得半个钟头，我想在进入大睡以前先小睡会儿。

车子缓缓驰进夜幕，车窗里窜进一股冷风，刀刮一样，抬手关窗时，后座上传来一个女人的声音：我给你讲个故事好吗？

凌晨一点多了，她还有心思讲故事？说实话，我对这种漂亮女人总抱有几分怀疑：老天已经给了你美貌，不可能再同时赐予你智慧吧？我似答非答地应了一声，依然合着眼。

她似乎没在意我的状态，开讲了：

那是发生在北方的一个故事，在一个小山村里，有一个农民……

车灯扫描出一团团夜雾，黑白交织，妖气十足，不停翻卷如百变鬼魅往车子涌来。我脑袋昏昏沉沉的，两条腿的膝盖以下部分时麻时酸，最后仿佛失去了知觉。我知道自己快累坏了，再三告诫自己别听这该死的故事了，睡觉，我必须睡觉……眼皮越发沉重，她的喃喃低语变得断断续续，慢慢被车声淹没了。

到如今快一年过去了，奇怪的是，我仍在不停地回忆那个大雾迷茫的夜晚，搜索脑海里的每一个角落，回想自己到底听到了什么，直至近日才勉强把那些零零碎碎的片言只语缀合起来：

那是发生在北方的一个故事：

在一个小山村里，住着一个名叫二强的农民。

二强并不强，既不帅，又不酷，干活，算不上好手；讲笑话，他自己先笑得不行可人家不笑；喝酒，他属于一品红；打牌，他就是抓了一手好牌也会打得稀烂。

好在二强知道自己不强，也不把自己的不强太当回事，老是觍着张笑脸，站在晒场上听热闹。

难办的是人家要不强的二强，两种人，一是耳听八方眼观四路的媒婆，二是家有宝贝女儿的父母，当爹娘的眼珠子都瞪得像望远镜和显微镜，哪怕小女丑如八戒，也指望从哪里钓来一只金龟，因此二强到了三十多岁，还是光棍一条。

二强很焦急。

但再焦急也解决不了二强的强大问题。

春播秋收，日子一天一天过去，村子里也没闹出个大点的动静来。一个平平常常的早晨，二强出门碰运气，赶到县城去站了一天马路，可那天城里人特别勤快，没人来喊他扛包、掏下水道，于是二强只好搭车回家去。

回家的路很远，二强搭的是一辆大客车。

过山脊的时候，出事了——司机为了避开一辆拖拉机，猛打方向盘，结果大客车冲出了悬崖。

一阵暴响和惨叫过去后，二强战战兢兢地站起身来，摸摸脸蛋，扭几下胳膊，发现自己居然还是囫囵一个，连块皮肤也没有擦伤。

可车厢里却七倒八歪，一片呻吟。二强看了看，定定神，顺手把一个哭号的小男孩抱起来，钻出车。

车子横卧在一道石梁上，形成跷跷板，如果一头失重，必将坠入深谷。

二强加快了步伐，把小男孩背到马路上，接着又转身下山去背第二个、第三个。

一车的男女老少都转移到马路上了,二强累得像死狗趴在地上。一个中年男人用手捂着脑袋上的伤口,看看横在石坎上的车子,对二强说:你救了我的命,我要给你送感谢信。

二强胸口一热,连连点头:噢,噢噢噢。

一百多里山路,二强是走回家的,走得很轻松,嘴里还哼着人家听不懂其实他自己也不懂的小调。

第二天下地时,二强回头往村口看,看一次也就罢了,他走几步,又往村口看。

同伴奇怪了:二强,看什么呢?

二强:不看什么……不看什么。

同伴:不看什么还看?你小子准有事。说!

二强:人家,要给我送……送感谢信。

同伴:送感谢信?给你?

二强点头。

同伴笑了:人家凭什么要给你送感谢信?

二强:我……我救了人,一车人。

同伴更快乐了:你像个救人的样子吗?像吗?啊哈哈!

二强不说话了,他发现他要证明自己做过的事情很难,不下地了,干脆跑到村口去等。待会儿,最多等到晚上吧,那中年男人肯定会带着一群人敲锣打鼓地送感谢信来,说不定还有人吹唢呐呢,那呜里哇啦的唢呐声,传得可真远。

第一天,人家没来。

第二天,人家没来。

一个星期过去了,人家还是没来。

村口,老树下,二强仍然守在那儿,充血的眼睛眺望着远方。

村里人待不住了,村长亲自出马,找到二强:二强没事吧?

二强:没事,没事。

村长:没事就回家去吧。

二强蹲下身子。

村长:年轻的时候,我也想出名,出名好哇,找媳妇、找工作,都好办。可这种好事儿能轮到咱们吗?你说你救了一车人,我信,可人家信吗?想出名不是坏事,可靠等是等不来的。回家去吧,该干吗还是干吗去。

二强蹲得更矮了,矮得像他身边的一个土堆。

一个月过去了,二强仍守在村口。

两个月过去了,二强还是守在村口。

老树上的枯叶一一飘落,不知几时又挂上了新绿,再往后又变成一片枯黄。风沙从遥远的北方一阵阵袭来,蹲着的二强灰不溜秋的,比他身边的土堆还像土堆,他眼睛里的血丝早已消退了,变得像风沙一样混沌。

日子长了,来来往往的村民已看惯了这村口的一景,开始时还摇头叹息,到后来该笑的时候绝对不会小声。

不知道二强听没听见,他的头似乎不会转动了,直直的,泥塑一样,视线永远凝固在远方的地平线上。

有人给二强送来了一壶水。

送水的是个女人。

她比二强大五岁。

这女人的故事要讲起来很长,简单说:二强在她当小姑娘时,偷看过她的屁股,结果被她老子打掉了一颗牙,在山里躲了一夜才回村。

后来，她嫁给城里的一个老板没几年又离婚了。

清水汩汩流进一只大碗。

二强的头纹丝不动。

女人端碗的手白白的，似乎没受过风沙的侵袭。

二强的眼睛里依然只有灰黄。

女人对二强说了一句话。

那个像土堆一样的二强脖子活动了，腰杆直了，眼睛里有了生气。到后来，他居然站起身来，一瘸一拐地跟着女人走了。

没人知道那女人说了句什么话。

没人知道他们去哪儿了。

有人说：二强跟那个女人进了深山。

有人说：二强跟那个女人进了城，开了店，赚了钱。

晒场上又热闹开了，有人发布可靠消息：二强进了城，被他救的人认出来了，一吆喝，二强红了。还有人说：二强和那个女人还住在山上的茅屋里，养了两头猪，过得不好。人多嘴杂，一百人有一百种猜测，其中议论最多的是：那天，那女人究竟对二强说了句什么？

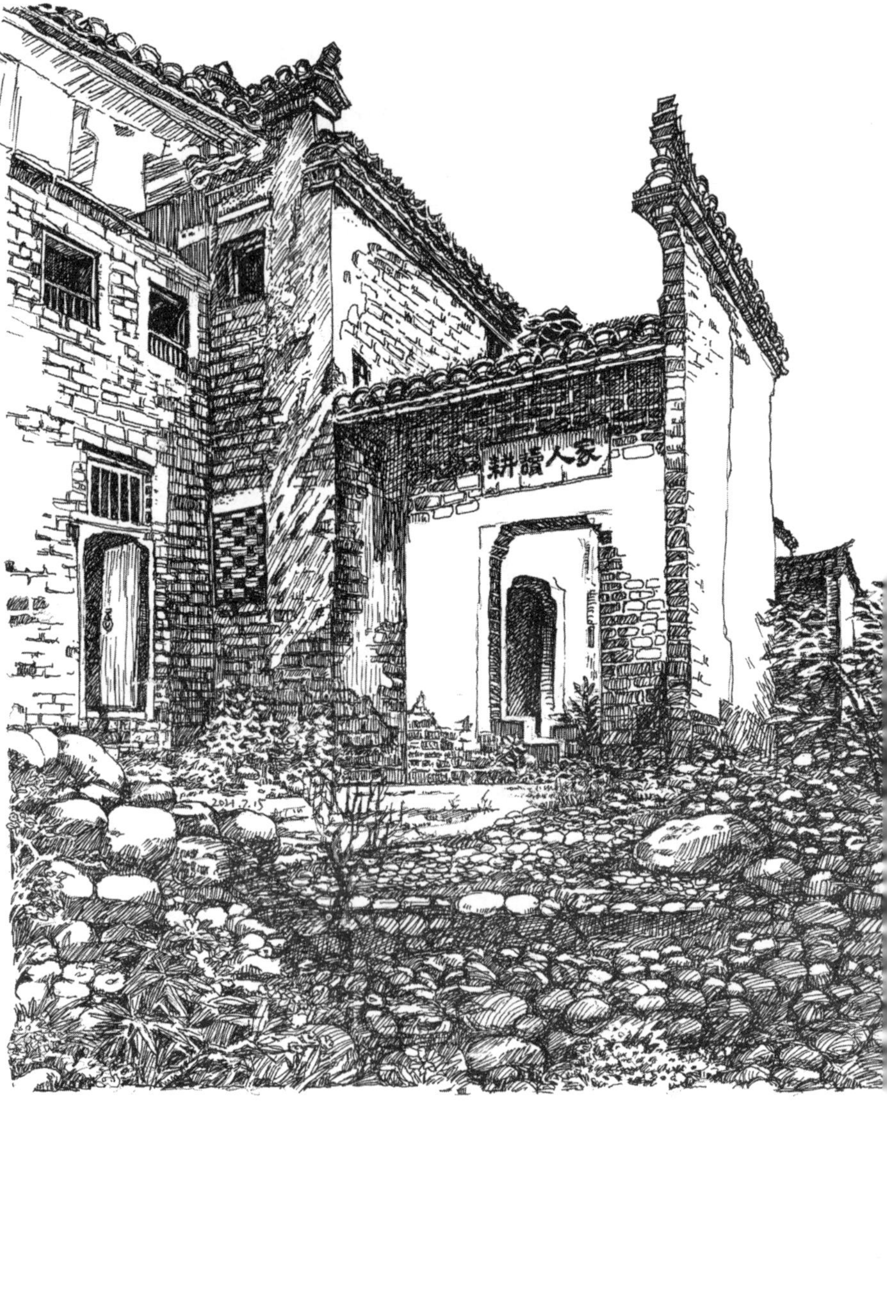
耕讀人家

我忘记了那些树

梦中的回忆千千万，突然有一个早晨想起，我忘了那些树。有多少树，与我的人生有关？

江阴多的是苦楝树，谷雨后，不用往郊外跑，街头巷尾，尤其是那种白墙灰瓦的老屋后，随便抬眼就能看到它的花朵，不惊艳，不卖弄，就那种嫩嫩的淡紫色，挑在黝黑如铁的枝丫上，衬着绿叶、太阳，就像老天悄悄做的一场梦幻派对。随你看不看，它照开。

我就读的辅延小学很小，只容得下一棵高高的桂花树和几棵低矮的苦楝。大概是三年级的时候我就学会了爬树，也没人教我帮我，无师自通，抓住苦楝的树干，脚蹬手攀，三两下就上了树，站在树杈上俯视着同学，得意扬扬。这时需要提防的是我母亲，她在该校当老师，只要看到我爬树，她就会用一把长条扫把我捅下来。

十岁以前，我把一本童话书连看了几遍，树立了一个理想，那就是当一个巫婆，于是经常骑着家里的扫把做飞翔状，有一回还撑着把油布伞，从柴火房的顶上跳进菜地，摔得不是很疼，但理想破灭。可以说，我那么爱爬树，是目标迷失后的一种补充。

秋天到了，苦楝挂满了一树的果子，酷似一簇簇铃铛高悬。那果子黄灿灿的，又圆又润，貌似能吃，我摘了几颗送进嘴，恰好被母亲看见，大叫那果子有毒，要我吐出来。我说我已经吞下一颗。母亲说一颗没事，那可以打蛔虫，往后绝对不能入口。

第二天早晨我仔细检查了自己的大便，没找到一条蛔虫，大概我以前吃过宝塔糖，肚子里没有虫。

在大毗巷里进进出出，总能看见一棵梧桐。此前，同学给我吃过几颗炒熟的梧桐籽，深褐色，豌豆大小，布满了皱纹，放进嘴轻轻一嚼，香得出奇。可恨那株梧桐长在围墙后，就那么斜斜地伸出半个修长的身子，头顶着小蒲扇那样的叶片，像个邻家的小姑娘，青衫绿裙，每天隔着那堵老砖墙悄悄地看着你上学放学。

离那棵梧桐树不到五十米，在一个窄窄的旧木门后头，确实住着一个秀气的小女孩，两眼之间，有一颗很圆的小红痣。她是我邻班同学，但我没跟她说过一句话。

夏天过去，梧桐树花开花落，叶子也逐渐变黄，一树的梧桐籽格外醒目，一串又一串，数不完啊，就像无数把挂在树上的调羹，小风一吹就哗哗作响，看得我口水直流。

研究了几天，我端来一张高板凳，站在凳子上踮起脚，如此我手就够得上墙沿了，用力抓紧墙头砖，再吊起身子，这样我就翻上了墙，爬上了树。摘下的梧桐籽装满了书包，手里还捧着一大摞。

回家后，我留下一些完整无损的果荚，即荚边的籽一颗不缺的，余下的全部给我弄下来炒熟后吃了，当然是我们一家姐弟四人吃。那十几片完整的荚果，我和两个弟弟把它们带到东横河边，一片一片地放下水，看着那些大肚尖头的小船随波逐流。

此后我再也没吃到过梧桐籽，那独特的香味，早被各种奇奇怪怪的味道代替了。

上初中时我才见到了真正的大树，江阴第一中学的前身是美国教会学校，大约有百年历史。红墙上嵌着花旗松门窗，大块的铝瓦铺在教学楼顶。宽敞的校园里，长满了各种大树，最多的是枫杨，还有山核桃、银杏树。这些树看起来都很大、很老，树皮上的皱纹弯弯曲曲，如果放大，就是千百条枯涸的河沟。

枫杨花开的日子平平淡淡，树叶深绿，花束浅绿，没有大的反差对比，因此难以引人注目。但它不甘寂寞，无疑是繁衍子孙后代的本能激励着它，就把它的花束当成头发编织出各种花样来卖弄，今天编成一长串串在一起的小馄饨，明天编成小元宝、小耳朵，一片片地挂在树上随风招摇。结果招来的大多是小男孩，掰几串长长的枫杨花，或把它夹在档里当马骑，或把它当花剑对刺，把它当鞭子抽着玩。

枫杨籽不能吃，我尝过一次，苦。据说枫杨叶子能治血吸虫，我姐姐在吴江插队十三年，当过生产队长、大队支书，不幸得了此病。消息传来，母亲去一中捋了两口袋枫杨叶子，带回家晒干后，把它寄给了姐姐。

枫杨木质轻价廉，江南人一般把它锯成粗长条用来做棕床架子。当年的串棕床，跟爆米花、弹棉花、织土布一样，是小孩最喜欢围观的项目。到如今，这些民间手艺活早已失踪，还包括坐在门口或绣花或纳鞋底的女人。

除了那棵银杏，别的树我都爬过不止一回，原因只有一个：树上有吃的。一中的鸟很多，都是些普通小鸟，如麻雀、斑鸠、八哥、白头翁，最多的是灰喜鹊，它喜欢把家安在枫杨树上，每只窝里最少有四枚喜鹊蛋，煮熟后，口感比鸡蛋细嫩。山核桃树上有山核桃，是那种长长的椭圆形，皮薄肉多，用弹弓打落下地就可以吃，味道很好。

多年后，到了武汉才知道，我小时候摘的山核桃还有个名字叫碧根果，如今放在坚果店里，价格属最贵的那一类。

那棵长在学校侧门旁的银杏树不是我不想爬，它实在是太粗太高了，要退到操场上才能看到它的全景。树围之大，三个小孩手拉手都合不拢。对这棵我从没踩在脚下的老树我总有几分害怕，它的皮特别黑，皱纹深刻，就像个干了一辈子重活的老男人，腰背不是直挺挺的，主干就开始扭曲，分枝更是歪七扭八，仿佛一心要挣脱什么力量的束缚，挣扎着往天空伸展，用力多少年，终于活成了一座小山。

这棵银杏肯定是个单身汉，从不开花结果，我多次在树下寻找，没捡到一颗白果。大概它周边没有异性朋友给它传播花粉，导致它终生不育，因而显得格外寂寞。

到了深秋季节，银杏才改变了旧模样，似乎一夜之间，它突然披上了一身金黄，颜色有如那种淡淡的十K金，庄重地矗立在蓝天下，变成了一座高大的金山。小风一起，叶片先后脱落，变成了一群又一群的小金扇，在天幕上扇来扇去，画出许多变幻莫测的曲线，最后徐徐落地。那种空中徘徊的样子，可以写无数首小诗。我和大弟遇见过一回，两人踩着厚厚的一地金叶，一把把抓起来往对方脸上扔，满头满脸的残片碎屑。

原来，这棵看似孤傲的银杏也能给人带来快乐。

十五岁那年，我就下放农村了，插队的那个小村离市区才六七十里地。走到村口田头，我又见到了苦楝树，村民们烧火用它、做柜子用它、给小孩打蛔虫也用它。我还用过一条苦楝树做的扁担，挑秧挑稻谷挑河泥都好用，但挑砖坯时却一折两断，大概那黄泥巴做的砖坯实在是太重了。跟我一起干活的阿发告诉我：做扁担最好用桑树、毛竹、乌桕，苦楝木刚性，做扁担挑百斤以下的可以，再重，它宁折不弯。

红豆树下村就紧挨着我插队落户的俞家堂，两村相隔不到一公里，如今可能已合为一村了。那棵由梁朝昭明太子种的红豆树就在红豆树下村，树龄已高达一千多年。我只记得那是一棵优雅的大树，就那么随随便便长在一条小河边。树的主干并不高，分枝却很多，形同无数根伞骨，合力支撑起一把绿色的大伞。

我多次在红豆树旁的小河里用赶网捉虾，那儿的河深，虾大，每次我都能抓几十只，数量之多，让人产生一种偷的感觉。每回去都心急慌忙，从未想过去爬一回红豆树，也许当时我快成年了，失去了爬树的兴趣。也许，那树上没有可吃的果子，即使有，也没有一只虾重要。

插队三年，我没有见过红豆树开花结果，问过村民，也没人见过它开花的模样。直到我离开红豆村多年后，一位顾山的朋友才送给我两颗红豆，说：那棵树终于开花了。

原来红豆树开花无踪可寻，有的树，年年开，有的，几十年才开花一次，还不一定会结果。所以那红如宝石的果实，被诗人誉为相思子。

回城工作后，天天在水泥森林里穿行，但潜意识中我还是喜欢看树，一棵长得有趣的树，能让我看很久。每当坐在树下，看着鸟儿飞来飞去，一片片树叶打着转转轻轻飘落，天牛落到树干上攀爬，知了的幼虫在树根周边掘洞，心里会变得格外平静。

武汉水多，水当然也好看，尤其是龙王庙那一带，即长江和汉水交汇的地方，还有东湖、府河、梁子湖，那儿有很多美丽的水鸟。但可看的树，好像只有解放公园路的法国梧桐、江滩公园的芦苇荡——不过那不是树，东湖磨山那边也有一些大树，还有江夏那边，没留下大的印象，无疑我去的地方太少。

神农架我去过一次，单人独行，钻到深山里，还没顾得上看山看森林，就被一群狗包围了，那种凶狠样子，估计一只能斗过市区的一群，幸亏一个农妇赶来解救。当晚，我就离开了山区。到如今提起神农架，记忆中，没有树。我相信，这辈子，我能找时间爬到华中屋脊上去看树，说不定还会看到爬在树上的金丝猴。

也许，只有那些在你生活中留下印记的树，才会在梦中出现。

有一天，在去木兰山的路上，我发现了一棵雄伟的大朴树，那是在壶语堂博物馆的后院。那树高、粗，下半身爬满了绿茸茸的苔藓，估计树龄有百年以上，但树皮饱满，富有弹性，依然神采飞扬，头顶的树冠巨大无比，就像一个强壮的男人撑着把大伞挺立在山坡上。

小时候我做过树籽枪，每天与弟弟各持一把开战。做一把枪只要几分钟，即截一根半尺长的细竹竿，两头分别塞进一颗树籽，再找根筷子，一头缠上棉纱，沾点水，做成活塞模样塞进竹筒，只消用力一推，空气就被压缩，一颗树籽便会把另一颗顶出枪口，同时发出一声脆响，这颗子弹大约能飞三米，落在皮肤上微疼。而做子弹的最好材料，就是这圆溜溜的朴树籽。

我曾给这棵大朴树拍过几十张照片，也多次在树下与壶语堂的主人夏先生喝茶。夏先生是我多年的朋友，朋友院子里的树，对我来说格外亲切，况且它本来就长得好看。

拍某剧时，有一处外景地就在武汉的一个老码头，样子很像上海的外白渡桥，有一些早期工业文明的味道。监视器就摆在老码头旁的一个杂树林里，我的周围长着白杨、柳树、浆果树和大片叫不出名字的杂树。拍着拍着，演员正在对话中，忽然耳机里传来一阵鸟叫声，似乎就在头顶，一种清灵灵的声音从空中洒落，深情、缠绵，像小提琴与笛子的有机组合，那就是一首歌啊，更奇特的是它恰好与台词般匹。

显然，这是一只野生画眉，它正站在这片杂树林里放声歌唱，肯定在呼唤爱情。就那么唱了一二十分钟后，鸟声突然失踪，我起身寻找，我很想看看它站在树梢上唱歌的样子，可录音师马上告诉我：那只鸟太吵，被他赶走了。这时我大怒，说：它这是在免费给我们配音，你不会调整一下话筒？就是这场戏用不上，你也有责任把它的叫声录下来。回到城里，你上哪儿去找这么干净的声音？

没有树的地方，鸟还叫吗？

我这辈子说了太多的废话，应该让这只鸟也有个说话地方，何况，它支持了我的工作。

　　放眼看看，是个人，都离不开树。可那些伴随我度过岁月的树，包括那个一心想爬上树梢的顽童，我差点把它们都忘了。

　　当然，无论你忘不忘，它们依然在，至少，它们的子孙后代在。如果旧地重游，这些树，还认识我吗？

　　人的老祖宗，当年是从树上爬下地的，如果树不见了，人还在吗？如果人不在了，树还在，还有什么动物的祖宗爬下树？

　　如果有来生，我想变成一棵树。

爬

小猪爱爬。半岁不到，他就把肚子贴在床上，两臂如翅膀那样上下快速扇动，嘴里还咿咿呀呀叫着，但爬不了分寸。过些日子，当他扑腾着能移动身子时，却只会直来直去，拐不了弯，又刹不住车，结果一头扎在蚊帐兜里来回晃荡，很像一条落网的鱼。

下地那天，女儿给他穿上了保护后脑的防撞垫，那是只小蜜蜂，金黄色，细腰大胸，脑后还支出两根触须。于是他开始手足并用地匍匐前进，先学爬地板，再学爬楼梯、爬板凳、爬桌子、爬书架、爬斗柜，连竖在墙边的一只花瓶他也想爬上去。

他学会了借物助力，只要能拉一把扶一下有利于攀爬的东西他都要伸手试试，于是桌布不时被他扯到地上，碗筷经常落地粉碎，报纸书刊席地翻卷，扫帚、拖把、鞋拔、马桶拔子什么的居然会出现在他的小床上。家里经常响起打雷那样的大呼小喊，大人一个个夺门而出，慌得团团转。最惨重的损失是一把硬木靠背椅，被他抓住横撑后直接后背倒地，右腿一摔两断。

每当大人抱起他离开那个混乱现场时，他就哭着喊着，同时挺起胸腹，把背脊拱成一座弯弯的小桥，再僵直身子躺在地上以示反抗，似乎所有的婴儿都特别擅长这个动作，天生的。

他太渴望了解这个世界了，那些阴暗狭小的角落里似乎充满了无穷乐趣，一次次伸出那双小小的手掌，触摸他能见到的一切，不论温柔的朴实的还是坚硬的尖锐的，他都想去摸摸试试。床底下、冰箱背后、柜子之间、茶几下的平台，都是他喜欢研究的地方。他把自己小小的身子，以难以想象的柔软扭曲成章鱼那样往里钻。这时我们才发现家里的危险不亚于野兽出没的荒野丛林，每天都忘不了互相提醒：不能有一秒钟的疏忽，同时采取了一切防护措施：楼梯间张好了防坠网，抽屉上粘上儿童锁，家具角都装上了防撞垫，插座上则安上了保护盖。可这一切，都阻止不了他的探索。

洗手时发现他手掌皮肤粗糙，微微发硬，还明显泛黄，以为他黄疸未退，再三动员女儿带他去医院检查，妻子说：别大惊小怪，这是他爬出来的。

终于能直立行走了，他开始用脚爬，当然还得连脚带手，院子里有一座小小的台阶，长不过三米，高只到一个成人胸前，总共六级，他已经来来回回爬了五十次，当然，我数到五十就放弃了计数，因为我觉得他的计划可能会超过五百。要他放弃，除非，打一顿。

拉着我的手，他提起一只脚，歪歪斜斜踩到一级台阶上，还没站稳身子，他又提起另一条腿往上爬。摸摸他的腿和胳膊，松松软软，似乎没有一块肌肉。我不知道他从哪里找来的力量。每一次爬上台阶，他眼睛就笑成了细线，圆脸笑成了方脸。

他才十九个月啊。

他最喜欢的不是什么玩具，而是一张塑料小板凳，每天起床后就随身携带，踩着它，他顿时身高增加一尺，凭借此高度，他就可以去学开锁开门，去探看窗帘外或者桌子上的东西。

有一回他成功地爬到我的书桌上，先把电脑来回开关多次，再拿起一支笔乱画一气，最后翻开一本很厚的书看起来，脸贴在书上，两眼上下左右移动，看得很认真。我不知道大字不识一个的孩子在一本没有插图的书里能找到什么快乐。那天女儿没收了他的小板凳，他哭得泪水掉了一地。

到如今他已在尝试各种花样走法了：把脚抬到最高，啪嗒啪嗒地正步走；像螃蟹那样摆开八字脚，嘴里还嗷嗷叫着横着走；在沙发边缘由大人牵手绕着走；把母亲的运动鞋套在自己脚上，往往弄反了，把右鞋穿在左脚上，或者一只黑鞋，一只白鞋，一步一顿地拖着走，脸上挂满胜利者的笑容。最终结果只有一个，一头栽倒在地，哇哇大哭。

现在他就鼻青脸肿地站在我的面前，头发上全是灰，额头上鼓着一个紫色的包，鼻翼右侧隐隐沁血，眉弓上还留着一道浅浅的伤痕，这也是爬行给他留下的纪念，那天他一头撞在柜角上，血流如注。

我知道，小猪，你就是个爱爬的孩子，但爱爬并非你的天赋异禀，你跟千万个别人家的孩子没什么两样。很快，你就会大步行走，很快，你就会独自面对这个世界，到时候你会知道：有些东西是不能触摸的，也是不可以攀爬的，包括那些看起来特别迷人的地方，除非你情愿为那一瞬间的所谓快乐付出代价。别的地方你想爬就只管爬吧，人的一生几乎都免不了跌打滚爬，为什么不爬呢？爬的过程，肯定能让你的身心更快乐，只是到时候跌倒了，也许就再也没人来扶你，没人给你装防护垫，也没人来给你的伤口擦碘酒扎绑带，一切得靠你自己了！爬吧，只盼望你找对地方，找到同伴，尤其是找到那种不一定给你喊加油，却甘愿跟你一起赶路的人，更多的时候，你可以相信的只有你自己的力量。

师　　傅

　　1972年春天的一个早晨，我揣着一张调令，站在一条小火轮的后甲板上，满脸泪水，向送我的徐队长、阿发挥手告别。他们挑着担，从俞家堂一直送我到顾山码头。这时两人脸上挂着笑，还有泪，也使劲向我挥手。

　　小火轮叫了一声，螺旋桨开始旋转，船尾冒出波浪，直到船拐弯，俞队长和阿发已化为两个小小的身影，他们还站在码头上望着我。

　　就这样，我离开了插队三年的顾山俞家堂，那个每天可看见红豆树的小村。我身边，则留下了他们送我的一担糯米，还有一直珍藏在心里的回忆。

　　新单位是江阴港务局，这是家国企，当时隶属于长航局。报到第二天，我们这批刚回城的知识青年就开始体验生活，我被派到码头上学扛包。两百斤重的棉纱包压在背上，扛了一天，从头到脚都是疼的，我觉得这份工作比插队时挑担还累，而且没什么技术含量。幸好这种体验很快结束，几天后，两辆大卡车，就把包括我在内的几十个新工人拖到了金陵船厂。

　　出南京的山海关，再往长江方向走五六站地，就到了金陵船厂。该厂最醒目的是两台大吊车，竖在江边上，很高，巨鸟一样，用它的长喙叼着货物来回转动。我一看它的样子就很想当个吊车司机，可我却被分到船台上当船坞工。车间里没给我派师傅，就来了个老工人指点我什么时候往平板车轮下头放木榫。每天我站在船台上，仰面朝天，看着大船小船的各种部件从我头顶的侧上方划过，有时就是一艘完整的大船，黑压压的，像一片巨大的乌云飘过。

船厂，就是一个钢铁的世界，跟我待了几年的农村完全不一样。乡下，几乎都是绿的、黄的、柔的，这儿，都是黑的、硬的、冷冰冰的。对还没满十八岁的我来说，这是一个陌生的地方。

金陵船厂的主业是修船，兼造驳船、油船，工种很多。我很想学点技术，可我站在船台上几乎无事可做，那一筐子的木榫，我没用过几个，于是我经常溜到钣金车间去看电焊，还去爬了一回吊车，可还没爬到驾驶室，就被司机赶下地。

有一天，我坐在轨道上胡思乱想，一辆平板车滑过来了，我没听到它的声音，滑到身前我才发现大难临头，急忙起身躲避，但左脚却被车轮压了一下，顿时痛得坐在地上，奇怪的是骨头没有被压碎，也没皮破血流，颠颠簸簸上了一周班后就恢复了正常。一辆空的平板车不会低于千斤，我居然度过一劫。此事我至今想不通，只能说我的运气太好。

大概是江阴港早有安排，先让我们做零杂工，熟悉一下船厂的环境，两个月后，所有学员就换了工种，女孩子一般去学车工，男孩学电工、锻工、钣金工，我被分到轮机车间学钳工。

车间给我指派了两个师傅，一位叫刘振福，一位叫何云跃，也没举办什么拜师仪式，班长把我带到他们身前，简单介绍了一下，两位师傅对我笑了笑，握个手，这就算拜师了。初看起来，这两位师傅根本不像工人，一副斯斯文文的样子，但一干活，譬如说敲个榔头拧个螺帽，就可以看出他们的强壮，而且用的都是巧劲。下了班，他们脱下工装，换上夹克，又变成两个很帅的小伙子。

两个师傅都不到三十岁，都是三级工。班长是五级工，膀子粗得像两个小水桶，还挺着个大肚子，外号大力士。有一回他叫我们来比试比试，他就随随便便地站在那儿，我们三个徒弟合力用一条扁担顶他的肚子，班长寸步不动。

工段长是轮机车间里唯一的八级工，长得又瘦又高，鼻子略带鹰勾，眼睛亮得出奇，充满了智慧。在我们这些学员眼里，八级工不亚于大神。据说，这位八级工能修好船上的所有机器。可惜，我从没找到请教的机会。副工段长是个七级工，有五十多岁了，圆脸，又瘦又矮，看起来没什么力气，可有一回拆一条老船的螺旋桨，大概是锈得厉害，我的两个师傅怎么也弄不下来，这时副工段长过来了，他看了看，就举起一把大锤敲起来，那抡锤的样子，三百六十度的运动，稳、准、重，完全可以上教科书，十几锤就把螺帽敲松了，然后顺利卸下螺旋桨。

去轮机车间报到那天，刘师傅就给我一把钢锯、一块画着线条的废钢板，要我按着线条锯成块。我很快就把那钢板锯成若干块，然后溜进锻工房去看我的同学。当时他师傅正在教他打铁，从炉子里钳出一块通红的铁块，放在墩子上用汽锤重击，砰砰砰的声音随之响起，那块铁顿时变得像面团一样柔软，看得我眼红。我说我在乡下就喜欢看打铁，一直想当个铁匠，要不咱俩换换，我来当锻工，你去当钳工。幸亏我同学没有答应，几天后，我就发现了钳工的无限精彩。

回到轮机车间，两个师傅正在看我锯的钢板，何师傅说我锯得很直，此前肯定做过手艺活，刘师傅问我是不是学过木匠。我说我小时候就喜欢做手工，做过风筝、弹弓、小板凳，还找来铜皮，做过一辆玩具坦克，但我用漆包线做的发动机，怎么弄也不转。何师傅认为我有当钳工的基础，找出各种钳工工具要我熟悉一下。刘师傅又搬来一块钢板要我学錾，那天我狂錾了一天，錾没了几块钢板。

刘师傅是南京本地人，长脸上有一对明亮的大眼睛，样子有几分威严，但教我特别耐心，譬如认钢号，他会搬一堆边角余料来，一块块地放在砂轮上打磨，告诉我怎样用火花来鉴定低碳钢、中碳钢。他会教我用什么材料做什么零件，教我怎样给錾子淬火。他认为食堂的伙食太贵，一小碗红烧肉居然要一毛五，不时给我带吃的，他递给我的饭盒里，多半装着一条鱼。我学徒两年，他只骂过我一次，那是因为他叫我递扳手我却递上烟盒，还失手把他的烟盒掉进甲板缝里。

何师傅老家上海，话少，眼睛里透出一种聪明，教我学锉学凿学铲等基本功都是轻言细语，也不时请我吃一些小点心，甚至还请我下过几次馆子。我整天跟着他们在船舱里钻进钻出、拆拆修修。我的主要工作是给两位师傅递工具、攻丝、拧螺帽。他们抽烟，但从不要我打火点烟，端茶倒水之类的事情也基本上没有。他们完全不把我看作小徒弟，就当一个工友好相处。后来才知道，何师傅的水平很高，有一回他解决了一个技术难题，被记者写成专访，登上了《新华日报》。

头一回走进船舱，我心花怒放，原来就我们班修蒸汽机，别的班修的是柴油发动机。尽管我知道柴油机体积小，效率高，比蒸汽机先进，但柴油机被蒙在一个铁皮外壳里，看不见它运作的样子，而当时的客船蒸汽机呢？它的五脏六腑几乎都暴露在你的眼前。我原来在家里的藏书中就见过蒸汽机的照片，也坐过蒸汽机头的火车，它奔驰的样子能让人看到钢铁有了生命，那可是工业文明的标志。

两年中，我爬上的船都是古董级别的老船，老客轮、老拖轮都有，据说还有大清王朝的。竖在甲板上的大烟筒足有两人高，甲板上布满了密密麻麻的铆钉，主机辅机都是蒸汽机，管道都很粗很长。每当试航时，两岸的景色很好，但我绝对不会跑到驾驶室去看风景，就守在机舱里看那台巨无霸运转，只见白色的水汽弥漫，高过人头的曲拐与巨大的主轴精密配合，上下运动，银光闪闪，就像一台张牙舞爪的钢铁怪物，咆哮声节奏鲜明，惊天动地，至今回想起来都心神震撼。可惜当时我没有相机，没留下一张照片。

修蒸汽机是最能检验钳工基本功的，如果遇上修轴瓦，这就要班长或何师傅亲自上手，用一把锋利的三角刮刀在轴瓦上细细刮削，那轴瓦比锅盖还大，只见刀刃过去，那雪亮的锡合金就有一部分化为细小的碎片，目标是尽可能把轴瓦整成主轴需要的形状，让两者和谐配合。这种高难度技术活绝对轮不上我。当时我的理想是修好一台小小的辅机。

在老船上爬进爬出，搬这搬那，我性子急，动作快，结果三天两头受伤，不是头被撞了就是手被割了，经常把两个师傅弄得手忙脚乱。小点的伤口，他们给我涂碘酒、贴橡皮膏，大伤口，现场处理不了，一般是何师傅送我去医务室。有一回我头被撞了，疼得直不起腰来，脑袋晕晕乎乎，何师傅扶我走出机舱，又搀我下船去找医生。一路上，我觉得师傅和徐队长、阿发他们这些农民没什么两样，心地都特别善良，总是替他人着想。唯一的区别是他们都受过教育，我的两位师傅都是中专毕业，班里还有几位师傅上过大学，长相、气质不亚于当今的大学教授。该厂在"文革"中灾难深重，因此他们说起话来特别睿智，到了今天，我还会想起这些工人师傅的远见卓识。

难堪的事情也遇到过，有一回，一个酷爱运动的同学约我去玄武湖溜冰。我说今天不休息，我没有请假的理由。他教了我一个方法，一小时后，我喝了半杯开水，马上走进医务室测量体温，五分钟过去，护士从我嘴里抽出体温表，看了看，说超过了三十八摄氏度，于是医生给我开了退烧药、开了假条。我赶到车间，师傅不在，我把假条交给了班长，随后便与同伴赶到玄武湖公园溜了一天旱冰，两人摔得鼻青脸肿。晚饭前回到宿舍，发现何师傅站在门口等我，手里还提着袋水果。何师傅肯定看到我脸上的擦伤了，但他故意不多看，只是笑了笑，也不问我病情如何，把水果交给我就走了。这件事，至今我还没向何师傅认过错，但此后我再也没去医务室混过病假条。

学了两年，培训期即将结束，适逢船厂二级工考试，同伴告诉我：如果考试及格，我们就可以升为二级工，每月工资是三十二元，而学徒工是十三元。

开考当天，我才知道考基本功和理论两项，先考钳工基本功，考题是用一截铁棍做成一个六面柱，再在钢板上凿出一个六方孔，然后把六面柱插在孔里，难点是两者的公差配合。

大力士班长宣布考试开始后我先凿再锉，凿子是我的锻工同学帮我特制的，钢火特别好，锉刀选用的都是新的，锉起来很爽快，我好像没费多长时间就做完了，抬头看看，其他学员还在做六面柱，钢板还没开凿，于是我自作聪明，找出砂纸，把两件东西打磨得晶亮。成绩出来，我和另一个学员并列第一。

两位师傅不甘心我的并列，开始研究我的作品，马上发现了问题，何师傅说你不该用砂纸打磨的，保留原始凿锉痕迹的最好，这样考官就会看到你基本功的真实水平。刘师傅也说我没事找事，要是一做完就交稿，肯定不会并列第一。两位师傅都要求我参加钳工理论考试时多用点心。我突击复习，看了一晚上书，第二天理论考试结束，成绩单被贴在车间门口，我看见我的名字前有个第一。两位师傅也站在门口看了一会儿，什么祝贺的话也没对我说，但我知道，他们很开心。

临别前，大力士班长对我说，你可以做件小东西带回去做个纪念，毕竟你在轮机车间工作了两年，也没见你做什么私活。我想了想，先做了一个台虎钳，复制的样品就是我天天使用的那把，然后我又做了一把鱼叉，中间三根直刺两边各竖一根倒勾的那种，天知道我做这玩意儿干啥,也许我在乡下插队时,梦想中就有一把鱼叉。东西做完后,我将其藏在工具箱里,没料到午饭后大力士拉开我的工具箱,把台虎钳搬到桌子上,然后对大家说:你们看看,看看,有几个人能做成这样?小钱,你要谢谢你的师傅。

我的两位师傅不说话,但满脸的自豪。

离开金陵船厂时,师傅何云跃送给我一件礼品,那是一块延安牌手表,花了他两个多月的工资。

师傅

玉 蘑 菇

那天参加饭局,盘盘爽口,一群人喝酒喝得高兴,各自掏出自己的宝贝炫耀,我顿时打起精神。平时我不爱戴玉,因粗心大意,丢过几块,但那天很巧,我的腰带上,正挂着一块明代的青黄玉君子珮,所谓君子珮,其实就是两个并列在一起的玉蘑菇,古人取菌子谐音,将其称为君子,以示君子如玉,自勉自励。此时酒酣耳热,拿出来显摆一下正好。

席中人大多跟我只是个面熟,但听说他们个个身世非凡,有某名门望族N代孙,有一张画拍出N多万的大师,非凡之人当有非凡之物,只听得叮里当啷一阵细微声响后,桌面上多出白花花的一片。俯身看去,白的是韩料,更白的是俄料,最白的是石英岩,雕得玲珑剔透,被它的主人小小心心捧在双手递给席间最显贵者,赞叹声顿时不绝于耳。于是玉主开始讲解两千年前汉八刀在这块染色石英岩上的种种精彩表现。我担心自己的东西可能会破坏他们的快乐,赶紧把刚刚掏出的青黄玉又塞进裤袋,生怕别人发现,动作慌乱,像做贼一样。

拜访古玩会馆,首选最大的一家。此馆在郊县,占地几十亩,藏品上万件,据说仅黄花梨大床就藏有十几张。临行前同伴警告我:你心直口快,但参观时千万莫多嘴,我连连点头称是。一进门,一身汉服的主人果然风雅,吐谈中禅味十足,琴棋书画似乎样样精通,甚至还请我们观赏了一场堪称专业水平的演唱会。我心想如此有趣之人必有好的宝贝，可仔细一看，除了门口悬挂的一对牛腿是老的以外，别的无一为真，那些大床的材料连硬木都不是。我信守诺言，闭上臭嘴，一言不发，但展厅里弥漫的鞋油味实在是熏得人想吐，进门前一再警告我闭嘴的同伴借口上厕所溜之大吉，我堆着一脸假笑傻站在那里左右为难。

此事过去几天后，不长记性的我又走进汉口老租界的一家古玩会馆，目光透过玻璃橱窗，扫描着一件件被LED装点得妖艳非凡的赝品，心头拔凉拔凉。唯一的亮点是一只祭蓝盘子，深蓝盘口环绕着一圈乳白色釉，一深一浅，甚是好看，这应该是一件雍乾年代的东西，而且傻开门，但它却被主人忽略了，被放在一个冷冷清清的角落。顿时想起一个画面：一群华衣锦裳的八戒粉墨登场，不停地抛着媚眼，演绎万种风情，而真正美丽的大小姐却守在柴火房，荆钗布裙，乌眉灶眼。

逛文物交流会市场，被老王一把拉住，说有急事，一定要我出个主意。老王演员出身，曾是我团队中的一员，早年当副导演，快老的时候想过过戏瘾，居然在几部名剧中扮演过重要角色。此人在背后喜欢说我段子，连说带演，绘声绘色，听众甚多。我有时想请他喝酒，有时又恨不能揍他一顿。此时他愁眉苦脸，两人对话如下：

老王：我当初跟你，又拍戏，又学着搞收藏，跟了很多年，现在开了家古玩店。

我说：好。

老王：我卖了一件木雕给老杨。

我：一开店就开张，以后的生意肯定好。

老王：可那木雕是新的，我后来才知道。

我：退钱给人家。

老王：不好意思退啊，老杨已拜我为师了。

我：送一件老的给他，说明情况。

老王：送了，也说了，可老杨说：他请专家鉴定了，那木雕是开门老的，他很开心。现在我睡不着觉。

我：……

现在我也睡不着觉，因为到现在我还是找不到答案。

各位看官有什么高招吗？

我很后悔，我本吃货，要是志向远大一点，树立吃遍天下美食的宏伟理想，肚子里早已藏过无数珍馐佳肴了。等以后兜里有了钱，再看见古董，必须提醒自己：

人家已经捐献了；

人家已经出书了；

人家已经拍出天价了；

人家已经开办博物馆了；

人家已经摆开道场在屏幕上在教室里开课了。

我还折腾这些破烂干啥？有钱，不如买点吃的。

从此，再不敢吹自己是搞收藏的。

越想越奇怪，菜场里有菜，饭店里有饭，旅社里有铺盖，可光天化日之下，十有八九的古玩店里却没有古玩，不信你去找找看。资源的流失，规则的漠视，利益的诱惑，让一些原来经营古玩的店主认定卖老的绝对不如卖新的，改为经销假货赝品。一旦消费者以逛店的习惯性思维走进古玩店，那些眼睛雪亮的赝品经销商，看东西的新老不行，看人的眼力超过核磁共振，一眼就能看穿客人身份来历，甚至能掂量出你口袋里有多少钱。如果你表现出财大气粗，又对店内的某物兴趣十足，那么杀猪的过程就开始了，有的干脆利落，一刀见血，更多的是艺术化操作，首先警告你左邻右舍都是假货，把你限定在他的控制范围，即令叫你去某家看某件宝贝也是他不得已而为之的团伙合作，然后一刀一刀慢慢地杀。别看某些古玩城人迹寥落，那些珠帘低垂的大门后，不知上演过多少精彩的杀猪故事。

物犹如此，人何以堪？于是真正的老货老店变成异端另类，单单拒绝赝品、只收老货的藏家也变成小得不能再小的族群。有好事的做过统计，偌大一个城市，上千万人，真正玩老货的到底有几何？结果让人悲哀，据说扳着指头，还数不完一个巴掌。

其实，光指责卖家的贪婪并不公平，更多的是买家的贪婪无知，书是一本不看的，真话是一字不听的，酷爱的只是捡漏故事，迷信以小博大、投机取巧，只盼望天降横财，助长了卖家的贪婪。两者之间，不可分离，就像我收藏的那个玉蘑菇。

八 破 图

那天晚上，我记得是上世纪九十年代初，寒风刺骨，在江滩边一家小小的古玩店里，老浩给我搬出一堆杂件，随后又从一只旧箱子里搬出八块用报纸裹着的东西，说：隔壁左右开始卖新的了，我搞不赢他们，好在手头只剩下这点旧货，卖完就不做了。你看看，最好一枪打，蛮便宜。

八件东西被一一打开，桌面上出现八块瓷板，粉彩、浅绛的都有，花花绿绿的。老浩见我一脸茫然，就开始分别介绍：这块汪某某的，那块刘某某的。作者都是些晚清民国至今在收藏界也红透半边天的大名家，可当时我毫无兴趣，只是装模作样地低头看。

老浩见我不吭声，又说：六百一块，你要是全拿走，我再打个折。

但我还是空着手走了，原因有两个：一是我不懂，对这几件东西的真假心中无底；二是当时我狂追晚明的民窑，对晚清民国的彩瓷从未正眼看过，总觉得那些东西年头过短，而且又俗又烂，尽管婴戏、仕女什么的画得也有几分情趣，但男的过木，女的不是过丑就是过妖，跟明代民窑的画风相比，只能说邯郸学步，尤其是瓷上彩料，大概品质低劣，年头一长，老化得很快，勾画人物、花卉之类的纹饰多半变色成泥，模模糊糊，或者干脆失踪，让人看不清眉目。后来听说那批板子被转手后，某某某发了笔小财，我只觉得那一切跟我无关。

改变我偏见的是一只盘子，去年无意中见到了那只托盘，那奇特的画风顿时让我停步，作者以平整的盘心为纸，居然画上了一堆破烂，才看了几分钟，脑海里出现一段惊恐的视频：夜深人静，一间位于郊外的深院大宅里，也许是老鼠绊倒了油灯，小火如蛇，咝咝吞吐红舌，在书桌上游走，文稿、书卷、笔筒、文盘被火蛇舔噬，顷刻间化作大火往墙边蔓延，一幅幅悬挂墙上的名画顿时翻卷成灰，几案条桌坍塌，昔日被视为珍宝高供的鼎彝、宋瓷、洞石轰然坠地，最后燃烧的是堆放在书架上的古籍善本。

作者用画笔拾取了火灾留下的一堆余烬，将其细细描绘盘心。一一察看，其中居然有诗经、汉简、大清律、甲骨、骰子、象棋、唐诗、印文、碑拓、炉鼎，甚至还有算命的幌子，除了被火噬外，还有被虫蛀的、被撕裂的，仅剩一块块不规则的残纸碎片。作者的画笔贯穿了时空，在历史的废墟里精挑细选，把古代的精华或糟粕共存一盘，叠加错落，打造了另类的形象符号系统，结果每一个残片都承载着太多太重的过去，让人联想浮翩，一种异样的厚重感扑面而来。奇怪的是彩料使用微透亮色，甚至还有几分明净几分清新，间杂一块块褐色，描画在雪白的盘中，秦简汉牍的金石味鲜明，既古韵十足又迎合现代人的口味，可见作者的汉文化底蕴该有多么深厚，不擅长篆、隶、楷、草，不精通各种古代文牍和清供类的造型及纹饰，绝对画不出来。"颠倒横斜任意铺，半页仍存半页无。莫道几幅残缺处，描来不易得相符"，这首诗把八破图创作之难写得明明白白。

引人注目的是在这堆残纸的上方用墨彩画着一条苍龙，被云罩雾绕的巨大龙头怒目圆睁，大嘴里喷出一团火焰，正是这团烈火把那些老物旧纸烧得支离破碎，让人不得不想起大清王朝的崩溃，正与画家所处的年代相隔不远。这个民国盘子的作者用他的画笔有意无意间描绘了一个朝代的衰亡。

八破图

115

这个世界并非十全十美，但多少人在固执地追求完美，这种追求就是一种动力，源源不断，它能让己让人和世界渐渐地接近完美。作者并非在逐臭亮丑，他采集的是片羽吉光，换个词说是文明的碎片，那种经过有机组合的沧桑之美、残缺之美，一一走进品读者心里，同时你会感受到国人勤俭节约的传统品德，上了年纪的人，大都见过补丁叠补丁的百衲衣、糊满墙的旧报纸、组合一堆瓷片的铁铞子。变废为宝，化腐朽为神奇，什么时候都不该忘记。

　　回家后在网络上查询这幅瓷画的来历，这才得知它名叫八破图，意思是不破不立，还有个别名"锦灰堆"，即从灰堆亦即垃圾堆里淘出宝贝残余的意思。原作者已不可考，据说明末鼻烟壶上就已出现类似图像，但至今我仍未见过实物。真正让八破图扬名的是民国时期的画家郑达甫先生，此人从小就失去父亲，曾当过小学老师，爱好临摹及绘画，穷困潦倒，幸好画商杨渭泉看中了他的绘画才能，用钱买他来作画，两人的合作关系既滑稽又可悲，郑达甫自买颜料、纸张、工具绘画，杨渭泉负责推销卖画，收入分成郑四杨六，杨渭泉占了大头。郑达甫接受了这份屈辱，用手中的画笔换来了饭吃，得到了温饱，但作品的署名却根据协议变成了画商杨渭泉，可见当时的郑达甫该有多窘迫，对他来说，吃饱肚子比出名更重要。八破图由于题材新颖、构思独特，在旧上海十里洋场红极一时，不料战火频仍，售画困难，郑达甫这棵摇钱树一时半刻摇不下银子了，画商立即把他驱逐出门，郑达甫只能回到乡下，用那双擅长丹青的手去砍柴谋生。但景德镇的瓷艺家并没有忘记这位画家，将其画风引用到瓷器上，瓶子、碗盘、笔筒上都出现过此类纹饰。这些作品是真是假？包括我见过的那只托盘，我没有足够的鉴定能力，不清楚，但我可以确认：绘有八破图的画和瓷器，历史上确实出现过。

有一种美，不张扬，不喧哗，甚至带着创伤，隐隐透着几分古怪，很容易被人忽略，但它总有一天会在眼睛里开放，到如今我时不时还会想起当年被我遗弃的那些瓷板。

八 破 图

杀 签 子

过日子，任你风雅如仙，也离不开这小小的签子，什么牙签、棉签、串签，种类很多，都是些细细的两头尖或一头尖的家伙，比绣花针大不了多少。有的用起来不雅，譬如剔牙，多半得用一手掩盖，或躲人后。最显贵的是香签，一些人求签问卦，把未来的吉凶祸福就寄托在一支竹签上。还有，晚清民国的时候，江边的一些水陆大码头，工人扛包，踩着独木桥那样的长跳板，背上的货把人压成弯腰驼背的虾子，脚下像踩着棉花，一步一晃荡地上船下船，每扛完一件，工头就会发给工人一支竹签，要是该工人腾不出手来，工头就直接把签子塞进他嘴，让他用大门牙咬着。这签子，就变成了工人计酬的凭证。

无疑是签子的使用率过于广泛，世人把它的含意放大延伸，日常生活中多了一句口头禅，即杀签子。

这一声难以大声喊叫，只能咬着嘴唇，从牙缝里窜出来，大多把重音放在杀字上，透示出一种难以掩盖的无奈，因为他累得不如狗，却被人暗中塞了一签子，让他白忙一场。此时那签子的本意被彻底篡改了，改成了一把刀，或者一支冷箭、一个暗桩。

别的行业我不清楚，古玩行里的杀签子似乎特别流行，我恰巧略知一二，譬如张三从王二麻子店里买到了一件心仪已久的东西，赶紧屁颠屁颠地捧着那件宝贝跑到另一个店里请李四看，为何请李四看？因为李四久经沙场，还上过某某大师主办的培训班，眼力好啊。李四拿起东西一摸一看，有时还拿把放大镜上下左右细察片刻，开口一般只有两个字：不老。再问，只见他高深莫测地摇头，或者发出一声叹息，唉！这是在为你的损失叹息啊。于是张三傻了眼，愣怔一会儿，又屁颠屁颠地捧着那件宝贝跑到王二麻子店里去退货。

王二麻子一头雾水，明明是件傻子货，怎么一眨眼就被人诬成赝品，涵养差点的，大吵一场是免不了的，火大的，甚至还会动手。而那件东西就像个刚喝完交杯酒的新娘，走进洞房，揭开大红盖头，顿时被泼上一盆屎尿，然后被赶出门。

说人家的东西对，堪能讨人一时欢喜，实际上风险巨大，十件古玩九件假，如果人家按你的意思去买下来，事后却发现不对再上门找你这个掌眼的算账，这麻烦可就惹大了，毕竟这牵扯到人家的血汗钱，因此，闭着眼睛瞎说个不对也离不了谱，说不对，永远没有错。敢于说不对的人都定力十足、稳如泰山，显得水平特别高、特别有文化，地摊上的东西不对、商铺里的东西不对、拍卖公司的不对、连那种专业商店出来的也不对。一句话，他看没看见都会说不对。

这时签子的厉害就得到了完美体现，一招制胜，远远超过那些看起来很厉害的十八般兵器，足以一次次成功地摧毁交易双方的快乐。

其实呢，根本原因还是自己不快活，我不快活凭什么要让我来庆祝人家快活？我还没开张呢，凭什么让我瞧着你开张你数钱。言下之意是我满屋子的老东西放着，你为什么跑到人家店里去？

说人家东西不对他永远对，至于那件东西对不对他根本说不出一二三。

见不得人家好，人家脸上长个斑或者根本就没有斑他也会说成大麻子。这跟那件东西的真假无关。

杀签子

我的主张是不论对错，你多少说个一二三好吗？对一二三，错一二三，只要大致在理，证据充分，合乎逻辑，谁都会心悦诚服。

最最委屈的是那件东西，新的，迟早会露馅，而老东西摆久了自己会说话，金子被扔在粪坑里多少年也不会变成大粪。

也许它会遭遇无数次的杀签子，扎成刺猬，但它与众不同的造型、纹饰及其光芒早晚会证明它的价值，它迟早会碰上一双明亮的眼。

说真的，一般古玩的新老并不难区分，生活中，一般你不会把一个化了浓妆的老太婆当成小姑娘，难辨的是人心。

石破天惊的一杯茶

很小的一只杯子，画几只啄食的鸡、几棵叫不出名的花草，添上几笔红的绿的，却像个不朽的神话故事在民间流传了数百年。赞美它的文字不多，猜测它价格的却不少。

果然有一天，神话变成了现实，这个杯子以一长串的数字表明了它在尘世的价值。

于是杯子的新主人在迎接这个杯子时，用它喝了一杯茶。

不容置疑，这杯茶绝对是自地球诞生以来最昂贵的一杯茶，最奢华的一杯茶，也是最引人注目的一杯茶。

榜样的力量果然是无穷的，也许就从这天开始，天南海北的古董爱好者就流行用老杯子喝茶。在北京，我喝过用宋建窑盏盛的茶，在上海，某古玩店老板为我们泡上一壶烘焙铁观音，茶很香，老板也渊博风趣，我发现茶盏是老的，典型的民国洋蓝，可环顾店堂，很难找到比它年纪更大的古玩。

从上海回来，我就拒绝用任何老杯子喝茶，要是我面前摆着一只老的鸡缸杯，泡上最好的普洱，我照样不喝。

我没有洁癖，但我怕死，下乡插队的时候平耕土地，多次见过开盖破腔的棺材，骸骨暴露，那些陪葬的坛坛罐罐就泡在尸水里。现代科学证明，有些古老的病毒能存活数千年。即使没有病毒，我也会展开一些不愉快的联想。

早年收藏过几箱宋碗，有的薄胎碗稍加叩击便会起线，有一只影青碗甚至在自来水冲击下分裂。老人，旧货，不可能越活越结实，人老体弱，这是不可抗拒的自然规律。那只画鸡的老碗，五百多岁了，能否经受一冷一热的冲击？

毫无疑问，那只画鸡的碗是属于它的主人的，自己的东西，想怎样就怎样，哪怕是连茶带碗都吃进肚子旁人又能奈他何，但作为一件举世闻名的文物，能否让它得到起码的敬重？

那只碗被做出来就是一个奇迹。

那只碗存活数百年更是一个奇迹。

应该说，让自己成为此杯的新主人，也是一个奇迹。

既然是众多奇迹的拥有者，那就别委屈它，我不想扯什么礼仪之邦应有的迎候方式，至少，让它得到的礼遇，是否该参照一下数年前的土豪迎候一条藏獒？

换我，按旧制，不必戒斋，其实也就是洁发、剃须、沐浴、换上干净衣裳，静静地看着这只杯子，说一声：真好！

美 人 肩

据说，老祖宗留下的美术作品里是没有裸体艺术的，像西方那些著名的大卫、维纳斯等单个独体的帅哥美女，即使翻遍古籍画卷也难以找到踪迹。沾点边的，早期的，据《汉书》记载，均是一对双的啪啪啪。到了明朝，唐伯虎、仇英都擅长此类，画风极为精美。后人将这一类画作命名为春宫。

但是，如果撇开古画，转眼看看古老的陶艺，则可发现中国古人对人体美的欣赏并不落后于世界，甚至更加高超，它的核心是含蓄，富有禅味。如唐宋盛行的梅瓶、葫芦瓶、玉壶春一类陈设器，仅仅只是用线条，主要是弧线，就仿佛神来之笔，描绘出最美的人体曲线，大多造型夸张，在大小比例上似乎失调而走向极致，因而对比效果强烈，让人的想象直达女性的蜂腰和臀部。

我不得不联想到，唐宋时期的陶艺工匠，在用陶土拉坯造型时，心目中都有一个美丽的形体。

此类艺术品不带丝毫淫秽气息，并不能挑逗人的本能冲动和感官刺激，仅仅只为生命礼赞，悄悄地为地球上最美的生命歌唱，与西方那些精雕细刻展示人体器官的艺术品相比毫不逊色，或者说更胜一筹，尽管可以说此乃礼教束缚下的产物，但它的暗喻它的朦胧却达到了一个至高的审美境界。

所谓美人肩的称谓大约在晚清民国间才出现，有一类鼻烟壶就叫美人肩，紫砂类亦有如此称谓。作为舶来品的鼻烟壶在国人手上，选材无所不及，造型千变万化，但大都师从唐陶宋瓷。

　　男人的肩膀理应宽厚平直强壮，像山一样堪当重任。女人呢？古人欣赏削肩，即溜肩，所谓肩若削成，腰如束素，如林黛玉，多少有点病态，如今现代人审美发生了变化，许多横行欧美T台的名模是名副其实的一字肩即平肩。有人说，削肩适宜裸露，平肩适宜穿衣，有几分道理。我以为，平肩削肩各有其美，在整容塑体大流行的今天，如果你讨厌自己的肩膀，重塑前，建议你看一下鼻烟壶的美人肩。

镇　　纸

　　提起这个镇字就会让人想起分量，铁石一样的沉重，明显的杀气张扬。须知这大千世界有不少东西要压住了才听话的，当然有的被压得稀烂仍然不知道它是否听话。

　　遥想当年，那如来大和尚压住孙猴子的就是一个巨镇，任你七十二变化，一手化为五指山，就镇你五百年不得翻身。

　　现实生活中，除了那些枉披人皮的，最坏的就是那些自然灾害，洪水来了，地震降临，老祖宗对它们往往束手无策，于是就根据神话传说再加上奇思妙想造出一些巨大的怪兽来，个个霸气十足，瞪怒目，龇獠牙，张巨嘴，大都盘踞在地势紧要的关口，用来镇海、镇山、镇墓、镇门，吓退一切妄图涂炭生灵的妖魔鬼怪。

　　记忆中，印象深刻的镇兽要数沧州铁狮，又名镇海吼，仰面看着这头雄踞在蓝天下的铁兽，仔细聆听，你肯定能听见当年它对大洪水的咆哮声。

　　南京的六朝神兽我也多次见过，那是两头真正到代的辟邪，坐落在南京市郊某校操场的一角，通体用白石雕成，挺胸，敛翅，昂首阔步，雄健豪迈，与铁狮相比，似乎辟邪更具有亲和力。不过到了今天，辟邪，人们更喜欢叫它貔貅，多半雕得俗不可耐，有的雕成了猪的样子，有的雕成了猥琐的小爬虫，嘴里几乎都含着铜钱，只吃不拉，已成为招财进宝的吉祥物。在网络上，还见过近年来在四川出土的那个石兽，人称该物便是战国时李冰治水铸造的镇水神兽，据说李冰修建都江堰时，曾下令雕刻五只石犀牛作为镇水石神，此兽是不是李冰制作的五兽之一？尚不能确定，但可以肯定的那也是只镇兽。这些大兽无疑就是放大千百倍的镇纸，也就是镇纸的前身。

不过轻飘飘的纸，何以要镇压呢？想想雍正时期的那个典故也就明白了，那官员只不过偶见一阵风飘进窗来，翻开了案上的书页，就诗兴大发，诌了句"清风不识字，何故乱翻书"，被人告发，掉了脑袋。

那官员至死也不明白，当然包括后来的评论家也没整明白，他的死因究竟是什么，让我来告诉你吧：他缺少的就是一个镇纸，也许他有镇纸，但没有放到合适的位置。

纸是文字的载体，功名利禄，什么黄金屋、千钟粟、颜如玉，源头均来自纸，实在是太重要了。但纸质轻薄，尤其宣纸类，稍不留神就会失去平整，还容易被风吹了、被衣袖掸了，要让纸服服帖帖听人使唤，镇的必要性无可置疑。

现代人一写起古人来就离不开一个雅字，还离不开禅字离不开静字，其实古人寒窗攻读的历程苦不堪言，不信你可去试试插一天秧，回家点着油灯啃两个红薯再看一夜的《左传》。幸好古人读书的同时仍没忘了玩，可以说边工作边玩，铁证如山的就是这镇纸，明明是件工具，随便找一块自然天成的卵石往纸上一搁就成，偏偏将其做得像个玩具，而且精美得堪称妖物。镇纸的材料也是形形色色，银的铜的铁的瓷的玉的木的都有，金的没见过，鎏金的在北京古玩城见过一只，两只柿子合为一体，名为事事（柿柿）如意，可惜该物与我无缘。

在材料应用的广泛上镇纸仅次于鼻烟壶。镇纸实用功能最简单的有单镇，较多的是笔架和镇纸二合一，最多有五合一的，即插笔、搁笔、砚滴、镇纸、插香合为一体，如加上把玩所谓暖手功能，可称六合一。形态也是五花八门，计有兽镇、佛镇、诗文镇、琴镇、瓜果镇等，还有大量的镇纸被做成尺状，所谓镇尺。

　　镇纸中最常见的一类为卧兽，一般为二合一，如山起伏的脊梁适合搁置毛笔，沉稳的下肢正好镇纸。本人最喜欢的是和田玉镇纸，藏有十几件，常摆案头的是一条鳌鱼，大头，大眼，长尾顺着体态绕出一个圆盘，如此可以一物三用，即镇纸、搁笔、舔笔。搜索枯肠的写作中，时见这头玉兽卧在书桌的乱纸堆里，憨憨地望着你，心中总有一点异样，养性，也许就在人与物的短暂交流中。

　　生活中偶见一类人，衣着并不光鲜，身型也不高大，似乎也没练过什么降龙十八掌，但或坐或站，总让人感到有一份定力与气势，所谓不怒自威，气场强大，究其原因，或许跟其内心强大有关。这种人，本身就是一个镇。

镇纸

红　花

　　正月十七，我从顾山镇下船，背着行李走到俞家堂村口，一眼看见我住的茅屋，四堵黄泥墙托着一个覆斗形的草顶，歪歪斜斜地竖在早春的冷风里，一副快倒未倒的样子，心里一阵慌乱。

　　村里的房子都坐北朝南，就我住的茅屋坐西朝东，也许那茅屋常年住着头水牛，就是个牛棚，不必讲究什么风水。可巧的是那头老牛上了年纪，犁不动地了，就在我下乡插队前几天被村民吃了。于是徐队长就把那牛棚收拾收拾，砌了口灶台，搬了张旧的架子床进屋，先让我搬进去暂住。

　　还没进门，云和就从田埂上跑了过来，笑嘻嘻地说了句什么就跳进田扯了一大把红花，塞到我怀里。

　　云和小我五岁，满脸雀斑，矮我一头，大冷天，就套件破破烂烂的土布褂子，可地里长的、河里游的，什么能吃他都知道。大概他发现我经常去人家菜园子里偷菜，当然他家的我也偷过，于是他三天两头给我送吃的，什么知了、枸杞、野荸荠、马兰头、芦苇的嫩芯子，我都吃过。后来他发现我打算吃掉一条很肥的蚯蚓，说：你比我结棍（厉害）。

　　捧着红花推开房门，只见泥墙上有个洞口的稻草脱落，钻进一道天光，把老牛打过滚的一个大坑照得发亮。我放下行李，用稻草把洞口封死，琢磨着晚上吃什么，是不是就把家里带来的两包饼干当饭吃。这时云和提着一小篮红薯进门，说：这是给你吃的。又提脚要走,我叫他等等,从包里找出一包饼干送给他。云和笑了,说了声谢谢,拿着饼干走了。

我把红花红薯装进盆子,跑到池塘边上清洗,可一不小心,两个红薯滚进水,眼看就要沉底,我慌了神,伸手去抓,可一脚踩空,下半身落入池塘,干脆在水下乱摸,可那两个红薯已不知去向。

打着寒战奔进茅屋,换上衣服,赶快做饭,没有菜油,我先把红花放锅里煸了煸,再加水煮了一会儿,放了点盐,就添在碗里。然后我开始煮红薯,阿发帮我挽的草把还堆在灶前,平时我舍不得烧,那一排排摞着的草把实在是太漂亮了,一折一扭,就像古代女人头上挽起的发髻,弯弯的弧线优雅,松紧正好,一旦点燃,上火快,又耐烧。此刻我又冷又饿,拿起草把就往灶膛里塞。

约莫烧了半个钟头,我打开锅盖,用筷子捅了捅红薯,只插进去半寸筷头子,显然还不能吃。我饿得厉害,先把红花端起来吃了。以前我没吃过红花,一进嘴,只觉得又嫩又鲜,还略略带点甜味和一丝凉味,有点像马兰头。

吃完红花,肚子更饿了,我耐住性子,继续往灶里加柴添火,又煮了一会儿,感觉可以吃了,抓出一个,轻轻抠掉红薯外头的薄皮,出现一坨热腾腾的香肉,酥油流淌,红黄参半,掰一块送进嘴,就像在吃一块凝固的蜂蜜。那香味,隔壁的猪也闻到了,呼噜时高时低,打个不停。

吃红薯不用细嚼慢咽,我吃完一个又吃一个,先站在灶前吃了一会儿又改为蹲在地上吃,最后剩下的几个我躺在被窝里吃了。天亮前,我迷迷糊糊醒来,感觉肚子又胀又疼,赶紧披上棉袄,跑到茅屋后的地里去拉。那泡屎拉得很爽快,几分钟,肚子一下子就被清空了。

第二天早晨,云和过来敲门,带着一脸坏笑,要我跟他走。两人走到屋后,他指着一个方向叫我看。我放眼看去,找到目标,那是一堆屎,小山那样,就那么堆在春天的红花地里,臭味并不强烈,但体积之大,我从没见过。

云和说:比牛粪还大,谁看见了都会吓一跳。

我有点尴尬,又有点自豪,说:就是我拉的。

云和搬来几块泥巴,把那堆屎盖住,顺手又扯了一把红花给我。

此后的个把月里,我唯一的下饭菜就是红花。

红花就长在我住的茅屋后,大约有五六亩地,再往周边看,整个俞家堂,除了村庄和一两块麦田外,几乎所有的耕地以及田埂、河岸上都长满了碧绿的红花,走到田头,脸都是绿的。

当时,我不知道这红花是派啥用场的,也不知道它还有一个大名叫紫云英,只是觉得它像水稻、麦子那样种在地里,就是给人吃的。其实,当年生产队有个规定,凡是长在耕地里的东西,是不可以随便采摘的。但村民们都不管我,每当发现我在摘红花也只当没看见。

半个月过去,红花慢慢变老,每当进嘴,清香依然,但吃起来等于吃麻绳,特别费劲,有时从牙缝里会抠出细细的一长条红花藤,一头还挂在喉管里。

但红花开花了,先是星星点点的紫红色悄悄燃烧,几天后小火变成大火,慢慢往周边蔓延。放眼看去,田里是红的绿的,堤岸是红的绿的,河滩上也是红的绿的。就像千万个江南女人用千万根蚕丝合力编织了一条红花绿叶的大毯子,粉粉嫩嫩,又轻轻柔柔地铺向农村的每个角落。田野上空散发着红花的清香,每棵红花都顶着一簇簇鲜花努力开放,那花朵乳白镶着紫红,衬着绿叶,很像一把把倒挂的花口小伞,迎接着春天的阳光。野蜂飞来了,三五成群,嗡嗡叫着,在红花地里找吃的。蝼蛄悄悄在泥里打洞,晚上才钻出洞来叫几声,说说它的快乐。燕子也飞回了,拖着剪刀那样的尾巴,在空中一降一升的,大概在寻找垒窝的地方,我希望它们飞进茅屋,就在我家的梁上过日子,可燕子掠过红花地,飞进了朝南的瓦房,也许,那里才是它的老家。

站在田头,再看竖在红花地里的茅屋,我觉得它就像童话里的小房子。

云和发现我还在摘红花的嫩叶,说:不能吃啦,红花老了,只能喂猪、做肥料。

当天下午,阿发和云和就帮我在茅屋周边种上了丝瓜、户子、扁豆。阿发说:等着吧,到时候,一棵扁豆,你就吃不完。

丝瓜、扁豆果然长得很快,一周后就发芽抽苗了,但开花结果还要时间,我只能继续用红花下饭。恰好徐队长送给我一小包面粉,我不会蒸馒头,又没种小葱,做不成葱花饼,于是就地取材,把红花剁成碎末冒充葱花掺进面糊,倒进锅摊了几个面衣。云和过来尝了一小块,就跑出我家门口大喊:阿发,快过来吃红花面衣,五一摊的。

阿发过来吃了几口,说:以前我们摊面衣,就是放葱花,从没想过放别的,就这样,蛮好吃的。

我站在门口,一脸的骄傲。

大约是清明前的一天,阿发叫我带上钉耙,要我跟他和云和去红花地干活,路过一个被红花团团包围的池塘,我跑到塘边的石墩上往水下看,刚下过小雨,太阳出来了,水面透彻,只见几条小小的鳑鲏,白肚子上不时泛出一道紫光。突然一道黑影掠过,巴掌那么大,像是条小黑鱼,大头小尾,一口吞下了一条鳑鲏。

我凑近水面,那鱼发现了我,一晃尾巴,钻进了一个瓦砾堆。那尾巴上布满了花纹,不像黑鱼。

云和见我看得起劲,也凑到我身边看。

那鱼游出瓦砾堆,用头尾拱着水边的浅滩,泥沙顿时泛起。云

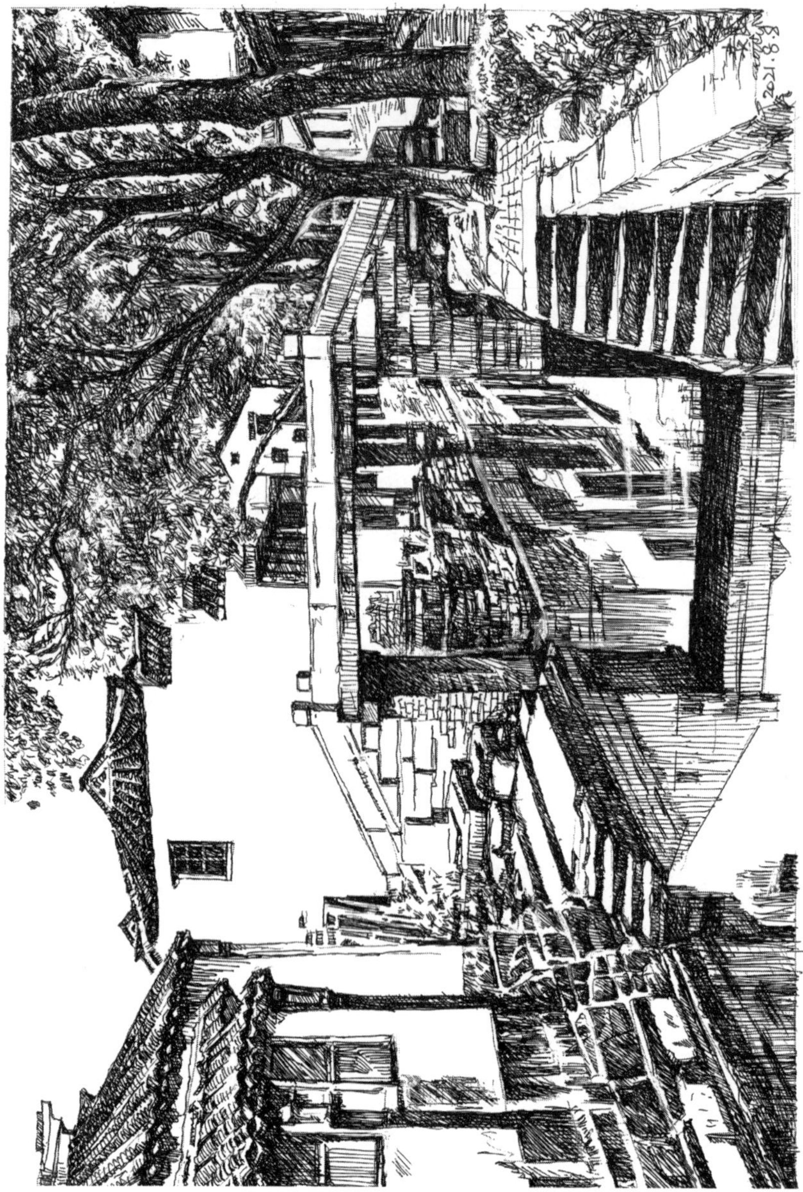

和说：这是土婆鱼，味道比鲫鱼还鲜。

我说：我捉它起来。

云和：不，它正在做窝呢。等它生了小鱼，再捉。

阿发见我和云和待在塘边不下地，就催我们过去干活。那天的计划是在红花地里挖一个正方形的大坑，长、宽各3米，深约2米，不知派啥用场。挖一会儿地我就过去看一眼土婆，那鱼已经把窝做好了，就在红花半遮半掩的水面下弄出一块小小的沙滩，脚盆那么大。它正在窝里游来游去，嘴里还咕咕叫着。

我头一回见到会叫的鱼，不知道它在叫什么。

阿发过来看了一眼，说：这是条公鱼，它叫得这么起劲，是在找娘子呢。等它找到娘子，就会生一窝小鱼。

第二天下地时，我们三个继续挖坑。那个坑很大，挖到下午才完工。接着我们各拿一把镰刀，把地里的红花割下来揉踩成一团团的扔进坑，割到池塘边的时候，我和云和又去看那条土婆。

土婆不在窝里，但从瓦砾里露出了头。云和轻轻撩开洞口的红花，只见土婆蹿了出来，好像要袭击云和，一眨眼就不见了。云和从水里捡起一块瓦片，递到我眼前，只见瓦片上布满了鱼卵。显然，这条公鱼已成功地召唤到雌鱼，完成了繁殖，此时正在守护它的后代。

一捆捆的红花填满了那个大坑，我们又在坑口封上土，用铁锹把封顶拍得结结实实。这时徐队长从邻村借来了一头水牛，在牛身上挂好铁犁，锐利的犁头深深地划开泥地，两侧的泥土如波浪翻卷，盖住了周边的红花。再沤十来天，这块红花地就可以插秧了。

收工时，云和见我一身泥汗，就带我回他家洗澡。他家的澡堂就是口大铁锅，搁在屋里，灶口则隔着一道砖墙。云和两边跑，先在外头塞把柴火烧一下就进屋来试水温。半小时后，他叫我下锅洗。我躺进锅里，找到个合适的位置，舒服得不想动弹。出锅时，云和说一锅水都是红花沤过的味道，泼在地里，就可以当肥料。

又在红花地挖了几天坑，塘边的那些土婆鱼卵，已变成一群针头那么大的小鱼。那条公鱼似乎很兴奋，仍在游来游去。

我找阿发借来了一把鱼叉。

我叉住了那条鱼。

当天晚上，我摘了一些红花的嫩叶，就用它来煮土婆，那味道，还有红花地里发生的各种故事，至今我还记得一清二楚。那年，我十五岁。

一年后，我居然担任了生产队的技术员，到处找书看，这才得知紫云英不但人畜可吃，还是优良的绿肥，它吸取泥土中的养分把自己变成强大的肥料回报土地。当年，苏南最好的稻米就出自红花地。用它做的饭，不要菜，我就能吃三碗。

养 正 书 屋

车过长江二桥,走进那幢欧式洋房,突然一眼发现右侧的家门口放着一件熟悉的东西,走近了,果然是那个青石门道。这个清代建筑的一部分并不完整,门框只留下一两根衬石,横梁石失踪,但长箱形的抱鼓石和门槛石还在,历经多少代人的进进出出,石头的表皮已被磨损风化,时见银亮的高光如星星一样点缀。

不用猜,这门槛后,就是林先生的新家。

这个门槛不高不矮,在门槛里属中等。古代门槛有贵贱之分,一概用高矮来区别。权贵之家的当然是高门槛,几乎与膝盖平齐,跨越,要尽可能抬高腿,近似翻墙,进个门就让人体会威风八面;矮的,稍稍提脚就轻松而过,这类,属平头百姓。我揣摩,这套门槛精致异常,文化气息浓厚,可能,它原先的主人属获取功名的读书人家。

我在门槛上坐下身,抚摸着石面上精雕细刻的牡丹花纹,不由想起小时候蹲在自家院子的青石门槛上吃饭、敲牙膏皮,还有许多即将忘记的故事。

又想起林先生的老家,几乎所有的门框上,都对称地镶着古代的牛腿、雀替,墙上也挂着各式花板,材料五花八门,有榉木、楠木,也有紫檀、黄花梨。他老家是标准的西式装潢,奇怪的是安上那些古建筑的附件后,东西文化混搭,并不显得冲突,反而相处和谐。显然,他选对了东西,放对了地方。

这套门框，沉重异常，但他的主人搬了几次家，始终不嫌麻烦，一次次把它安在新家的门口，可见它在主人心中的分量，它是否藏着他的一段记忆？我没问过。

大概听到门外的动静，林先生打开门，要我进去。

我从门槛一侧的面条柜里取出鞋套套在皮鞋上，进了门。

那天他的面色很不好，也不寒暄，直接拿起一只锦盒给我：看看，什么东西。

打开锦盒，是个白玉瑞兽镇纸，做工很好，尤其毛发雕得缜密，锋芒毕露，再看材料，典型的青海玉，新的。

林先生：五万块！他居然把这种鬼东西当老的卖给人家。

我：是老常吧？

林先生点头：是的。还有，上回聚会，你也在，我把他介绍给一个朋友，说他资格老，眼力好，就帮我那个朋友找些东西，两人当场就互加了微信，几天后，成交了几件。我朋友虽然不懂古玩，但智商不低啊，把照片发给了我，发给他文博系统的朋友，我一看，吓了一跳，感觉自己脸上被扇得啪啪响。

我：后来呢？

林先生：只要东西真，价格高点无所谓，但假的就万万不行，我两边都打了电话，退货，必须退。

这位常姓的古玩商我也熟悉，确实是古玩行的元老之一，从他手头也出过不少好东西，可能是旧习难改，生活一度拮据，导致他时不时糊涂，只盼他早日走出困境。

严格的求真，让林先生对伪装成宝贝的假货暴怒。一如既往的宽容，他依然接受老常。

时至今日，他们仍在一起喝茶聊天。

2000年的时候，不抽烟的林先生口袋里装着一堆名牌打火机，见哪个古玩商牛逼就送他一个，然后恭恭敬敬地叫人家一声老师或者师傅。

要求很简单：拜你为师，教我手艺。

他交游甚广，或英雄豪杰，或牛头马面，在江湖上行走的，都能笑纳。也许，他只是渴望听到谁谁谁对古代艺术的理解，听到一两句真知灼见。

他把书放在书架上，放进卫生间，放在车子里，这些书不是用来给别人参观封面的。每一本他都看过。到如今，他很少再翻阅那些鉴定类书刊了，有一回我看到他在读《中西方传统文化比较》，奇怪了几天。

用力地、持久地钻深钻透一块板子，再不厌其烦地钻透另一块，专注加上勤学苦练，让他的鉴赏力步步提高，有人形容：他像开了挂那样。

南京的小薛，把他带进江南的一个老宅，几天后，他打电话请我过去。在电话中，我就能听出他的兴奋。显然，他找到了一件好东西。可当我进了他家门，只看见一块破木板。

那确实是块破木板，长约两米，宽大概五十多厘米，表面风化层厚重，一角还有微小的伤残。俯身细看，弯弯曲曲的牛毛纹交织，紫檀的特征鲜明，这是一个长案的桌面，下面窄窄的几条旁板还在，其间镶着几个如意花卡。背面的四角均残存着榫头卯眼。

我：腿呢？它的四条腿。

林先生：腿在老二家，老大只有这个面板。

原来是老大老二的父母过世，兄弟俩分家，分到最后，只剩下这件画案，为遵循公平原则，两兄弟居然把一张完整的案子一拆为二，老大拿走了面板，老二拿走了四条腿。

我问：能找到老二吗？

林先生：在找，很难。

此后我不再提这个话题，古代艺术品幸存到今天，天知道它们经历过多少苦难，我见过黄花梨罗汉床残剩的一条香蕉腿，见过缺胳膊少腿的古代造像，见过错金线银丝的古铜片，尽管只有一鳞半爪，也不难想象它当年的神采。当然，为分家，把好好的一件古代家具拆成两半，此事我还是头一回听说。

　　半张案子是否还留有亲情？恐怕只有仇恨。

　　四年过去了，林先生再没提起那四条腿的下落，只是设计好图样，找来硬木，请来木工，给那个桌面做了个架子。明朝的案板，配上明式风格的新架子，也味道十足。

　　大概是去年的一天，林先生把我带进他家，带进他书房，我惊讶地看见了一张完完整整的明朝紫檀书案，四条新来的长腿稳稳地托起四年前的那块面板，明朝的极简风格鲜明，看上去既秀美又古朴。

　　绕案一周，不用细看，这四条腿就是书案的原配。两兄弟为分家造成了书案的分裂，天各一方，如今通过林先生四年的努力，榫头对上了阔别多年的卯眼，两者精准合拢，严丝合缝，一件珍贵的古代书案得到重生。

　　这是个真实的故事，以前只听说过商周青铜重器皿方罍的曲折命运，1949年前，因贫穷、战乱和对利益的追逐，导致该国之重宝身首分离多年，所幸的是马承源先生慧眼识宝，在日本发现了它的器身，由此引发了万众瞩目的回归之路。几经周折，2014年，器身终于回归中国，器盖与器身团圆。万没想到，相似的故事在我眼前得到了重演。

　　我不知道这四年间林先生付出了什么，无数次地打听，寻找，谈判，永不放弃，最终，他的希望得到了实现。

　　断钗重合，亲情能否回归，我不知道，只能猜想。

2001年中秋节，我在羊楼洞的老街拍摄，林先生驱车150多公里赶到羊楼洞，没有游山玩水，没有掏出相机或手机留影，就静静地坐在那儿看完一场戏的拍摄，然后给摄制组演职员分发月饼，人手一份，发完就离开了拍摄现场。

2018年5月，由我担任编导的一部新剧在南京举办开机仪式，在拥挤的会场，我突然看到了林先生，这是真正的喜出望外，事先，我只在电话中提起过一次，没想到他真的赶来了。在场的名流名角很多，他依然不拍照不合影，似乎他千里迢迢赶到南京来，就为了对我说一句"祝你成功"。会后他就离开了南京，我甚至没来得及请他喝一口茶。

坚持求真求精求美的原则，他藏品丰富，种类繁多，质量极高。每回去他家，我都会选一件静心学习。

我喜欢他那块寿山石摆件，横卧的山脉仿佛天造地设，大小山峰形成了黄金分割，其间分布着藤萝松柏、小桥流水，右下端的悬石作为留白，工整地刻着款识。这件文人味十足的藏品，经众人投票，被某艺术论坛评为十大精品之一。

我喜欢他收藏的百宝镶嵌盒，或紫檀或黄花梨制作的盒子上，古代工匠用青金、绿松、螺钿、和田、玛瑙等贵重材料镶嵌着山水人物、花鸟鱼虫，每一件都让人爱不释手。

最喜欢的是他家书房门口悬挂的古代石匾，洁白如玉的石头上，横写着四个遒劲的楷书：

养正书屋。

德 年 制

（非虚构小说）

晚上十点，老黄开车出城，直奔荆西郊外。

荆西有山，凸凹起伏，野草覆盖着平庸无奇的山头，状如坟场，荒荒凉凉一大片。山间有路，那种樵夫或野兽踩踏成的羊肠小路，周边再不见人迹。以前他三天两头过来跑步，山不高，路很长，边跑边闻闻草香，听听鸟叫，似乎可以忘掉许多烦恼。

把车停在山脚下，他下了车，抬头望着那条夜色中的小道，无月，阴暗，几缕灰白的雾霭翻卷，仿佛内含几分鬼气，这可是真正的月黑风高夜啊，老黄隐隐感到一阵不安。

不远处传来一阵脚步声，接着出现了手电的闪光，稍后传来一个嘶哑的男声，分明在喊他。老黄舒出一口气，因为他认出那男声的主人。

那是他的一位老熟人，小名憨二。

老黄至今不知憨二的真名实姓。不过，他与他，已认识了六年。

六年前，喜欢在古玩地摊市场上转转看看的老黄在憨二手上买了一只大罐，便宜极了，该罐的口沿略有残缺，但通景画着刀马人，发色如翠鸟的羽毛那样亮丽，上过手的人，不论内行外行，脱口而出的都是一个字：好！

憨二圆胖，脸蛋像用圆规画出，镶嵌着两只细长的眯眯眼，如果与他对视，很难看到他的眼睛。尽管用眼神交流不便，但老黄始终坚定地认为：憨二靠谱。

古玩贩子十个九个不靠谱，憨二是剩下的唯一。

老黄在生意场上打拼多年，阅人无数，他相信自己的眼力不会有错。

事实证明了老黄的判断，这个罐子到手不久后，憨二从外地给老黄发来三张照片，一张器底，一张器口，老黄点击出最后一张的全景照片时，眼睛里立刻星光闪烁，这是一只康熙年间生产的棒槌瓶啊，天圆地方的造型，精描细画的山水人物，发色也是出自珠明料，老黄立马拨通憨二电话："瓶子完整吗？"

憨二："我看了个把钟头，用手电里头打到外头，不缺肉，没挂线，连个小的磕碰也没找到，是个全品。"

老黄："什么价？"

憨二："死贵死贵，我杀价杀了两天，也要 N 万。"

老黄："要了！马上坐火车回来，我给你佣金八千。"

憨二犹豫起来："屁股光的，没写哪年的啊！寄托款也没，你确定要？"

老黄："要。"

憨二："我打车过去，要转三次公交，从中山大道搭 730 路，解放路……"

老黄："那就打的去吧，车费回来找我报销。"

之所以不惜血本，老黄心中有底：此类清早期的棒槌瓶，只要品相过关，观赏价值及实际价格，并不亚于官窑，而憨二的报价远远低于他的心理价位，当然更低于行情。

放下电话，老黄立即给货主汇了款，两天后，到了憨二回程的日子，可等到晚上十点，房门依然无人敲响。此刻老黄的心情，远超过光棍等婆娘。

话说憨二下了火车，立刻赶回家，把装着棒槌瓶的袋子结结实实地绑在自行车后座上，随后马不停蹄，直奔老黄家。

大路宽敞，憨二一手掌着车龙头，一手扶着后座的蛇皮袋，车子骑得飞快，可一进老黄家门口的小巷，道路就变得狭小且曲里拐弯，时不时还有行人和车子穿梭，于是灾难就不可避免地发生了。

一辆自行车从他身后掠过，快如串子鱼，一不留神撞到了憨二的侧后背，憨二龙头一歪，车子直接撞在路边的花坛上，只听得噼里啪啦一阵巨响，憨二一头栽倒在地。

老黄听到门口动静，急忙开门探看，只见门外躺着一人一车，一边还歪着一只蛇皮袋。他一眼认出，那躺在地上的胖子正是憨二。老黄毫不犹豫，一手拎起蛇皮袋，另一手扶起憨二架在肩上，进了家门。

憨二在太师椅上坐定，光喘气，不出声，显然脑子里还是七荤八素，突然噗的一声，嘴里喷出一口鲜血，间杂着半颗白生生的门牙，更惨的是他牛仔裤的膝盖都被摔破了，右腿破绽处拱出一块肉，红是红，白是白，鲜血直流。

老黄："赶紧去医院吧，我送你。"

"不，不去医院。"憨二挣扎着站起身，抓过那只蛇皮袋，只听得切切嚓嚓一阵杂响，老黄心头一沉：毫无疑问，那只他望眼欲穿的棒槌瓶已化为一堆碎片。

憨二从袋中取出一块碎片，泪从眼出："完了，瓶子给我摔了。我赔，赔。"

"唉，这是天灾啊，怨不得你。"老黄很快就做出了决定：就这样了，认命吧，换作他，如果谁用那只棒槌瓶换他一颗门牙，他肯定会选择后者。

换位思考，此乃老黄自诩的优点之一，他手下的员工也有类似评价。

老黄拿出一摞钱，放在憨二手上："辛苦一趟，不容易，拿着，快去医院吧。"

憨二眼睛湿了，受伤的膝盖扑通落到地板上："黄总，我欠你的，你对我的好，我一辈子忘不掉，以后我一定会报答你。"

老黄心头一阵温暖，摆摆手，把憨二扶出门。

一小时后，医生在憨二的左膝盖上缝了十一针。

老黄则一夜未眠，他找来胶水，把数百块大大小小的瓷片黏合成一只棒槌瓶，虽然蛛网似的裂缝布满全身，但老黄认为它记载着一段友情。

也许，今晚就是憨二报答的日子。站在山道上的老黄下意识地想起六年前的那个夜晚。

哗啦啦一阵草响，憨二出现在他身前，手里提着的并非古董，而是一把铁锹。老黄疑惑地："深更半夜的，拿把锹干吗？"

憨二："挖宝。"

老黄一惊："不会是挖墓吧？挖墓是犯法的，你别挖，我也不会帮你挖，我先回了。"

憨二绕到他身前："黄总，想多了吧？这块地，看起来很大很荒，像块坟地，实际上半个坟头都没有，鬼也没有。就在那边，不远，有两幢老房子，是我姑夫家的祖产，但垮成一堆乱砖了，我看年头不低于明朝，我捡了两块瓷片，一块龙泉，一块青花，你眼力好，看看哪个朝代的？"

老黄接过两块瓷片，打开手机电筒，定睛看去，那块龙泉是个碗底，标准元代，另一块瓷片看起来光素无画，翻个面却见一抹青花，那颜色，就像泉水中的一条鱼。

"是老东西。"

"我说吧,跟了黄总几年,我也学了点把①了。走,过去看看,不要你动手,你就站在那儿抽烟,看着我挖,那老屋基下头可能藏着点么事。"

老黄稍稍犹豫,跟着憨二往山上走去。

那片废墟躲在一片灌木后,朽木乱砖躺了一地,一周耸着几面摇摇欲坠的残墙。老黄环视着左右,心想当年三天两头在这一带跑步,居然错过了这个地方。

憨二操着锹开挖了,锹起锹落,动静不小。夜宿灌木的鸟被惊醒了,乱扑着翅膀飞起。不远处的山坡出现了几个黑影,眼珠贼溜溜地闪光,大嘴里发出轻微的喘息,缓缓往废墟方向移动。

这是一群野猪。

老黄认出来了,从前他在这里跑步时见过它们的背影,见过大片被它们拱过的草地,那土翻得又深又整齐,宛如机器挖掘,可见这些长嘴獠牙的战斗力。老黄心里泛起一阵寒意,不由得后退几步。

"你先去躲躲,回车上去,我来对付它们。"憨二挺身而出,持锹冲到老黄身前,护住老黄,自己则面对野猪,摆出一副决斗的架姿。

"别来硬的,躲墙后头去。"老黄丢下一句,就往山下逃去。

翻上一个小坡,眼前就是车子了,老黄松口气,回头望去,只见憨二依然守着那块宝地,持锹与野猪对峙,那架势,不亚于单刀独对千军万马的武士,心里不由得浮起一份敬意。

几分钟过去了,大概那群野猪害怕憨二的坚持,掉头走了,背影消失在夜色中。

废墟里又响起憨二的挖掘声。

---

① 点把:武汉方言,一点的意思。

老黄在车上抽了支烟，又合眼打了个盹，迷迷糊糊中，忽然听到憨二的喊声，透过车窗，他看见憨二扛着一只泥巴大罐往车子奔来，便赶紧下车，打开后备箱。

车子掉头，往山下开去。

哗哗的自来水冲刷着罐上的泥巴，随后将其沥干，摆在了老黄家的八仙桌上。

老黄点燃一支烟，投眼看去，罐子端庄、大派，隐隐透射出几分威严，高度、腹径均超过了三十厘米，主题画面是缠枝牡丹，青花发色浓丽，其中还间杂着隐隐约约的铁锈斑。不用上手，老黄一眼认出，这是件明早期制作的东西。再趋身上前，打开手电扫描，罐底无釉亦无款，罐沿呢？斜斜地掉了三分之一，余下三个正楷字"德年制"。老黄盯着那三字，心里快乐得就差敲锣打鼓：那块磕落的瓷片上无疑还有三字，只有两种可能：一、大明宣；二、大明正，连起来就是大明宣德年制或大明正德年制，老黄确认前者，依据是他屡试不爽的归纳推理。

不消看拍卖记录，老黄心里记得很清楚：一件好点的正德官窑，拍个大几百万没有问题。宣德大件官窑呢？低的几千万，高的似乎过亿。

此时憨二在医院走廊上提着两条腿，一瘸一拐地走着，刚刚把膝盖修理完毕，他必须试试这条伤腿的灵敏度，这时老黄电话打来了："在哪儿？"

"医院。"

"怎么又跑医院去了？"

"上回，上回摔坏的那条腿又开始作鬼了，走起路来一脚高一脚低，触地还是疼。"

"没事，你皮实，贴张膏药，三五天一过，跑马拉松没问题。憨师傅啊，罐子刷干净了，年代还可以，品相也过得去，就是口沿边上掉了一块。"

"就是就是，刚刚挖出，我就觉得它沿子割手，不是我挖坏的啊，它长得就那样。黄总，不喜欢的话就把东西还给我，钱还在我荷包里，我现在就送来。"

"你想歪了，我打电话不是找你退货，我是想请你再跑一趟，你想，大罐子在那个地方，大罐子上掉的一块，肯定就在它的周边，只要你上山五分钟就能找回来。"

"不行不行，天都快亮了，再说我腿疼。"憨二拒绝了不到两分钟，立即转口答应了老黄的要求，因为老黄开出了一个他无法拒绝的价格。

有钱不赚，那憨二就变成了真正的憨二。

两小时后，憨二又出现在那块废墟里，这回他带上了自己的弟弟，两人臭汗从头顶流到脚跟，憨二的那条好腿也开始疼得抽筋，他弟弟虎口也震出了血，挖了一上午，给老黄报告："瓷片没有，跟瓷器沾点边的瓦片、石片都没有。"

这个坏消息并没有难倒老黄，略略斟酌，他给憨二发出一条新的指示：立即召集山脚下的村民，以废墟为中心，扩大挖掘范围，劳务费每人三百，挖到"德年制"前三字的奖励三千。

一小时后，憨二在村里召集到了一二十人，多半是七老八十的老头老太，各自扛着洋镐、铁锨就在山上挖开了，两小时过去，差不多把那块山坡挖花了，终于有人高叫一声："我挖到了一个片片！"

那个片片被洗得干干净净，捏在老黄手里，轻轻地往大罐口部的残缺部位装去，只听得咔哒一声脆响，瓷片与大罐顿时就配合得严丝合缝，有如老木匠精心制作的榫卯扣。

憨二:"就是一个娘养的啊!"

老黄:"不,不,这是个独子。"

老黄后退两步,视线投向大罐口沿上的六字楷书:

大明宣德年制

四年过去了,老黄翻阅拍卖图录时,无意中看到一张南宋官窑的彩图,那是件摇铃尊,口部残缺,但镶了一圈金边,金配绿,美得让人心醉,成交价:五千万。于是他提着大罐和棒槌瓶,找到一位专做金缮的师傅,请他给这两件东西美个容。

师傅姓陈,原先开个小古玩店,专卖民国粉彩浅绛青花瓷,后来他发现老东西不好收也不好卖,干脆改行做了金缮。所谓金缮,就是用大漆做黏合剂补缺,外贴金箔,再经打磨,那些裂了口缺了肉的破盏烂壶,几乎比全品还漂亮。

陈师傅看了大罐看了棒槌瓶,说:"摔成这样,做起来倒不难,但如果用真金箔,价格肯定比这两件东西的进价高,我劝你别做,就这样摆着,一般人都以为是真的。"

竹雕鉴赏及辨伪

记不得从何时起爱上了竹子。

也许长在江南，从小就见惯了村前屋后的竹林，多少画家笔下的江南民居，典型画面便是白墙黑瓦，上方添一抹葱绿，那抹绿，八九成是竹。

记忆中，母亲腌制的笋尖雪菜毛豆米可是一道经典美食，那鲜，那咸，至今想起来还让人口水三尺。至于竹子的实际用途那就更多了，大可顶梁盖房，小可掏耳剔牙。笔者在咸宁工作期间曾去过星星竹海，大风吹过，那漫山遍野的竹子便化为一阵又一阵绿浪，层层叠叠，置身其中，感觉爱丽丝梦游仙境也不过如此，于是请一老农觅巨竹一根。老农早出晚归，费时一天，在深山里伐一竹，直径超过二十五厘米，粗如水桶，索价十元，又告诉我：拿回后只管雕刻，冬竹无虫。如今我每逢看见那根巨竹，便会想起老农佝偻着腰扛着它翻山越岭。翻翻旧书，历代无数大家对竹子咏唱过无数的赞美诗，其中最入耳的便是那四字——高风亮节。

不过是一种草本植物，由于其形态的优美、其用途的广泛，在人类发展史上占有了一席之地，世人便将其人格化，甚至仰慕它，于是竹子便有了与人一样美丽的生命，而且拥有最好的人那种品格。

竹子老了也逗人喜欢，颜色跟着年头渐进渐变，由青转为牙黄、粟黄、棕黄，上品可转为以朱红为主基调的大枣色，那是主人长年使用或把玩而形成的光泽,所谓包浆。窃以为,包浆乃是人的肌肤与物亲切交流的结果,那竹雕倾注着主人的深情,记载着主人的生命史,于是通灵,幻变得几可与琥珀、犀角媲美,达到了天人合一的境界。

我长年居住武汉,多年前,每到夏天的晚上,江汉三镇的小巷里便竹床成龙,不论男女老幼均枕着竹床度过酷暑,优美的人体曲线随处可见,从而形成武汉的一道别致风景。细看那竹床,大多色泽殷红鲜亮,好看极了。如今空调普及,竹床早已在武汉街头匿迹,我曾觅得老竹床一张锯下一截置于案上插笔,也味道十足。

本人涉足收藏三十多年,除书画等平面艺术外,瓷、玉和杂项等都有涉及,沙中沥金,庸中猎奇,酷爱的竟是古代文房类艺术品,藏品中竹雕笔筒多半无款,料想它们出自民间工匠或文人之手,绝对与官造无缘。但作品中涌动的鲜活生命力,无羁无绊的选材构思,尤其在展现汉民族的民风民俗方面,却是循规蹈矩的官器所不能及。

笔者收藏的古代竹雕笔筒并非件件都是好东西,略加筛选,凑了几只,尝试一一点评。

第1件:高15厘米,直径10厘米,制作年代约为明晚期。采用浮雕、透雕的一幅高士图,主题画面为一蓄须高士独坐案旁,案上置一瓶一炉,上掩苍松,旁衬山岩峻石,一侧的书童手持蒲扇扇着小红泥炉烹茶,微微侧身遥望主人,好像在说:稍等,就好。另一面雕一书童在山林中行走,身子微扭,肩头扛着行李,似乎回家心切,行色匆匆,整体构图严谨,三个彼此呼应的人物形神皆备,属典型的嘉定派雕工,暗寓晚明文人遁世避祸隐入山林修身的心境。此器最美的是包浆,丰腴浓艳如老朱漆。可惜高士头顶一方画面残缺,觅老竹一节请匠人补残,可惜只落了个形似神缺的一个囫囵,刀功及包浆与原物相差甚远。

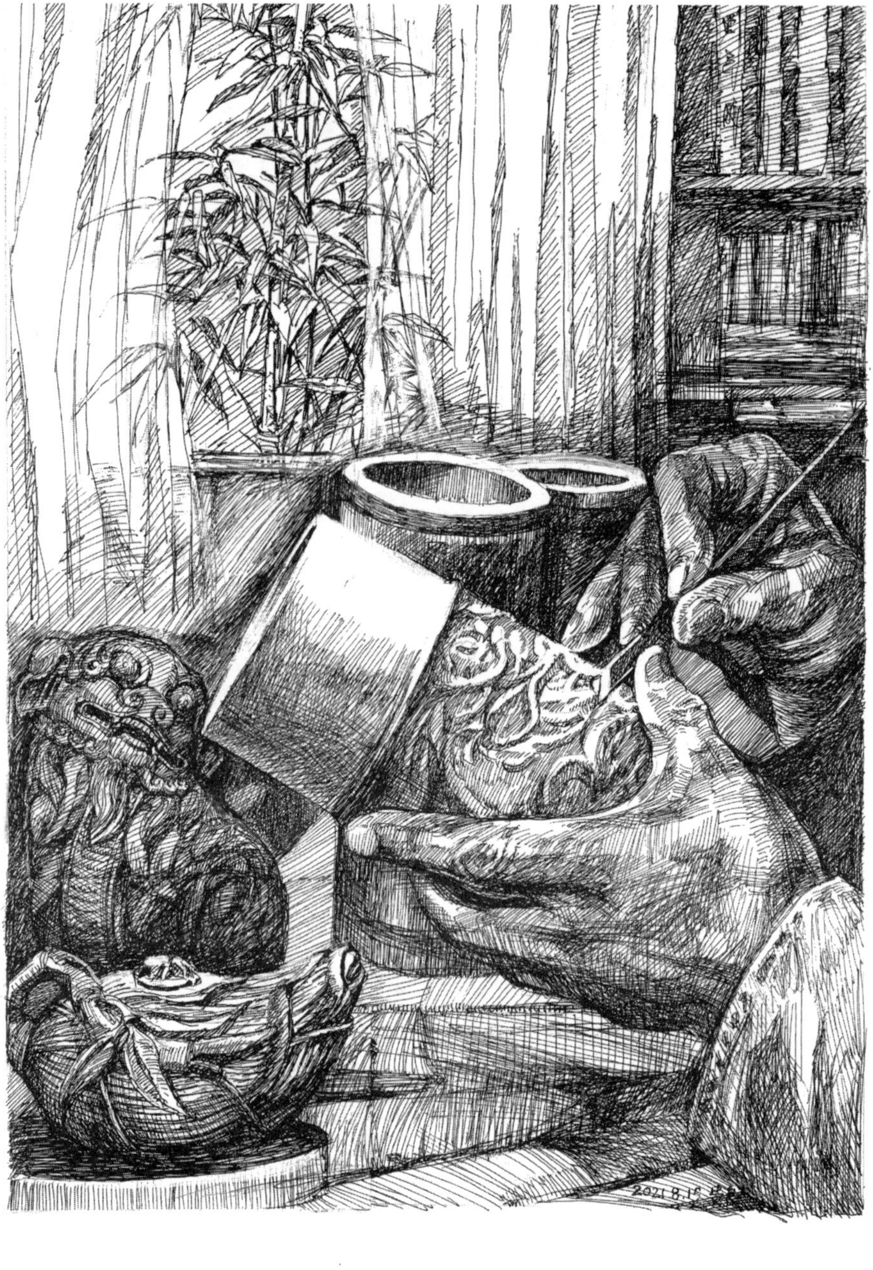
2021.8.15

第2件：高14厘米，直径8.5厘米，制作年代为清早期，精雕细刻的留青游春图，其线条犀利、挺拔、圆熟，有如当今造假者使用的电脑雕刻，但赝品绝无此气韵。观物如观人，首先要看精气神，此乃在下鉴真伪的率先准则。此器属竹雕大家张希黄首创并领衔的阳文浅浮雕一族，美称刀画，薄薄地削去一层多余的竹皮，留下的便是由竹青构成的游人、垂柳、飞鸟和亭台楼榭，画面右侧的两只飞鸟尤见功力，上方大片留白，天高任鸟飞啊，作品给人留下了想象空间。留款"于己"，搜寻此名良久，仍不知何人。

第3件：高14.5厘米，直径16厘米，为晚明至清早期竹雕器精品。此器皮壳紫红，器型硕大，为本人收藏的最大号竹雕笔筒。题材人物待考，或许是十仙图，或许是八老畅饮图，与去年苏富比拍卖的一件竹笔筒极为相似。作品刻画了十个人物，左侧二人无疑是侍奉的仆人，一伏案操持，一持瓢为食客酌酒，中心画面是八个神态各异的高士，或畅怀痛饮，或捻须沉吟，或侧耳旁听，或卧地酣睡，憨态可掬。更为有趣的是有一食客居然持瓢往另一人嘴中灌酒，生动极了。器身有裂，虫眼甚多，想来它当年度过一段艰苦岁月，幸好虫眼错落有致，有如巧雕，为此器增添了几分沧桑、几分古趣。该作品雕工老辣，线条勾勒精准，人物面部肌肉都凸凹有致，在风格上，也是本人竹雕收藏中最具个性化的。

第4件：高13.5厘米，直径11.6厘米，清晚期，疑为东山报捷图。如果你想头晕，你想眼花缭乱，你想领略什么叫烦琐之美，那就看这只竹笔筒吧，作者刀如工笔，精雕细刻了四人、四鸟、二马、军营、山峦、洞石、流云、林木等多种景物，器口围绕规整的回纹，底部除回纹外又下延如意足，天知道作者为何把这么多内容铺排在一个小小的笔筒上，但多不显杂，密不凌乱，二马彪悍，各骑一位持枪迎战的武士，最美的是树木的雕刻，那树叶雕得纷纷扬扬，好似漫天飞舞的花朵。雕工深浅适中，清底干净，打磨细致。该器具有鲜明的福建地方特色，属古代竹雕笔筒地方工艺的精品。

第5件：高14厘米，直径12厘米，清中期，雕渔村夕照图，此器构图疏密有致，颇具大家风范，作者用犀利的阴线刻出了一幅清丽的风景画：千丝纷披的柳树，泊在岸边的乌篷船，隔河相望的小村，最精彩的是岸边的两个渔夫，一气呵成的寥寥几笔，仅仅十四刀，便刻画出动感十足的人物形象，可谓减一笔则少，添一笔则多，令人想起彪炳雕刻史的汉八刀，器背刻隶书"非秋垂露"，落款为"庚寅年秋日云岩刻"，另刻方形图章款"云岩"。此物文人气十足，大雅。

第6件：高15厘米，直径9.8厘米，清早期，此器以嘉定刻法为主，融合了牙雕及湘鄂地方工，雕西厢记或送别图：官人赶考了，抑或进朝做官了，小娘子依依惜别，道一声郎君千万珍重，做了官发了财，千万莫忘了糟糠之妻，来来来，临别前再喝一盅茶吧。挑担前行的仆人雕得如卡通片中的山魅一般，瞧那得意劲儿，须知一人得道，鸡犬升天啊。除四人一马外，全器满刻松槐庭院，密不疏风，雕工稚拙，但明明白白透出一个情字。

遥想当年，翠竹掩映的茅舍门口，一匠人运刀如风，刀光明艳，竹屑横飞，嚓嚓嚓的刀声不绝于耳，每一刀都无须费时酌斟，直接勾勒出人物景观，连人物双眼都只用一刀即短短一根横线表示，这是在特定历史氛围中产生的特定民间艺术品，作者的心态如飞鸟一样自由洒脱，今人可仿其形，仿不了其神。

自隋唐始，封建朝廷便设立了科考制，读书做官，是古代知识分子的唯一出路，笔者的故乡江苏省江阴市在920年的科考中，就给封建王朝输送了415个进士，但普天下多少寒士耕读一生，终究在冲击龙门时折戟沉沙，陪伴他们的，大约从明朝开始，也出现了这小小竹雕笔筒的身影。寒风冷雨，残烛荧然，枯坐案旁的读书人该有多少酸甜苦辣，这竹笔筒应该知道。如今主人辞世至少百年，只有它们渡过劫难，尚存世上，默默地展示着当年的沧桑。

如今收藏界的风雅人士，无不把老竹雕视为爱物，但寻找一件嘉定派精品的难度，不亚于寻找元青花或珐琅彩，赝品制造者早已发现竹雕背后的真金白银，动用一切手段制造出无数竹雕赝品，其中的高仿足可乱真，充斥大小拍卖行。

如何鉴定竹雕真伪？面对猖獗异常的赝品冲击，我以为应采取极端鉴定，一般而论，凡难寻刀锋痕迹的竹雕均属赝品，凡雕通景阳文的无一例外属赝，凡通体无裂甚至找不到一条隐冲的也可断赝，凡从里到外通体一色的属赝，凡手头过轻如纸的也属赝品，凡人物雕刻以正面展示的也多半为赝。在皮壳的仿制上早年广泛采用高锰酸钾及皮鞋油，但此类皮壳显得做作，难免露馅，当下最高级的竹雕赝品为依样画葫芦的手工雕，染色改涂抹为蒸煮，利用火力让颜料沁透入骨，煮后再根据需要深涂浅抹，由此达到自然天成的赝品效果。

笔者曾有一友也喜爱古代竹雕笔筒，斥巨资购买五六只，其中有的出自大拍卖会，看起来个个精美异常，皮壳诱人，又常以核桃油及维生素E等保养之物细细涂抹。经本人细察，均属高级赝品，无一为真，于是以实言相告。此君鉴别有方，只信奉文博系统出身的专家之言，对业余玩玩的我辈不屑一顾。笔者十分佩服这种尊重专家的鉴定原则，想来那些竹笔筒至今还高置华贵的博古架，向世人展示它们的虚伪之美。

低于50公里，从关山买到几袋米后又将板车沿着原路拖回汉口卖。

卖菜卖米每天能挣几块钱，但还不足以养育四个孩子，母亲就凭借她对老家浏阳的回忆，用笔画出了一台织布机的图纸。请来的木匠根据这张草图，做出了一台木头织布机。此后，母亲就开始织土布卖土布，经线和纬丝纵横交错，梭子来回穿越，织布机声单调而粗糙，小朋从小听惯了木头撞击的声音，让他记忆深刻的是母亲给他的一份惊喜：

那天母亲烧火做饭，从灶膛冒出一团团炊烟，母亲的脸被火光染得时红时黑，烧着烧着，她突然起身找来一段竹子，把铁炉钩烧得通红，就用钩尖在竹子上烫出一排间隔有致的洞眼来，随后母亲的嘴唇凑上了竹子的一端，一段旋律就从她的胸腔里顺着竹竿流淌出来，那曲调，深沉而苍凉，无疑，那是支箫。

我问：你妈妈吹的是什么？

小朋想了想，说记不起来，他只是觉得特别好听。我猜想，那箫声，很有可能是她老家浏阳民间流传的山歌或者小曲，深藏着他母亲童年的记忆。

小朋叙述这些往事的时候平平静静，但我明显体会到他提起母亲拉板车和做箫时的内心变化，那大概就是静水深流。

二十多岁那年，提着菜篮的母亲瞒着他，走进了江岸区文化馆，花了十块钱，替他报了名，参加一个山水画培训班。显然，他母亲心里明白：尽管儿子已经成年，但他依然藏着一个儿时的梦想，那就是成为一个真正的艺术家。

可母亲的愿望离现实还很遥远，迫于生计，他高中毕业后，没钱考大学，就进了街道搬运队，天天脸贴地皮背朝天，砂石水泥压得他直不起腰。当了几年挑夫，他开始学做木工，每天拉锯推刨忙个不停，打卯开榫学会后，他又得机缘，开始学做蛋糕、面包，天天粉面一身，烘焙煎炸。手艺成熟后，他胆大包天，承包了单位的一个蛋糕店，兴旺一时又突然倒闭，于是他只能跑到汉口的老街去晃荡，在蜂拥的人流中寻找机会，日复一日，直到他撞见了那张古琴。

那张琴琴腹已破，琴的很多零件失踪，全身伤痕累累，就像一块烂木头。

"我来修理。"他壮着胆子说出了这句话。

幸运的是那张琴的主人信任了他。

更幸运的是他竟然把那张琴修好了。

初战告捷，小朋开始想象：今后的日子，是否就以修琴制琴为业？1993年，他在江滩古玩市场开了一家小店。他觉得，古琴本身就是传统文化的一个重要角色，他也喜欢古玩，因此把店开在古玩市场很合适。

如果说，当年他母亲制箫吹箫给了他一些音乐启蒙，那制琴师，首先应该是个演奏家，而制作一张古琴不亚于制作一台精密机器。他并非科班出身，也没系统地学过音乐，又两手空空，穷得只剩下几门手艺，但他并不害怕即将面临的艰难。

在网络尚未普及的20世纪90年代，信息闭塞，连买本有用的专业书都难，他到处打听，终于在汉口交通路古籍书店买到了有关古琴基础知识的资料，如获至宝，在练琴的同时开始制琴，万没想到，他刚开始制作的几张琴均告失败，要么形制不对，要么配件失灵，譬如琴弦，开始他以为是吉他弦或者古筝弦，可将其安上后才发现此琴发出的声音非常难听，与传统的古琴声毫不相干。再煞费苦心找来了真正的古琴弦，可他初装琴弦时却连弦的正反都不知道。更难的是他耗尽心血做出一张古琴，可琴弦发声，琴身却不随其共鸣。

这时，他开始走师访友，他多次登门拜访，与武汉的陈树山、金德华等古琴名家结为师友，又专程赶到北京中央音乐学院，拜古琴界的泰斗李祥霆先生为师，这就有了一个交流学习的平台。一个个关口被他攀越后，他又面临材料缺乏的困难，只能开动双脚，跑到湖北、江西的僻远角落去寻找，在那些破旧的老房子上，他找到了楠木、梓木、杉木、梧桐木，甚至还买到了几十块楠木的棺材板，剖面色如碧玉，这些材料，已历经几百年的风霜，是每一个制琴师梦寐以求的宝贝。而他开的那家古玩店，又能偶然收到流失在民间的一些古琴，足以让他深入了解古琴的构造。

他学的第一首曲子是《阳关三叠》，没有面对面亲授的老师，教会他的只是一张光盘，他边看李祥霆老师的录像边练琴，练了几个月，感觉记谱难、音位难、右手指法难，更难的是弹出味道来，他只能一小段一小段地练，然后再进行组合。欣慰的是他的努力得到了老师的肯定。

环视着他的琴房，我问他：从学琴开始，到现在你能弹几首曲子？

他：也就十来首，学会一首，最少也得几个月，我不求多，只求弹得好，弹得有味道。

我：我记得作曲家刘健说过一件事，他认识一位古琴老师，只会弹三首曲，可到了美国后，门庭若市，学生很多。

他：学生多是件好事，这说明古琴的传播之广，但师资力量要够，我缺少上大课的本事，只能一个个地教。

我：做一张琴，要多长时间？

他：以前做得快，现在做一张琴大约要一年半。选材，要讲究阴阳搭配，譬如上鹿角霜，要经历粗中细三道程序，灰胎我试过用鱼膘胶，不过用鱼膘熬胶很麻烦，又试用明胶，但明胶在阴湿天气中放久了容易脱落，后来我采用大漆调合灰胎，这样做出来的琴不怕水。

我：你做了二十多年的琴，有没有想过创新？

小朋：有人在创新，譬如把琴身做大，让音量扩大，以利在大庭广众演奏,可那种琴不是真正的古琴。还有的人用紫檀、黄花梨、和田玉等珍贵材料做配件,其实这除了能增加琴的商品价值即多卖几个钱以外,跟这张琴好不好没什么关系。古琴三千多年历史,历经无数名家大师,一代代传承到今天,它已经非常成熟了,稍一改变,就会伤筋动骨,我现在的目标,就是做出古人那样真正的好琴。

不必叹息"瑶琴久已绝,松韵自悲秋"。

2003年,古琴艺术被列入世界非物质文化遗产名单。武汉市作为知音传说的发源地,一直在倡导诚实守信的知音精神,推动古琴艺术的发展,"大音希声——古琴专场音乐会"在琴台音乐节已成功举办了五次,而民间的古琴声也越发动听,各类琴社已达五十多个。

到如今,小朋的学生已开始招收学生授课了。

他的学生,有营业员、保育员、公务员、个体户、农民工,都是些最普通的人,这些普通人正在用古琴追求和实现他们的理想,在他们心里,都有一个美丽的声音,不求名利,不攀附风雅,就想把琴弹得更好。

这也许可称为古琴精神。

三千多年前,由传说中汉人的祖先伏羲氏创造的古琴,不仅仅是师襄、孔子、苏轼、范仲淹、欧阳修、嵇康、司马相如、卓文君、蔡文姬等古代名人圣贤的传承,更多的是蝼蚁一样的普通人在民间演奏,不论太平盛世还是动乱年代,唯此,这民族的声音几千年以来才劫劫长存,生生不息。

古琴的声音,不想听到的,完全可以忽略,任你把酒言欢。

想听的,也许可以听到远方的山呼海啸,

听到一草一木也会哭会笑,也会歌唱爱情,

听到历史长河中的那些悲欢离合,

也可听到静静流淌的天籁之音。

说　　砚

砚，是石头做的。

所谓四大名砚八大名砚，雕出花样子，吹到天上去，它还是块石头。

一方砚，只是一件工具，相当于石匠手里的一把锤子。

砚的出现，是在战国晚期，雏形可追溯到古人做彩陶的时候，发明者不会挖空心思去琢磨它是否漂亮，也许就在河滩上找了块普普通通的鹅卵石，在石头的一侧磨出个平面当砚用。直到唐宋，不知有多少人，挖了多少山，严中求严，一一筛选，这才挑出端砚、歙砚、洮砚等优良砚材，入选的标准，无非是下墨、发墨、硬度等硬指标，不外如是。因为砚，是用来写字的，并非颜值。

用砚磨墨、盛墨、蘸墨写字，这就是砚的存在价值。如随身砚，大量，区区一掌，有的还被装在硬木盒子里，是读书人出行时必备的随身之物。

古人想进步，就必须参加科考，一路上，要历经乡试、会试、殿试，山路十八弯，一步一惊心，多少学子，白了头，花了眼，最后还是落得个"尔来砚枯磨不出"。才学和运气特别好的人，才能鱼跃龙门。

入仕为官实在是太重要了，对大部分古人来说，这几乎是实现人生价值的唯一目标。因此，即使一块寻常石头，只要做成砚，也会成为古代读书人的至爱。

千百年过去了，锤子依然是那把锤子，石匠不会把它升级改造成艺术品，而砚的使用者是读书人，长期写字作文，砚，逐渐被添加了艺术属性。那些分布石头里外的杂质、锈蚀、结核一类，其实是胎里毛病，用文学语言美化成了青花、翡翠、火捺、胭脂晕、鱼脑冻、鸲鹆眼、鹦哥眼，形容得一个比一个好听。同时大量的砚被雕上了边饰，尤以回纹流云、苍龙教子、岁寒三友、竹报平安、松鼠葡萄纹为多。其中好的古砚，特别是那些名家用过的砚，都保留了石头的本色，沉重、硬朗、朴实。砚上的种种雕琢，不过是作为砚堂的点缀和烘托而存在，绝不会反客为主、鹊巢鸠占。

"雕龙绣虎，不如日日汲古"，这是吴昌硕刻的砚铭，苏轼亲自操刀刻的砚铭更高一筹："一受其成，而不可更。或主于德，或全于形。均是二者，顾予安取。仰唇俯足，世固多有"，大意是老天赋予的样子，就不必改变，品德与外形难以两全，如果两者兼顾，就跟那些看人家脸色行事的人没什么两样。

古代砚痴很多，有以砚代枕的，用砚陪葬的，为一块砚巧取豪夺的，对砚的一往情深超过知心爱人，这类故事不少，在此不废话，谁有兴趣，动几下鼠标就知道了。

跟其他光彩照人的古代艺术品相比，砚，是灰蒙蒙的、静悄悄的，它平稳地躺在书案上，从不以色彩和形状来证明自己有多么重要，难以吸引视线，它永远在等待一支毛笔和一双同样宁静的眼睛。

当然，如果一块老砚被刻上御题诗或文人墨客的铭文，也许就能得到世人的另眼相看，不过大量的名家砚铭属于伪刻或者后刻，因为某些古玩商深谙此道：添上名头，它就能卖个好价钱。这类伪铭屡见不鲜，主要特点是机工雕刻、包浆不一、书法风格变异、铭文内容与颂砚、赞砚无关。

时至今日，几乎所有的砚台都在书房在办公室失踪，取而代之的是电脑、手机、打字机、复印机，三十多年过去了，我没收到过一封手写的书信，那些从字里行间透视出情感和性格的往年手札，已成为我的珍贵收藏。

钢笔字不见了，圆珠笔字不见了，毛笔字当然失踪得更早。

砚到哪去了？

店铺里，某宝上，我见过大如桌子的砚、挂在墙上的砚、竖在红木座上如屏风挺立的砚，更多的砚被雕上花花草草、鸟兽鱼虫，纹饰密集得像蚂蚁开会，几乎爬满了砚台的三分之二。卖的人说这就是砚，我觉得这种砚，与我理解的砚毫不相干。

放眼望去，暴力美学不仅赤裸裸地展示残酷的真相，还改头换面，披上花花绿绿的外衣逆袭，泛滥肆虐，无孔不入，外部形式远远超越内容，甚至失去了实用价值。饮料变成了五颜六色，服装变成了大奶大屁股的罗列，男子汉秀起了兰花指，老太婆整成了网红脸，搏击赛打的是王八拳，毛笔字边写边大跳广场舞。一切都在为了冲击眼球勾引眼球，点燃那些隐藏在角角落落里的所有欲望，目的就是以最快速度赚到钞票，其最大的用场即使用价值却被晾在一边。尤其在某些信息传播上，到处是电光石火式的鸡零狗碎，标题就给人挖坑，或大惊小怪，或招蜂引蝶，过把瘾就死，兜售一瞬间的快感或恐惧，三分钟热度升级为三秒钟热度，弱智化的看图说话越来越多，更变态的如吃蜈蚣吃蛇之类的直播应运而生，我甚至还见过一个吃屎的。结果是让人恶心，让人上瘾，让人更加迷失、焦虑。

终于有一天，我发现自己很少看书，尤其是那些长篇大论，那种吃饭时看书、睡觉前看书、坐在马桶上看书、一口气看完一本厚书的日子似乎一去不复返，心里总是堆积着各种杂念，好像总有比看书更重要的事去做。

更快，无疑是一个好的目标，但这种快，并非感官刺激之快、丧失了专注和定力的快，只会让人迷失方向。

历史或许可能重演，人却不能回到过去。虽然有科学家的研究证明，采用手写模式，通过这种灵巧的肢体运动，很有可能会不停地刺激大脑，强化大脑的记忆力，促使观念的更新、方法的改变。但急于赶路的人不再会选择砚，全民练书法的年代早已一去不复返。即令那些搁置在专业书画家案头的砚台，也早就失去了过去"书童磨墨墨抹书童一脉墨"的情调，往往是把现成的墨汁往砚台里一倒了事。砚，仅仅成为一件盛墨器，换只快餐盒子，照样不影响使用。

砚，作为农耕时期的产物，又朴实得像泥砖，在当今社会被无视、扭曲、甚至出局，理所当然。

砚去哪儿呢？

去书法爱好者的家。

去收藏家的案头。

去博物馆。

最好的去向，是让这些砚材依然留在它们生长的地方。让砚材和其他一样美丽的石头住在自己的老家，大山就有了心脏，有了灵魂，这才是金山银山。而不是在地平线上徒然耸起一个个雄伟的外壳，内部早已被挖得千疮百孔。

古砚，坚硬，存世量巨大，容易保管，挑一块好用又好看的，不用花很多钱。长期的寻找，我也藏了一二十块，若按喜欢的顺序排列：

一、随形砚；二、抄手砚；三、平板砚。

但藏砚难，一难难在老砚太多，那种破旧的随身砚、学生砚，地摊上常见，但很难入你法眼；二难难在老砚沉重，在家里要把砚台挪个窝可是个让人汗流的力气活；三难难在老砚的价位始终沉底不上，二十年前卖一百元的如今仍卖一百元。

因而我最尊重古砚收藏家。

我认识一位古砚收藏家，心静如水，八十多岁了，仍在潜心研究，同时笔耕不辍，传播古砚的知识。

这需要屏除功利心，百折不挠地去探索，这份心态来源于古砚的文化含量及其美丽，其根本是对民族文化的真正热爱。

随意搬一块砚台放在书桌上，尽管我的毛笔字歪歪斜斜，但也能分享砚的真实、深邃和沉静。

我藏有一块明朝的随形端砚，该砚按石材的本来面目雕刻，随形雕刻了一圈酷似石疤树瘤的边饰，烘托出一块红如猪肝的砚田，古朴极了。该砚的来历让人唏嘘，二十多年前，在香港路古玩市场，我购得此砚，价格低廉，付款后，店主告诉我：此砚原配一只紫檀盒，盒盖上银嵌砚铭，但已经给他卖了。为何买家不把这块原配砚买走？得到的回答是：买家喜欢的就是那块紫檀。

买椟还珠，这就是重演在我眼皮底下的真实故事。事后我想方设法联系该砚盒的买家，至今仍不能镜圆。

如果时间可以倒退三十年，我的收藏，会选择砚。

枇 杷 熟 了

家门口有棵枇杷树。

严格说,不止一棵,是一排枇杷树,大概有七八棵,竖在这栋楼每个单元的门口。我说的这棵,离我家最近,只有一步之遥。

小区绿化一流,南边的别墅门口栽着香樟树,再往南就是一大片湖水,往西的楼间留出了大面积的草地,山坡那样起伏,一条人工河弯弯曲曲,卵石流踪,贯穿了整个小区,最终在北门处形成了一个池塘,水里游动着上百条锦鲤。小区里,花草树木品种极多,叫得出名字的有榆树、李树、玉兰、银杏、合欢、棕树,陌生的树数不清。

绿化出色,是这个小区的亮点之一。但此地与寸土寸金的豪宅毫不相干,也没见过什么大富大贵,就是个普通的平民小区。小区居民的职业我多少知道一点,大多是平头百姓,当年价格,也就是两三千一平方米,与规模相仿的城市比较,武汉的房价确实便宜。

搬来六年,我发现了一件奇怪的事:枇杷树属小区最多的树种之一,可能有五六十棵,但就数我门前的那棵长得最高最大,果子同样如此。每当五月来临,树上就挂满了果子,是椭圆形金黄色的那种,比周边那些树上的枇杷大一倍以上。

我老家不产枇杷,小时候没吃过几个,对这种水果的记忆缺失,因此对枇杷果没有大的兴趣。果子熟了,妻子上楼晒衣时,顺手摘一小筐,多半送给了左邻右舍,剩下几个,我当然吃了,论味道，又甜又酸，还算可口，但要我爬上树摘它一大筐，没有想过。

我不爬树，并不能阻止别人爬树。每当果熟季节，除了鸟儿飞来啄食，更多的是人，有的踮起脚板采摘，有的搬来桌椅板凳，还有的架梯上树，最有本事的，是徒手爬上树摘果。我站在窗口，就可以近距离与树上人对话。

结果是一地的树叶烂果，还有吃剩的枇杷皮、枇杷核。每天进门出门，绕不过这些渣滓。

好在我妻子若无其事，每天早晨扫完自家院子，她就到门外去扫，把枇杷渣滓清成一堆，以利清洁工打扫后拖走。

我担心居家安全，不胜其烦，就跑到物业去投诉。保安经理小张告诉我：如果再有人来摘枇杷，你只管给我打电话，我马上派人来处理。

第二天我就打了五六个电话，果然来了个保安。有的时候，保安可以一整天站在枇杷树下值班，晚上还得加班。小张人力不够，想出个高招，在小区的所有枇杷树上都挂个牌子，上头写着八个字：观赏果木 严禁采摘。

安静了两天，可到了第三天，又有人出现在树上，样子很快乐。我溜出门看了一眼，爬树人先把那个牌子反转，眼不见，心就静，等摘果下树，他再把牌子归位。

此后我不再给保安打电话了，开始琢磨是不是去林业局跑一趟，交个申请，请他们把这棵树砍了，补种的，只要是非果木的就可以，钱，我个人承担。后来又想，我最讨厌的就是求人，为一棵树，不值，索性把这房子卖了，另外找个地方买一套住去，如此就可一劳永逸。可笑的是这些念头只是想想而已，每年最多一二十天，果熟蒂落，门口和我心里就会风平浪静。

2019年9月，新换了物业，我请他们派个人来修剪枇杷树。当天，工人就把那些低垂的树枝都锯了，如此阳光可以直达我家客厅，枇杷树更显高大，如果有谁想爬树摘果，必须使用云梯。我得了六年的心病终于消失。

往后的情况世人皆知，新冠病毒袭击，武汉封城，每天我只能躲在自家窗口后窥看有限的世界，光天化日，小区里难以见到一人，但在肃杀的寒风冻雨中，那棵枇杷树依然同往年一样开花结果，原来枇杷的花期选择了最冷的季节。宅家数月后，收到安全通告，这才鼓足勇气出门转转。那天阳光灿烂，芳草如茵，于是草地上又散发出宠物狗留下的味道，此刻闻到居然产生了几分亲切感，只见在小区活动的居民仍口罩蒙面，远远见人就绕道而行，奇怪的是那棵枇杷叶更绿，果更大，一树高耸的绿叶中点缀着无数金黄的果子，漂亮极了。

毫无疑问，这棵枇杷树得到了合理修剪，去除了多余的枝丫，营养直接输送树冠，因此长得比往年更好。

鸟儿飞来了，最多的是灰喜鹊，落在树上啄来啄去，几颗熟透的果子落地，我捡起最大的一颗，超过我小外孙的拳头。

摘果的也来了，最早的是一个老太太，牵着个小孩，先用枴杖去捅果子，但够不上，只能放弃了我家门口的那棵，改选一棵低矮的，那树上的果子只有指头大。这时我在书房里，恰好听见了窗外的对话：

别吃别吃，这果子有毒。

把皮剥掉就没得事。

这一带都消过毒，那消毒水很厉害，你还敢给伢吃？我们碰都不碰。

那老太听从了劝告，牵着小孩走了。

但那棵树实在是太招摇了，吸引了一批又一批的枇杷爱好者。每天都有几拨人戴着口罩，端着凳子或梯子来摘枇杷。可惜家用梯子不够高，只够得上离地最近的果子，爬上树当然会有收获，但敢爬的一个没有。几天后，摘果利器出现了，那是一部三节升降梯，站在梯顶摘果，既安全又快捷。树下还围着一群大爷大妈，还有几个跑来跑去的小孩，拍球的、滑板的，都有。每当果子被传递下地，他们就摘下口罩，边吃边玩，嘻嘻哈哈声不绝于耳。站在窗口，我就可见到久违的热闹。

那果子是否能吃？我觉得完全可以。大面积消毒是两个月前的事了，几乎每天都有人穿着防护服，举着喷枪消毒，主要目标是门道、电梯间、下水道，对着大树喷射消毒液，我没有见过。何况本小区早已被列入无疫情小区，还迎接过一连几天的大雨。

四天前的一个下午，我散步回来，随手拿起一把老式扫帚，先把自家院子扫了，然后打开铁门走到枇杷树下，把那些果皮果核扫成两大堆。回到家里，妻子和女儿过来了，妻子说：你还跑到门口去扫地啊？我和林子都看见了。

我：自家门口，当然要扫，以前又不是没扫过。

林子：可这回你脸色蛮正常，没有苦着脸皱着眉头。

我：我想通了，这棵树长在我们家门口，给我们和这个院子的人带来了快乐，尤其在这个季节里，这是我们家的福报。

林子：早该这样想，妈妈去扫，都是高高兴兴的。

妻子：人家门口的树都是蔫蔫的、瘦瘦的，你知道我们家门口的枇杷树和桂花树为什么长得那么好？那是因为那米，每天它在院子里拉了尿拉了粑粑，我捡起后，最少要冲三桶水，这等于给那些树施肥。你还欺负它，叫它死狗。

我说：那是一种爱称。

写完上述文字后，扭头望去，门口无人，枇杷树沐浴在阳光下，树顶，还挂着一两串金黄的果子。看了一会儿，脑子里冒出一个新的主意：等明年枇杷熟了，我去请物业把果子摘下来分发给邻居。

2020 年 3 月 19 日

凌晨三点，熟睡之中，突然被妻子叫醒，说林子病了，我赶紧起床，衣服还没穿好，就看见女儿哭着爬下楼，显然是疼痛难忍，一下楼她就倒卧在地哭个不停，急问情况，林子说从两点开始，左下腹就疼痛剧烈，有可能是肾结石。

我对此病一无所知，急忙打开电脑搜索，其中一个回答是肾结石疼痛可能会导致休克，而家里的针对药物只有头孢和一袋过期多年的去痛片。于是立即决定去医院看急诊，但女儿不适合开车，我不会开车，妻子又必须守在家里看孩子。小外孙才 9 个月，似醒非醒，被妻子抱在怀里，茫然地看着哭泣的母亲。

武汉尚未解禁，即使让妻子开车，必须带上孩子，尚不知路上能否通行，无奈中，拨通了武汉市 120 的电话要救护车，120 问明情况，说我马上转你居住地的属区，区 120 接听后，要我稍等，焦灼等待约三分钟，电话铃响，来电居然是市 120，该调度听说我还在等待区 120 回话，当即表示：现在就给你派车过来，你们到小区北门等待。

戴上口罩，搀着女儿慢慢挪到小区北门，只见人行道已被封锁，唯一的通道是以供车子进出的轧门，马上跟保安说明理由，特别强调我女儿没有发烧，只是腹部剧痛。保安升起横杆。

宅家五十七天，这是我首次走出小区大门。夜色黑暗，缓行数步，便看到一辆急驰过来的救护车。

上了车，身穿防护服的押车员问我去哪家医院，愣了片刻，想起一条新闻，文中说市内已开放了数家非新冠肺病医院，于是就问他能否去协和，押车员回答说可以。救护车立刻向协和医院奔去。

车子开得很快，颠个不停，窗外一片阴暗中偶尔夹杂着几个光斑，无意中看到车内担架和一些不明其用途的医疗设备，不由得一阵恐慌，这是辆救护车，肯定拉过不少新冠病人，但如果因害怕感染而放弃乘坐，恐怕难以救我女儿。胡思乱想中，女儿用手比画着示意她要呕吐，手忙脚乱地翻包，当然没找到塑料袋，纸巾也忘了带。这时押车员递过一只袋子，女儿呕出一些黄白之物，几分钟后，口罩终于回归脸部。

车到协和，扶着女儿走进大门，大厅里灯火昏暗，移动的只有寥寥数人，消毒水味一阵阵袭来。通过电子机检体温，到达挂号处挂号，随后去看医生，又经过一道人工测温，坐到了医生的面前，五分钟的对话，医生开出了去痛针、血液化验单和CT检查单，其中有一项为血液的新冠检查，我说我女儿除了腹痛，其他无恙。医生表示，新冠是必检项目，概莫能外。于是二话不说，赶快去交费，刚掏出女儿的医保卡，窗内就有人告诉我，目前医保卡还不能使用，只能现金，遂掏出手机支付，再扶女儿去打针、抽血，然后拿着两个血瓶一路狂奔。

化验室在哪里？我不知道，拿血瓶前也忘了问护士，这家医院我只来过一次，那是送女儿来生孩子，慌乱中，一个推着轮椅的中年妇女发现我，停下轮椅，快步过来问我找什么，我说找验血的地方，她指着一条楼梯要我上二楼左转。

大声说了谢谢，上到二楼，只见大厅里灯光暗淡，空无一人，所有的窗口都挂着塑料薄膜，情急之中，喊了一声哪个位置验血？当即有人回答：到这边来。

找到出声的那个窗口，在塑料薄膜底部递进血瓶，再回到女儿身边。女儿的去痛针是肌肉注射,早已打完,但腹部疼痛依然。我扶着她去了 CT 室,不到一刻钟检查完毕,再到二楼化验室取了血液化验单,又回到医生那儿,医生说血检没事,CT 还没出片,但他在电脑上已能看到一些情况,目前尚不能确诊。我提议,能否再做个彩超检查,医生说没必要再花钱,CT 片比超声波清楚,他倾向于膀胱结石,又开了镇痛消炎等药物输液。等女儿做完皮试输入半袋药水后,女儿告诉我,她痛感已消失,劝我出去透口气。

走出医院大门,天色大亮,走到太阳下,光芒刺眼,这才发现背部汗湿,脖子上汗流不止,回头看着协和医院的大门,这家著名的大医院,在过去的两三个月内,它经历过多少苦难,又想起诊疗窗口悬挂的那些薄膜,突然悲上心头,泪水不禁流出,很想大哭一场。

路边有人抽烟,勾起我的烟瘾,掏出烟来却发现忘了带打火机,想找人借火又转念值此疫季,恐有不便,干脆放弃。这时接到 CT 室电话,该医生问我是否拿到片子和检测诊断,我说没有,她要我马上去打印,然后到 CT 室换取一份。

把 CT 室换取的文件送到急诊科,医生看了看表示:根据这份新的检测报告,现在可以确定是膀胱结石了。我问刚才的输液里有无驱石药,医生说有。这时我才松口气。

回到女儿身边,四袋药水接近输完,女儿面色已转为正常,疼痛全部消失。我说来一趟不容易,是否就汤下面,顺便去看一下泌尿科,女儿表示同意,顺手就打开手机,竟然立刻挂上了一个专家号。我记得平时的协和一号难求,女儿几次产检都是拜托黄牛。

到达二楼的候诊大厅,发现我们就诊的地方在心血管内科,厅里已散布着几十人候诊,其中一些候诊者穿着全套防护服,还有几人披挂着塑料布,我和女儿就戴着口罩,好在是 N95 的,此乃春节前网购,显然此口罩比候诊人员的好很多,多数人戴的还是棉布口罩。

两人找到一个距离他人一米处落座，等了约莫半小时，便看到屏幕上女儿的名字闪烁。我把女儿送到就诊室的通道口，看着女儿走进一个诊室。接诊台后，一个护士问我看什么科，我说我送女儿来看膀胱结石，我不看病。

该护士说：这种时候，来看什么膀胱结石？你赶快带你女儿回去，这里是医院，病人进进出出，难免不带细菌病毒，千万不能掉以轻心，你们赶紧走。

我点头称是，退后几步，继续等待。不到五分钟，女儿便走出诊室，她说医生给她检查了一下，医生说急诊科处置得当，余下症状，并无大碍，赶紧回去，等封城解禁后如感不适再来就诊。医生和护士的说法居然没什么两样。

走出医院大门，时值中午，马路上行车稀疏，靠门一侧的路边停着十几辆贴着防疫标志的出租车，我上前询问能否打车出行，均遭拒绝，一司机告诉我：这些出租，只为社区的防疫服务，你若要车，必须找你居住地的社区。

我和女儿都没有社区电话，只能找妻子联系，她有联系方式。几分钟后，妻子打来电话，说社区只有两辆出租，昨天就被人预定，早已出行，也不知何时才能返回。妻子表示她可以带着小孩开车来接我们回家。我一口拒绝，带着女儿往中山公园方向走去，看见有车过来就招手示意，遗憾的是一辆不停。

脑子里百转千回：从协和医院到我家，不会少于三十公里，如果步行，我当然可以，但女儿不行。如果寻找朋友的帮助呢？又担心此时不走正规渠道，恐怕会带来意外，于是安慰女儿：放心，我们一定能回家。

其实我的唯一办法还是招手，不论是私家车还是出租车，我见车就招，两手不停地招了十来分钟后，一辆出租车偏离正道，徐徐停靠在我们面前。两人喜出望外地上车，司机问清去向，说有点贵，要四十元，我连说了几个行字，即使太平时期从协和打车回家，也要四十元啊。

车子上路，行约十公里，发现路线错误，急忙告诉司机，该司机回答没事，他可以绕过去。一路上行车稀少，不到半小时就到了我家小区门口，我让司机递过二维码，毫不犹豫地支付了八十元。

在小区门口测量体温，说明离家理由，保安放行。回到自家院子，不敢打开房门，就在院子里把各自脱得只剩贴身内衣，直接溜进卫生间洗澡。我和女儿约定，从现在起，我们自己隔离最少十四天。

三天过去了，我和女儿早中晚都测量体温，体温正常，身体也没什么异样。好消息是就医的当晚，女儿就排出了一些小石头。我的推测是宅家接近两月，基本上坐着不动，形成结石。

一家人总结这次出行得失，得出四个字：别无选择。

我说：最大的危险并非来自医院，而是女儿在救护车内摘下口罩呕吐那几分钟，如果感染，那将是一家子。

女儿的回答是不摘不行，她无法在口罩内呕吐，她相信那辆救护车消过毒，万一感染，那是命，现在我们一家子很快乐，如果老天让我们走，那也很快乐。

我为女儿的观念变化震惊！只是她不能代表她儿子，即使她儿子还只会叫一声妈妈。当然，这番话我没说出口。

再次回顾，突然感受到这次出行过程中的意外收获：

那位市 120 的调度员，分明已将任务交给区 120，但他又主动打电话来复查落实，迅速让救护车到位，这就是所谓的"打通最后一公里"吧。

协和急诊科的那位医生，我主动提出做 B 超复查，他立即拒绝,理由是B超效果还不如CT,不应该浪费钱。

CT室的一位医生,无疑是复查了我女儿的检测文件,发现文中有误,立即纠错,通知我去更换。

那位推着轮椅的妇女,不顾轮椅上的老人,主动过来为我指路。

还有那位劝告我立即回家的护士、那位不趁疫季多挣一分钱的出租车司机。

谢谢你们!

这个季节,无数次收到一条出行提示:人与人之间的安全距离最少1.5米,但此警示并不会隔离人性散发的温暖,大难,会让人心更加靠拢。

我会永远记着你们!

河　豚

镇东有条东横河。

这条河宋朝开挖，宽不过五十米，横卧澄江镇东门，一头连接着长江，从前用来漕运和护城。记忆中，那是一河清水，乌篷船、机帆船和一连串的竹筏不时漂过。小时候，我还见过河岸上断断续续的城墙，过去力挡千军的垒壁早已崩塌，溃烂成泥，变成了一个个巨大的土墩。

我老家离东横河只有百把米，出巷往东直行就到了。上学，我必须通过河汊上两座勾搭成厂字形的小桥。但放学后我喜欢绕道回家，沿着江阴一中的操场往南走，那边有条小河沟，宽约两三米，串连着一路上的大小池塘，直通东横河。河沟里坑坑洼洼，水上水下，洞穴多得快赶上蜂巢。半湿半干的大洞你最好离它远点，如果你把手往里掏，指头上很可能会带出一条凶恶的水蛇，冒着白沫的小洞里躲着黄鳝，螃蟹藏在河床的逆水洞里，洞口扁扁的，光滑异常，把手伸进去，有时要伸进一条手臂，多半能抓到一只铁锈蟹。这种蟹味道一流，但产量小，尝过的人并不多。在澄江镇的菜场上，当年江阴本地蟹的价格超过了阳澄湖大闸蟹。至少有两个渔民告诉我：江阴最好吃的蟹出自长寿乡，并非澄江镇。

东横河是个玩水的好地方，我和大弟三天两头在那儿游泳、钓鱼。此河杂鱼多，鲤鱼、青鱼等家鱼罕见，鲥鱼、刀鱼来自海洋，喜欢大水大浪，小小的东横河里从没见过它们的影子，别指望钓上一条，想吃，去买，或者用大网去长江捕捞。奇怪的是东横河里居然有河豚，还经常上钩，不过只有拇指大，一出水就把自己胀成个圆球吓唬你，装得蛮厉害，其实是一副傻样子。这种小鱼吃无肉，又有毒，江阴的小孩大概听得耳朵都长茧了，我和赵歌都是玩一下就放生了。东横河上钩最多的是串子、鲫鱼，白鳝也不少，但粗长的没有，都是些麻秆儿那样细条的，挂在钓线上打转转，把渔线搅成了麻花，一条就会报废你一副渔线。

我一直想钓几条鲥鱼，或者刀鱼，特别是河豚，我很想钓一条大的，最好是特别肥胖的那种，惹它生气后，说不定能当个球来玩。每当清明节前后，我就带着赵歌到黄山、鹅鼻嘴去碰运气，可那边的江面太宽，沿江又密布芦苇荡，四月初的芦苇青翠如葱，或高过人头，或低矮近膝，碰手碍脚的，无处下钩，只能拨开芦苇远望，浩荡的江面上白帆飘飞，撒网收网的渔民隐约可见，无疑，他们正在捕捉鲥鱼或河豚。

当年的江阴三鲜，即河豚、鲥鱼、刀鱼，其实还应该加上白鳝，平常得有如今天菜场里的草鱼。河豚、刀鱼多少钱一斤？我不知道。鲥鱼我问过价，1972年，一斤九毛七，就在我平时上下班路过的北门菜场，一地横七竖八的鲥鱼，每条少说也有三斤以上。

鲥鱼弄起来最简单，鱼大，就切成大块，保留鳞片，放锅里清蒸了吃。蒸熟后的鲥鱼鳞片如花儿那样开放，片片直立，近似透明，亮晶晶的，连鳞带肉夹一筷子送进嘴，又鲜又肥。其鳞片，应该饱含胶原蛋白，糯糯的，绝对不刮嘴。

清蒸刀鱼是江阴的一道名菜，家家会做，也是不刮鳞就放锅里清蒸。但吃刀鱼是个技术活，该鱼刺多，小小一条，芒刺多达千根，特别是长在它颈脖和下腹的三角刺，那是刀鱼身上暗藏的核武器，做父母的是绝对不准自家小孩对鱼头鱼腹下筷的。一旦中招，三角刺就会牢牢钉在喉咙里，吐不出，咽不下，让人疼得生不如死。听说有一种奇特的刀鱼清蒸法,即用数根细竹签支起它的身子放在锅里蒸,那要开足火力,一直蒸到鱼肉融化成汁滴落,只剩下一副包括三角刺在内的鱼骨架竖在水面上,完完整整,一根刺不差。那骨架下的水,就变成了鲜美无比的鱼羹。

大弟说外婆会做刀鱼馄饨,但费时费力,备料时,要先用剪刀剪掉刀鱼的头颈和下腹部,即隐藏三角刺的那部分,剩余的用毛刀千砍万斩,将其剁成肉泥,再加上少许调料就可以裹上皮子包馄饨。不过这种馄饨的味道我只能凭空想象,因为我没吃过。也许是我外婆太老了,把刀鱼连刺带肉砍成馅,要的是力气。

河豚看似老天爷精心制作的一个玩具,专门用来逗人搞笑的那种。它色彩淡雅,造型夸张奇特,抖起狠来,唯一绝招就是气自己、吓观众,它扁扁的肚子立刻会变得又大又圆,搭配着比例失调的小头小眼,可爱得让人想抱一抱。如果做成气球,估计会畅销。可在它迷人的外表下暗藏着神经毒素,这是它强大的防身武器,挑战所有的好吃佬。如果料理不当,免不了伤人害己。小时候我就听过不少吃河豚的故事,印象深的有两个,一个讲的是古代有对贫贱夫妻,日子实在过不下去,就把最后的家当换来几条河豚,然后边煮一锅毒鱼边讨论该不该离开这个世界。夜深人静,两人讨论到天亮,终于做出决定,果断地吃完了那锅河豚,然后相拥而泣,等待黑暗降临。岂料哭了半天,两人平安无事,原来讨论时间太长,一锅河豚不时煮干又不时加水,毒性早已消除。这对夫妻认为此乃天命,大吉,从此奋发。还有个故事我听过几回:日军侵略到江阴的时候,某个深夜,几个正在巡逻的日本兵闻到了一股异香,遁香追踪,发现一群叫花子躲在旱桥下煮河豚,于是把叫花子赶跑了,一群人分享了那锅河豚,大饱口福后,全都毙命。

十五岁前,在老家的阁楼上,我发现一本《七侠五义》,武侠小说当年罕见,我如获至宝,翻开来就看,正沉迷于那些大侠的飞檐走壁时，突然看到一个笑话：庞太师收取了一笔贿赂，即几条河豚，就让厨师烧来吃了，不料餐后一个贵客口吐白沫，一头栽倒。一帮权贵顿时慌了手脚，个个觉得自己舌头麻了、肚子疼了，忽然想起吃屎可以催吐解毒，于是争先恐后地赶到茅厕抢喝粪尿，最后连珍贵无比的羊脂白玉杯都拿来掏大粪。其丑行恶态，入木三分，字里行间都能闻到那恶臭味。

江阴人拼死吃河豚，此言流传甚广，在此我透露一个小秘密，江阴人吃河豚，并非像传说的那么鲁莽，一个大活人，有必要为一条傻啦吧唧的鱼拼死吗？要拼，拼的是勇气，是斗志，是智慧，是概括了多少代人积累的经验，是精益求精的技术，终极目标，是快快乐乐地吃掉这条鱼，绝不是去找死。

江阴人大多会谦虚地说自己不会做河豚，吹牛也不敢，嘴馋了，去餐馆，或者请个手艺靠谱的亲友到家里来做。另外，至少在民国时期，开吃河豚前，很多人会提前做好人生意外保护，具体措施，那就是准备一把装满宿尿的夜壶，注意，这个句子的核心词是宿尿，宿尿，意思是最少保存了一夜的尿，它经过发酵，氨气充足，保护效果肯定比鲜尿好。万一食用河豚中毒，譬如头昏、恶心、嘴巴麻木等症状出现，赶紧拿起夜壶急嘬几口或往嘴里灌下一壶就可催吐解毒。河豚之毒近似于蛇毒，至今无药可解，我郑重建议读者把这段文字复制保存，以便应急。写到这儿我很想停笔笑上几分钟，原来《七侠五义》中的那段描述来自生活，用活生生的事实，证明了"粪尿皆可入药"的理论，在临床运用上可能行之有效。

我外婆会做河豚，奶奶会不会做？此前我不知道，她的样子也模模糊糊，唯一清晰的画面是我坐在一个木头门槛上，奶奶端着只小碗，用竹签挑出一颗颗螺蛳肉喂我吃。在她头顶上方的屋檐上，挂着一串鱼子。阳光把它染成金黄色，酷似一串小腰鼓。奶奶见我盯着鱼子看,说了一句话:这是河豚子,有毒,现在还不能吃。

去年在南锣鼓巷旁的一个四合院里,我问姑妈:我怎么一点也想不起奶奶的样子,只记得那串河豚子。姑妈要我摸摸她的头发。她头发乌黑茂密,垂落肩头。我说姑妈你染发了?姑妈笑了,说:这不是染的,我今年九十一岁,头发跟你奶奶一样,从小到老,都是黑的。这种基因可能传女不传男,你看你这儿都白了。对,你奶奶还会做河豚。

那天探望姑妈的时间很短,不到一小时就告辞了,但心里的疑问多少得到了解答,即我有一个到老还满头黑发的奶奶,她还会做河豚。

近日才从赵歌那儿得知,奶奶顾七妹,晚清秀才的女儿,缠有小脚,恪守旧传统,足不出户,早年协助爷爷开过鱼行和南货店,因此学会了做河豚。出乎意料的是她很会唱歌,当年赵歌、赵践去后塍看望她时,她让两个小孙儿同宿一床,自己则坐在床边唱民歌,那歌声,赵歌至今都觉得很好听。

我家住的那个大宅里,住着七家人,会做河豚的,除了我最近才知道的奶奶,好像只有我外婆一人,擅长烹调的母亲也只能给外婆当下手。每当清明时节,母亲总要买来几条河豚,先去除鱼眼,再剖开肚子把内脏全部掏出来丢掉,包括最鲜美的鱼肝、鱼子,然后把鱼肉在水里洗得雪白粉嫩,不含一丝血迹。据说河豚鱼的内脏最毒,其次是它的眼、血、脂肪。按理说,鱼皮也有毒,但毒性不强,口感又好,一般舍不得丢。鱼肉洗干净后,经我外婆检验过关,把每块肉反转成卷,即白肉在外,芒刺密布的鱼皮在内,这样进嘴就不会感觉鱼皮扎口,接着将其放在一口大锅里煮,锅上无盖,任气味发散。开煮前,外婆会在锅的上方两三尺处蒙一块白布,不知为何。

一锅河豚,最少要煮四小时,我看过钟,每回不会低于五个钟头。开吃时，那河豚鱼的鲜香味穿透了整个大院。大人要面子，就站在自家门口远远地看几眼，小孩则满屋乱窜，最后逗留在我家天井，看似打珠子、跳房子，其实是眼睁睁地看着我们吃河豚，口水都流出来了。我妈一贯乐于分享，但此时她绝对不会夹一筷子给外人吃，自家吃，出了事自家负责，万一毒倒了别人家小孩那罪过就大了。

餐馆我跟着家人也去吃过一次，一只比茶盅稍大的小碗里盛着几片河豚肉，八毛钱一碗。我爸对着那只碗说了两个字：真贵。

煮河豚的锅上为什么要蒙白布？数年后才揭开这个谜底，那年姐姐赵践给我写了个剧本，剧名就叫《河豚》，戏里有个道具的描写，感觉不是杜撰的：擅做河豚的主角藏有一把祖传油布大伞，据说是乾隆皇帝恩赐的，历经百年，大伞已幻变成深沉的蜜蜡色，每当河豚开煮，大伞就四平八稳地竖在大锅上方，以防梁上的百脚、壁虎类虫子行走落灰，万一灰尘入锅，一锅河豚任你烧煮，也会变得剧毒无比。这是个壮烈的悲剧，展示了江阴人的血性，可惜时至今日，我还没将其搬上屏幕。

河豚好吃的原因似乎有很多，我对它的理解很简单：它长得就像一块大肥肉，但肥不腻嘴，又饱含多种氨基酸，因此鲜味十足，鲜、肥，这是河豚鱼勾引人的主要手段。

在苏南的诸多县市中，江阴这个小县显得有点另类，江阴人耿直、勇敢，民风强悍，说起话来，直来直去，不会弯弯绕，把一口吴侬软语说得刚声刚气的，甚至带有几分凶狠，邻县人戏称"宁听苏州人吵架，不听江阴人谈情说爱"，又添油加醋，把江阴人诬称为"江阴强盗"。本地人往往不服气，我确实也没见过一个真正的江阴强盗，但江阴屡遭强盗侵犯却千真万确。看地域，江阴处在江头海尾，鹅鼻嘴就是当年的出海口，水产格外丰富，河豚、鲥鱼、刀鱼、白鳝等珍贵鱼类从大海游进长江，在这一带回游产卵，

"姜子牙垂钓东海之滨"中的东海之滨,说的就是千年前的江阴市,就在鹅鼻嘴那一带,并非今天的上海,因此倭寇、海盗层出不穷,十二座古炮台至今在黄山留存,那一尊尊红衣大炮瞄准的就是当年的海匪江盗。再看历史,论文,从隋唐至清,小小的江阴出了四百多个进士。论武,抗倭、守城的记载屡见不鲜,江阴的老百姓都是举倾城之力守护家园。明朝覆灭之际,阎应元,一个不入流的小官,带着数万江阴人奋勇抗清,连海盗头子顾大麻子也率盗参战,打死三王十八将,坚守江阴城八十一天,直到城破,没有一人屈膝投降,江阴被屠城,被杀十七万。江阴人的刚烈由此可见。

江阴人为一口吃的都绞尽脑汁、舍生忘死,何况跟吃相关的?这可以用今天的数据来证明:单论制造业,江阴市在全国都数第一。

几年前,我和家人回江阴探亲,就在黄山脚下的一家餐馆,周华元、张锋等几位朋友请我吃饭,席间居然摆着一大盘河豚。张锋见我不下筷子,告诉我:这些河豚都是人工养殖的,水质、鱼食都发生了变化,没有毒,只管吃。另一位朋友说武汉水多,水质也很好,他一直想去那儿办个河豚养殖场。直到那时我才知道,原来这珍贵无比的河豚通过人工养殖,已消除了绝大部分的毒性,可以端上寻常百姓的饭桌。

至于野生河豚,包括鲥鱼,据说渔民在长江里捕捞十几年都未见一条。数年前,有个江阴朋友打电话来报了个喜讯,说今年终于捕到一条鲥鱼,视同珍宝。

河豚不见了,鲥鱼失踪了,白鳍豚和长江白鲟灭绝了,往年在江阴黄田港、武汉关江面常见的江猪也不知去向。初到武汉时,我曾赴中科院水生所采访曹文宣先生,这位九上青藏高原考察鱼类的院士带我参观了水生所的标本室,那巨大的白鲟标本让人震撼,当年"淇淇"应该在世,这是世界上唯一人工饲养成功的白鳍豚,可

河豚

恨我忘了参观。临别前，曹院士送给我一张"淇淇"的照片，又告诉我，他才从菜场买来一只甲鱼，原先是准备给自家老人吃的，可一称其体重，超过了馆藏标本，于是他把这只甲鱼送进了标本室。"这种大甲鱼也很少了。"曹文宣的这句话，我到今天还记得。

回想往年在某江边工作时，多次见过电鱼船开过，那小小的水泥船一条过去又过来一条，马达轰鸣声单调、粗糙，就像一只只钻进耳朵的马蜂，船过之处，只见水面上顿时浮起一片白肚子，密如纸屑漂流，第二天早晨，小鱼大鱼的尸体铺满了沿江上百米岸线，其中不乏五斤以上的。遥想千里之外的家乡，我祈祷那儿的水面上永远不出现电鱼船。

幸运的是从今年开始，国家颁布了为期十年的长江禁捕令，我期待着早日看到那些在江面上跳跃的江猪，还有水下成群结队的鲥鱼、河豚。

对我这个喜欢吃鱼的江阴人来说，如今，弄几条串子、鳑鲏、麦刺郎等杂鱼烧来吃，就心满意足了。

附记：

如果你凑巧看到了这篇文章，又凑巧遇到了几条野生河豚，那我还有一句重要的话请你务必记住：珍爱生命，拒吃河豚。

古玩惊魂录

一

找一个晴朗的周末，从武昌中华门乘坐轮渡过江，开动两脚，绕过武汉关钟楼进入江汉路，一路向北，走马观花，就可看到汉口老建筑的精华：上海村、花楼街、四明银行、璇宫、亨达利、日清洋行、大清银行旧址，举不胜举。这些老房子以西式古典风格的居多，红灰相间、华洋杂陈，不时可见高大的罗马柱林立，似乎还残存着百年前晚清民国的辉煌。步行大约半公里，就可到达泰宁街，这是一条连接江汉路和南京路的横路。与灯红酒绿的江汉路相比，泰宁街实在有点灰头土脸，既看不见高楼，也找不到一个像样的门面，但每到周末，这条寒碜的小街上就人潮汹涌，一个个前肩挨着后背，脚尖踩着脚跟，脖子伸得很长，很像一群群列队出行的大鹅，眼睛比刚出窑的新瓷还亮，在地摊上搜寻宝贝。

从 20 世纪 80 年代末开始至今，泰宁街一直是武汉最大的旧货市场，窄窄的小街两边，排列着很多旧货店，其门口的瓷器、木器、玉器等新货老物堆积如山。在碰手碍脚的人流物堆中穿行可得小心，稍不留神，你踩翻的就可能是一件千年宝贝。而经营者，多半也不是本地人。这种景象，恰如竹枝词咏唱的汉正街："此地从来无土著，九分商贾一分民"。

在泰宁街缓行不过百步，就可看到该市场的标志建筑，那是一幢两层老楼，旧得像块用了不知多少年的抹布，高高竖立的长方标牌上，用正楷书写着"大清旅社"四个大黑字，格外亮眼，与其呼应的是地摊上的瓷器，很多瓷器底部都写着大清乾隆年制的青花款。当年的我捧着一个瓶子，不时抬头看一眼大清旅社的招牌，低头看一眼大清乾隆年制的款识，俯仰之间，神思恍恍惚惚，一时不知自己置身何时何地，心想说不定就是造瓶子的人造了这旅社，或者是造旅社的造了这瓶子。后来我还傻乎乎地打听了一下，才得知这大清旅社与大清王朝没有一丁点关系。

爬上大清旅社的二楼，形形色色的瓷器流成一条河，九曲十八弯的瓶瓶罐罐，从楼道走廊一直流淌到床上，完全是一个瓷器的大卖场。卖家以中原地区的居多，卖所谓的元青花和明清官民窑。卖老窑的多半是北方人，喜欢蹲在地上，面前摆着一堆脏兮兮的泥巴坛子。

随便走进一间客房，如果没有外客，卖家便会招呼你在床上落座，常见的口头禅是随便看，喜欢什么就跟我说，箱子里还有更好的。如果你的视线在某件瓷器上停留超过五秒钟，或者拿起一件细看，买家就会开始介绍它的前世今生，顺手还会翻开一本厚厚的图录，指点着一张照片讲解，多半是：看看这造型，这发色，这画工，与你手头的是不是父与子、是不是亲姐妹、是不是一模一样的双胞胎？

最重要的一句提示放在最后：你再看看它的拍卖成交价，大几百万啊！

假如你对床头的东西不感兴趣，卖家就会打开一只箱子，从中取出一件缠满卫生纸的东西，将其拆开后，他会用双手捧着那件古玩放到你面前的小桌上，其恭恭敬敬的样子，就像给大庙里的财神爷上供品。此刻你必须等他放稳了再上手，如用双手接，他绝对不会松手。

卖家的这种肢体语言，让我看得着了迷。尤其是当你对这件东西缺乏兴趣时，卖家便会马上把它包起来，打包动作十分缓慢、轻柔，眼神专注、神圣，尤其是在器口器底等薄弱部分，卫生纸至少要缠十几圈，手指的一绕一按之间，流露出对这件古代艺术品的尊重和虔诚，不亚于一个母亲给自己的亲生儿子打襁褓。

这些唐宋元明清不离口的卖家，不可能无师自通，除国学外，我怀疑他们还学过斯坦尼的表演理论，发自内心的真听、真看、真感受，胜过当今红透半边天的小鲜肉。在这种高超表演艺术的感染下，我很难控制自己的购买欲。当然，买的节点，都是卖家把东西包好后将入未入箱之际，也就是即将与你永别，让你不得不产生失落感的时候。

到如今，买家很难欣赏到这种用擦屁股纸进行的包装艺术表演了，那种实际价值十块二十块的古董多半被装在锦盒里，甚至装进那种看起来很像紫檀、黄花梨的木盒子。

大清旅社的楼道里弥漫着医院的味道，仿佛从早到晚都在消毒，时见几只大塑料盆，一盆黑乎乎的水里泡着几件瓷器，又见某些卖家在锯末里掺上一种黑不黑红不红的药粉涂在瓷器身上，气味刺鼻。

头回见，我觉得奇怪，上前请教了几次，没一个人愿意理我，后来终于得到一个答案：出这些老瓷的地方很脏，我们得给它洗个澡、消消毒。

对这个回答我十分满意，这些商家一心为顾客着想，甚至考虑到顾客的身体健康，品格如此高尚，我应该鼓励鼓励，多买几件。

后来才知道，那黑色药末是高锰酸钾，原本它的主要用途是消毒，但聪明的古玩经营者发现了它的新用场，即把它涂在瓷器表面就可消除新瓷贼光，于是广泛推广应用。直到今天，高锰酸钾和皮鞋油仍是低等级赝品制造者的最爱。

那时候，我的古玩知识等于0，当然一心想着拜师学艺，但一时也无师可拜，我真不知道上哪去寻找老师。开店的摆摊的收藏的似乎都高深莫测，个个脸上都挂着一副八级老师傅的样子，你问他一百句，他最多回一句，别指望他会手把手教你。

地摊上游走着一些口袋里装着高倍放大镜的顾客，找到一件可以上手的东西后，有的戴上白手套，摆出各种造型把东西放大了看，尤其是当他们用放大镜轻轻叩击着器物发表高见时，我真是佩服极了，我觉得这才是做学问的样子，于是决定把自己武装到牙齿，也去买了各种倍数的放大镜，甚至还花了一百块钱，买了一台二手的显微镜，把各种东西放大了看了又看，看了很长时间，我只知道用它看自己指甲缝中有没有脏东西真有效。

当时有个很大牌的Z先生，面相酷厉，眼睛很亮，一脸的深沉，似乎每个周末他都能找到好东西。有一天他逛进一家古玩店，巡视一周，发现摆在一个青花小碟中的一块白玉，靛蓝烘托着雪白，脆生生的，让人横生怜爱。于是他花四千元买下了那块白玉，回家一揉一搓一把玩，白玉的体积竟然会逐渐减小，而且异味冲鼻，与大衣柜里的某种气味似曾相识，赶紧把老婆叫来请教，这才得知自己买下的是一颗超大号樟脑丸。

听说北京古玩城出过一个可与上例媲美的故事：某古玩商成功地把一个烧过的蜂窝煤当古董卖给了藏家。本地的古玩商也不甘落后，好故事层出不穷。如今还在开店的老山告诉我，当年他喜欢和几个朋友窝在店里喝酒，喝那种两三块一瓶的，喝完的酒瓶子就扔在门后的泥地里，长年日晒夜露，那黑瓶子沾满了灰尘泥垢，一身沧桑，不亚于古玩，于是时不时有独具慧眼的顾客在他门后捡漏，就把那酒瓶子当古董买回去，一百块钱一个。

我对这些古玩商佩服得五体投地，具有如此娱乐精神的古玩商卖古玩实在是大材小用,他们应该进入娱乐圈。

当年的武汉开始流行北方炉子,妻子怀孕后,我家也安了一个,为了证明蜂窝煤也富有艺术魅力,我从炉子里取出一个烧过的蜂窝煤,当然是全须全尾的,将其放在硬木座上,摆进书柜,射灯一照,果不其然,那玩意儿造型周正挺拔,皮壳沧桑,比古玩店里的古玩更像古玩。

还有一位古玩商的事迹理应通过我这本小书载入史册,这要费些笔墨,但有请你千万莫把它当小说看:

此君姓穆,身材高大,雪白的大方脸上架着金丝眼镜,说话咬文嚼字、温文尔雅,颇有几分像教书先生。穆先生兜里有钱,但店里缺货,于是跑到市场上吼了一嗓子:货多的,只管往我店里送!

消息传开,每天站在他店门口送货的人排成了长队,队伍很长,个个背着大包小包,无疑影响市容,穆先生开始限号:今天十个,明天二十个,凡挂不上号的则不准进门。

宽大的店堂里,穆先生安坐在仿红木太师椅上,嘴里叼根长长的象牙烟嘴,时不时端起茶盏嘬一口,挂上号的卖家则鱼贯而入,个个弯腰哈背地开箱解包,把东西放得一地几乎不可落脚。穆先生扫视一周,看中哪件便抬手指向哪件,随即那件东西马上进入古玩柜,穆先生则马上讨价还价、掏兜付钱,时不时满地东西包圆。如此豪爽气派,穆先生的名声顿时传遍江汉三镇。

话说有位名叫黄大石的卖家排队三天都挂不上号,时值冬天,北风呼呼吹,待在门外的黄大石穿着破棉袄,鼻涕流到下巴上,不胜愁苦,第四天他大概仗着自己有卞和之宝,火气冲上了头,撞开排队的人群就夺门而进。

穆先生见此人坏了挂号规矩,居然脾气好得出奇,不怒不赶,还慢声细气地叫他把东西拿出来看。

黄大石打开一只破纸箱,从中取出一只破罐子,穆先生一看一摸一掂量，大开门的乾隆民窑器，立马问价，黄大石说了声：随便给。穆先生试探着递过十块钱。黄大石二话不说，接过钱走了。

第二天黄大石又送货上门，又不挂号排队，怯生生地把脑袋伸进店门说：能不能先看看我的货，我还得赶回去下地忙活，说话间又掏出一只缺口挂线的泥巴盆子。

穆先生眼睛一亮：这不是晚明的青花盘吗？又是件一眼货，于是又掏钱买下，价格，依然十块。黄大石又是一言不发，揣着钱拔脚就走。

连收两件老货，穆先生开始对黄大石刮目相看，特地跑到门口颁布了一条特殊政策：以后黄大石再来送货，随到随进，不用挂号排队。

奇怪的是黄大石似乎失踪了，穆先生等了个把月，这才见到他再次登门，颧骨上粘着块创可贴，手里又拎着一只傻开门的破罐子。

穆先生边掏钱边问：忙成这样？快一个月了，都看不见你的人影。

黄大石：不忙。

穆先生：不忙就勤快点，多出门找找货。

黄大石：找起来不难，难的是要瞅准机会，还有时辰。

穆先生心里一沉，以为他东西来路不正，急问：你要找什么机会？

黄大石：等我爷爷出门。

穆先生：你爷爷？莫非，这些东西都在你家里？是你家祖传的？

黄大石：是祖传的，至少，是我爷爷的外公传下来的，但不在屋里。

穆先生：东西不在屋里就不能称其为祖传。跟我说实话，东西在哪里？

黄大石：地里。

穆先生：地里？挖墓是犯法的，要坐大牢的。

黄大石：我说的地，是我家院子里的地。

穆先生：院子里有墓？

黄大石：傻子才会在房子周边修墓。我家院子就是块菜地。

穆先生想了想，恍然大悟：这么说，你家祖传的东西就藏在菜地里？

黄大石点头：可我爷爷很凶，看见我挖了东西拿出去卖就发火，还打人，这个罐子，半个月前就挖了出来，不小心被爷爷看见了，差点没把我打死，死老头子。

穆先生看看他脸上的创可贴：别跟你爷爷赌狠，好说好商量，东西藏在菜地里，不但容易被贼盯上，平时种菜挖地也容易搞坏，你看，这罐子上的新碴子，肯定是你挖地时弄坏的，作孽啊，多好的一件东西，快赶上官窑了。

黄大石看一眼罐子，也是一脸悲痛。

穆先生：要不这样，你家菜地里的东西我一枪打了，保证让你赚钱。

黄大石：不行，我爷爷看得很紧，吃饭喝茶都蹲在菜地边上。

穆先生：想个办法嘛，爷爷还防得住孙子？

黄大石：办法不是没有，但东西弄来了，还是十块一个？

穆先生：不可能，我说了让你赚钱就保证让你赚钱。这是我的电话号码，你留着，机会来了就给我打电话，我开车去拖。

黄大石把穆先生给的电话号记在手机上，走了。

望眼欲穿的穆先生等了一个多月，终于等来了黄大石的电话，黄大石要他赶快开车过去，帮他一起挖。穆先生大喜，这种亲手挖掘宝贝的经历实在难得，急忙驱车上路，车子开得飞快，幸好黄大石的家离武汉不远，两个多小时就到了一个小山村。

黄大石在村口接到穆先生，说：老爷子上山砍柴去了，一时半会儿回不来，我让儿子跟在他屁股后头，要是爷爷提前下山，儿子腿快，肯定会赶在他前头回来报信。

穆先生称黄大石想得周全，要他上车，黄大石指点方向，车子往村里开去，一路山清水秀，一片静谧的田园风景，穆先生看得心旷神怡。

两人走进一块用竹竿松松围住的菜地，果然那菜地紧挨着黄家老屋，面积很大，菜蔬星布，几只鸡子正在地头觅食，门口还躺着一条土狗。

黄大石找来两把锄头，递给穆先生一把，自己率先挖地。

穆先生不甘落后，锄头舞得半天高，刚落地便听得一声脆响，穆先生叫声坏了坏了，扒土看竟然是件写着款识的清代官窑，顿时心痛不已，泪从眼出。默哀片刻后，他决定实施专业操作，先戴上一副白手套，又拿出把刷子，蹲下身，看好了宝贝的确切位置，在覆盖着宝贝的泥巴上刷呀刷的。俨然考古学家挖掘一件老三代的珍宝。

黄大石暴喝一声：还装，谁看啊？快挖，要不我爷爷就回来啦！

穆先生如梦初醒，赶紧操起锄头，将那件官窑挖出。

两把锄头此起彼伏，约莫半小时后，居然挖出一二十件瓷器，菜地里白花花的一片，活像刚挖出的一堆大萝卜。

穆先生臭汗流了一身，腰腿也疼得抽筋，但心里却快活异常，他估计那堆瓷器里至少有五件官窑，开始暗暗担心自己钱包的厚度。

山道上突然响起一阵骂声：婊子养的，哄我上山砍柴，自己在屋里做贼！

正忙着往后备箱装货的穆先生和黄大石吓了一跳，抬头看去，只见山道上有一个拄着拐杖的老头抖抖索索赶来，身后还有一个不知所措的小孩。

老头冲进菜地,看着一地狼藉,不由得老泪纵横,骂声如子弹一样从嘴里喷射而出,随后又抡起拐杖,往黄大石身上打去。

黄大石猝不及防,挨了结结实实一棍子,见老头还要接着打,急忙撒腿就逃。

孙子在前头绕着圈逃,爷爷在后头拐着弯追,只见泥巴乱飞,吼声打声响彻云霄,菜地里,顿时鸡飞狗跳墙。

穆先生看得心惊肉跳,同时对拼着老命保护祖宗遗产的老头深感钦佩,几次想上前充当和事佬,又担心自己也挨棍子,他只能加紧装车。

更惊险的一幕出现了,老头用棍子打显然还不解恨,又冲进房找了把菜刀直扑孙子,此刻太阳高挂,明晃晃的菜刀更显得锋利,刀刀直逼孙子要害。

黄大石吓坏了,万没料想到为了菜地里几个破罐子,老头子居然想要他这个孙子的小命,稍一愣怔,只见菜刀往头部砍来,他下意识地一扭脖子,菜刀砍中耳部,鲜血飞溅。

穆先生吓得腿都软了,勉强喊了句:大爷请放心,我出钱,出钱!东西到了我家,我会像您一样爱护的。

老头似没听见,骂了几句,又举起菜刀欲砍孙子。

黄大石急了,挂着一脸的血左避右闪,摆脱追击,冲到车旁,推了穆先生一把:快走!走啊,我家的事,跟你无关。

穆先生急忙钻进驾驶室,扔出厚厚一叠人民币,一踩油门,车子绝尘而去。其身后的菜地里,骂声依然不绝。

写到这儿,也许该说一句:欲知后事如何,且听下回分解?不,故事到此为止,不想写了,尽管事后的发展还演变成路转峰回的大逆转,原因?你懂的。

这个故事在武汉的古玩圈里流传多年,人家讲起来连说带演,活灵活现,故事的主角、配角及事发地点我也都熟悉。可惜我水平有限,生活中的真实故事永远比文字更精彩。

有一个关键细节,我一直在研究,直到今天,打破脑袋也想不明白:

老头砍中孙子的那一刀,准确、锐利,这需要数控机床那样精密掌控的能力,重了,砍中脑袋,或者一只耳朵被劈落,孙子不是牺牲就是毁容;轻了,脸上不挂红,失去惊悚效果,事关全局成败。而这祖孙俩合演的对手戏,关键一刀,竟然大获全胜。莫非,那山村老头是深藏不露的用刀高手,就像传说中神龙见首不见尾的公孙大娘、小李飞刀?

我必须向各位看官道歉在先,此文主写古玩圈,但里头很难找到古代艺术品的深奥与美丽,并不风雅,也不含什么鸡汤鸭汤,就是狗血一盆。

如果你爱听那些一夜暴亏的故事,爱看喜剧、闹剧、悲剧、悬疑剧、惊悚剧、暗黑剧,凑巧又爱上了古玩,那我恭喜你,古玩圈最不缺的就是狗血,你将在一部狗血连续剧中扮演主角,你会进入机关重重的笼子、圈套、陷阱,一盆盆的狗血会换着花样往你脸上泼,最后的结果,有请你原谅我提前剧透:至少百分之九十以上的概率不是喜剧。

满天鸡毛,一地狗血,无他。

其实,当时的我,跟穆先生和那位把樟脑丸当白玉的Z先生,是半斤八两,大哥莫说二哥,麻子一样多。我不是不知道学习的重要,我太想找一屋子的书来看,但仅有的学习资料是一本冯先铭先生写的《中国陶瓷史》和几本有关收藏的刊物,如去书店寻找,一本没有。

琢磨不了东西,我只能仔细琢磨泰宁街上的那些人,个个面相忠厚、老实巴交,指甲缝里似乎还留着泥巴,就跟我在农村插队时天天相处的老乡差不多，唯一的区别是他们腹有诗书，通晓古今，谈起那些老祖宗做的东西来头头是道，眼神都会变得格外圣洁；再看他们卖的东西，件件仪态万方，和书上的那些图片没什么两样，由此得出一个结论，这些东西，是千真万确、不可置疑的珍品，脑子里从没闪过一个假字。毫无疑问，这跟我的人生经历有关，三十岁以前，与我常来常往的个个都是老实人，别说骗子，就连偶尔说谎的都没遇到过。现在看来，过去的我，是身在福中不知福。

既无相关的知识储备，也没有逻辑思维能力，靠的是无知及贪婪产生的力量，当然也跟攀附风雅有关，跟荷包的大小有关，当时我拼命创作，连出了两本书，还写了几个剧本，导了几部戏，刚刚脱贫，我就开始了收藏国宝的历程。

下列是我购买的所谓国宝，此乃不完全清单：

元青花釉里红八方梅瓶一件

元龙泉窑梅瓶一件

元青花鱼藻纹大罐两件

元青花大盘六件

元末明初釉里红八棱盘五件

明民窑青花瓷器九件

明清官窑若干件

妻子很愿意跟着我逛泰宁街，她自认东西的新老不懂，但对颜色和造型都比较敏感，看中的都是淡雅别致的小件，当然买不买还是由我来拍板，于是每次走出大清旅社我俩都是大包小包，典型的不做贼也不跑空趟。

每当骑着自行车回家的时候，两人从不并驾齐驱，多半是我骑车前行，故意落后一米多的妻子紧紧盯着我的车后座，防止那上头的宝贝有什么闪失。有一回我花六十元买了一件嘉靖款的五彩大罐，担心自己驾车技术有限，车子失灵，就和妻子一起推车回家，整整十几站路，扶着车上的罐子，一点不累。

　　老头子做什么老婆子都认为是对的，我妻子属那一类。直到现在，不论我购买什么古玩，买错买对，妻子都没表示过不同意见。

　　坛坛罐罐开始占领了书柜，一些不常看的书给我打包塞进了储藏间，渐渐地，那些东西往客厅、卧室和床底下蔓延。在家里行走和扫地抹桌子时都如履薄冰。但每天晚上巡视一圈后，仔细欣赏着这些宝贝，深感自己的收藏成就远远超过了父亲。

　　当年，我父亲似乎对古玩文物也略知一二，"文革"后期，他从江苏省五七干校回到江阴后，经常溜进一些工厂的熔炼车间，从即将化为铜水的废料堆里抢救出一些老铜器，一件不留，全部上缴给了国家，至今江阴市博物馆还陈列着他征集来的铜器和瓷器，而他家也就是我老家的博古柜里，只有几件他亲手做的泥巴玩具。他特别喜欢做狗熊，各种姿势的，捏了好几件。到现在，父亲已去世十多年了，大弟还是不忍心改变老家的模样，书架上，仍竖着泥塑，父亲没写完的手稿依然躺在书桌上，一侧搁着钢笔，似乎还在等待父亲回来接着写。

　　有天在泰宁街看到一个中年人站在电线杆下骂骂咧咧：一街的新东西，没一件真的。

　　我恰好从电线杆下路过，听见那句话，就多了一句嘴：你没去过大清旅社吧？那里头的真东西就很多，我刚买了一件。

　　中年人：拿出来看看。

　　我亮出宝贝，那是一件写着成化款的青花盘。

　　中年人一脸不屑：这要是真的，我把它吃了。

　　我：你说话算话，吃，我请客。

　　那中年人像看见了怪物，不再理我，走了。

　　头一回受到质疑，沉下心后，难免产生几分惶恐，毕竟我没学过这个专业，不靠这个吃饭，再看那些东西，找不到足够的依据来安慰自己，心里一阵阵发虚。

古玩难道还有新老真假之分？

古玩，它姓的就是古，怎么还有新古玩一说呢？新古玩不是古玩又是什么？

莫非古玩店不卖古玩？

左思右想，我决定托人邀请文物商店的专家来看看，对体制内的专业人士，我有一种骨子里的敬畏，我坚信我的这些宝贝会顺利通过他们的火眼金睛。

通过朋友，请来了两位文博系统的专家，一位姓郝，另一位忘了姓名。据说郝先生阅历丰富，眼光老辣，还曾经参加过河南汝窑窑址的发掘。把这两位专家迎进门后，只见他们扫了一眼柜子里旳东西，就坐上沙发喝茶抽烟，好像连站起身的欲望都没有。我想科班出身的就是不一样，知道东西珍贵，一般不轻易上手。

郝先生问话了：身体怎么样？

我：很好。

郝先生：没有心脏病、高血压什么吧？

我：没有。

郝先生：癫痫有没有？

癫痫这两字不常用，我想了一下，才明白癫痫指的是羊癫风。我感到纳闷，我不是请你们来鉴定身体的。我把一件瓷器递到他手上，说：我连脚气都没有，更没羊癫风。看东西吧。

郝先生看了一眼底款，不超过三秒，就把东西放进柜子：这些东西都不老。

我：什么不老？不老就是新的意思吧？你说的是这件还是这些是新的？

郝先生的同伴点头：这件是新的。

郝先生看了一眼柜子，又坐在沙发上，来了个钉子回脚：都是新的。

我不舒服了：你们才上手一件就说所有东西都是新的，几柜子东西摆着，你们不细看，就站在这儿随便瞄一眼，文物部门是这样鉴定的吗？

郝先生：你的东西不用每件都上手，跟泰宁街的是一路货，我看就是从泰宁街来的。

我：泰宁街东西堆得像山，那么大一个市场怎么会没有老东西？你一篙子打一船人，是不是跟泰宁街有仇？

郝先生：泰宁街就是有老东西也不在这架子上。

我火了，不顾老婆劝阻，大吼大叫起来，什么话恶毒什么话刻薄就说什么，大意是我脑子没坏掉，既不残也不瞎，各种各样的书也看了不少，平时也能虚心求教，起码的新老还看得懂，那些农民小贩容易吗？收件东西，风里雨里，串街走巷多少年。而你们却那么草率马虎，大嘴一张，就把它们给毙了。最后的话我到现在还记得很清楚：我要送这些东西去做什么热释光，做碳十四，我还要把故宫的专家请来鉴定，到时候看你们脸往哪里搁。

当然是不欢而散。

那种从骨子里产生的愤怒真的一时很难平息，那些瓶子罐子，好像是我生命的一部分，他们否定了那些东西，就等于否定了我的智商、情商，当然也包括我人生奋斗的一切。

几天后，惊魂甫定，我打起精神总结了一下，三条心得：

一、写着大清乾隆年制底款的东西不一定是大清乾隆年制的，就像那个大清旅社，无疑跟大清王朝没有关系，作为文字工作者，必须排除对白纸黑字的迷信。后来我还见过大宋××年制、大唐××年制，大汉的没见过。大概写款者缺乏自信，如今也不兴写明朝以前的款识了。

二、浓眉大眼或诚实可亲的家伙，不见得卖的就是真东西，作为一个影视导演，专业技术要求之一，其实跟相面先生差不多，即通过该面试人员的面相、身材、谈吐、肢体语言，当然还包括表演和他的简历来判断他能否胜任这个角色。我必须明白：本人的职业能力不能胜任古玩鉴定，卖家的颜值和他商品的颜值，没有关系。

三、建议文物古玩鉴定部门增加编制，至少配备一个全科医生，随身携带硝酸甘油、速效救心丸之类的急救药。鉴定前先让医生详细检查一下收藏家的身体状况，或者让收藏家首先递交三甲医院出示的健康证明，这并非添堵，而是理应列入国家鉴定必不可少的法定程序。试想，如果某收藏家年老体弱，百病缠身，一辈子的成就就是收藏了一屋子赝品，要是被你一言道破，很可能气血攻心，当场翘辫子，鉴定变成了验尸，这样的结果不会有人想要。

妻子见我坐立不安，劝了我几句：你脾气也太大了，听到一个不字就发火，请人家上门，就得让人家说话。别急，这方面的权威应该不少，再找个专家来看看。

几经周折，我又找来了王先生，也是文博系统的。

王先生年纪轻轻，长张娃娃脸，但名气甚大，如今供放在武汉博物馆的元青花四爱梅瓶就是当年他协助征集的。据说，当时谈判破裂，卖家生了气，带着东西拂袖而去，是他追出店门，费尽口舌将其请回，重新协商，双方达成共识后成交，此后耿宝昌先生把梅瓶带回故宫研究，确认它为元青花。这件东西的征集过程，流传到今天已演变成一个神秘的传说。国之瑰宝他都能从民间征集到，无疑有过人的眼力。

站在古玩柜前的王先生斯斯文文，也不问我身体好不好，上手看了几件东西后就开始跟我聊天气聊影视，随便扯了一会儿，然后，他走到墙角，蹲下身，看那件元青花釉里红大瓶。

王先生：放在这个角落里，说明你对它有看法。

我说：是，这件东西请人看过，我说对，人家说不对。

王先生：做工还是不错的，至少有百分之二十接近真品了。别慌着处理，就放在家里也蛮好看。

　　我说：我不买了卖。

　　王先生：我接触过一些文化人，喜欢收藏，但过于自信，走了弯路，还听不进不同意见，师心自用，这是收藏的大忌，我觉得你不会那样。

　　我觉得他话中有话，茫然地点点头。

　　临别前他送了本《明清青花瓷器鉴定》给我，这是他写的，刚出版。除了那件元青花釉里红瓶，对我一屋子的东西他只说了四个字：多看少买。

　　我对这四字真言的理解不会有错，多看就是要多看书，多看真品和博物馆的标准器，少买就是劝我别再买错，言下之意，就是我已有的东西都有错。

　　真的假的，新的老的，在脑子里搅成了一锅糨糊。

　　不安的感觉越来越强烈，半夜里经常被噩梦惊醒，一身臭汗。黑暗中睁大眼，瞪着黑暗的天花板，突然想起无数个问题：

　　除了碗盘类吃饭家伙，我还接触过别的瓷器吗？

　　老瓷器长什么样子？

　　那些瓷器身上为什么有那么多泥巴？

　　新老鉴定的标准到底是什么？

　　为什么书上的那些标准那些秘诀我用不上？

　　我有什么依据来证明这件东西是老的？难道就凭古玩商的长相和他的一张嘴？

二

　　本来那天再骑一两百米右拐就到泰宁街了，可能是老天的故意

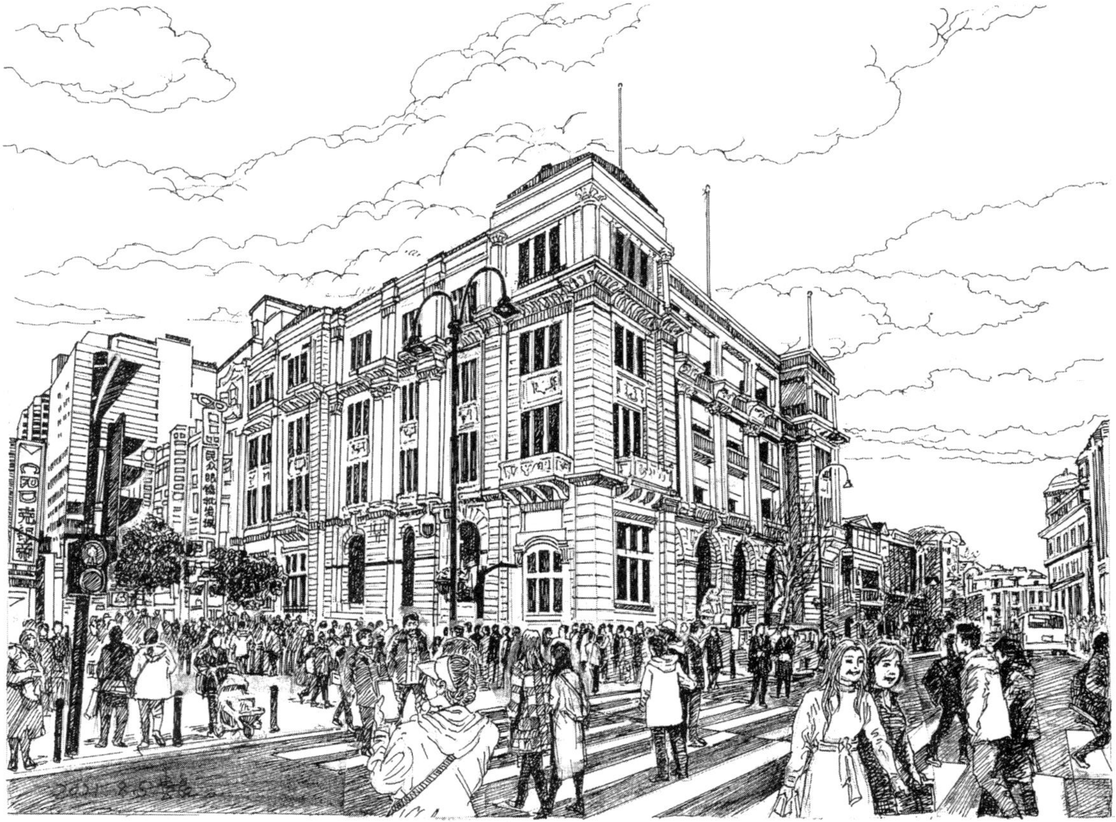

安排，我不知为何心念一动，提前左拐去了璇宫饭店。

建于1928年的璇宫，是湖北省最早的欧式古典建筑风格酒店，大名鼎鼎，连大堂里的青花鱼缸都写着大清光绪年制的底款，那可是真正的官窑。当年，毛泽东主席在此接待英国蒙哥马利元帅，厨师上了一道清蒸武昌鱼，"才饮长沙水，又食武昌鱼"的诗句就可能由此得来。

不过当时的我并没进璇宫，边走边看，选中了饭店对门的一家画廊。推开店门，一阵禅乐入耳，明亮的店堂四壁满挂着名人字画，玻璃柜里陈列着不少古玩。一个眼睛微凸肚子也微凸的年轻人正在做生意。买家西装革履，酷似华侨，花三百元买了一把紫砂壶，又花八百元买了一件写着大清康熙年制款的黄釉刻花印泥盒。

客人离开后，年轻人见我还盯着橱窗看，便迎上前来：喜欢古玩？

我：喜欢，但不懂。

年轻人：喜欢就是个宝，一开始莫慌，要多看少买。当然啦，永远不买，就永远不亏。

我：我现在是搞反了。

年轻人：那也不一定，运气好的人，随便拣哪个，哪个都是宝。

我：我收了一堆，请文物店的人看过了，说不对。

年轻人：莫把专业班子的当菩萨那样拜，不少人是顶替爹爹婆婆的位置接班的，就图那个铁做的饭碗，骨子里根本不喜欢古玩，哪像我们，平时做养家活口的正事，有空了才来撮撮虾子，但对古玩喜欢得心疼泪流。旧社会我这样的人只能跟牛睡，现在我能抱着老婆抱着古玩睡，日子过得很开心。喜欢跟不喜欢是不一样的。

我笑了，觉得此人很有趣。

年轻人：你请哪个去看了？说不定我认识。

我：一位姓郝，一位姓王。

年轻人：认识认识，都是专业班子的，那个姓郝的师傅是个高手，眼力很好。王先生更是后起之秀，那么年轻就出鉴定的书了。不过么，鱼有鱼路，虾有虾路，撇开文博系统，在外头混的还有不少行家，他们天天在市场上转，用自己的血汗钱来买买买、卖卖卖，一会儿，喔！买错了，玩了一次心跳，一会儿，买对了，赚了钱，笑得下巴落在地上，你说这种人是不是更接地气？要说眼力，他们跟专业的相比，只高不低。

我：我知道社会上有很多高人，可我一个不认识。

年轻人：确实如此，玩真货的这个圈子蛮小，要不，我请个老法师帮你去看看？你放心，我长得歪瓜裂枣，蛮像强盗，实际上听见强盗的脚步声敲过来就会吓死。

我不太明白老法师的含意，以为老法师是一个热爱收藏的大和尚，或者是个老道士，反正听起来在收藏界是个厉害角色，就一口答应下来。

临别前我和他交换了名片，他说他看过《汉正街》，很喜欢，他的人生目标，也就是在汉正街摆摊。出门后，我瞄了一眼他的名片：××饭店经理诸兴。

几天后，诸兴带着一位老人来到我家。

老先生戴顶鸭舌帽，须发全白，慈眉善目，举手投足间，自带一种亲和力，当然既不是和尚，也不是道士，就像个老教授。

诸兴介绍说：这是黄先生，大收藏家。

我赶紧叫：黄老师，诸老师。

诸兴：使不得，使不得，我是腰里头别个死老鼠充猎人，脚底下垫张高板凳也够不到墙，噜噜苏苏就图个嘴皮子快活，当不了老师的，黄先生才是真正的大行家。

说话间，两人就看起东西来，件件上手，有如老中医对病人那样望闻问切，看得很仔细。

我和妻子站在一边，如同面临末日审判。

黄先生终于说话了：不论新老，东西都很雅，很别致，对外型、纹饰的选择，体现了你的品位。

诸兴：确实蛮漂亮，蛮有味道，典型的文人收藏。像这件单色釉，发色很好。

我：我就拍了几部烂片，写了点稀烂文章，算不上文人。我知道你们不好意思直说，就拐弯抹角，长得不好，但身体好；身体不好，但衣服好；衣服不好，但头顶的天花板好。直说吧，没关系的，我扛得住。

黄先生与诸兴对看一眼，不吭声。

我：不好意思，你们不便说，我帮你们说吧，这些东西，看起来不算丑，但都是新的。

诸兴：莫这样说，玩新的有什么丢人？别自己看不起自己。玩新货，这也是条路子，有的人老的一件不要，专玩新的，就挑那种颜色亮眼的、样子刁巧俏皮的，低进高出，几年后也卖了钱。像你这样的元青花，人家一件就卖了好几万。

我：我不想玩新的。

黄先生：好，你年轻，现在玩老的完全来得及，小诸就辛苦点，帮他洗洗牌，多带带他。有些人吃亏比你大多了，走上正路后，现在还不是玩得蛮好。你得多看标本，多看点书，小诸先帮他买本《明清瓷器鉴定》。

诸兴：这个书买不到，借也难，以前我都是提着烟酒去找专业班子的借，一借到手就躲在家里用手抄，每回也只能抄两三页。不过卖书的人我熟，只要新书一出就包在我身上。

那天谈了很久，临别前，诸兴把他随身带来的几个青花盘子送给我，说这是清中期的民窑，绝对到代，要我留下做个标本。

那几只盘子小小的，用青花画着缠枝莲，等客人一走，我就赶紧拿盘子和我的藏品比较，粗看毫无二致，没啥稀奇，看久了——书桌上看，蹲马桶看，甚至抱在床上看，终于发现了一个差别，盘子从皮到骨看起来就像一个饱经风霜的老头子，而我的那些藏品，明显是刚刚出窑，比我吃饭用的碗盘还年轻。

一阵阵冷汗湿透了衣服。

当时我的主要收入即工资加上稿费还算高的，家里也没大的开销，妻子对穿的戴的从不讲究，从来不念着买新衣服，每天穿件旧夹克就去上班了，身上也无金无银无宝石，多年来，只挂过一块我买的假古玉。家具也没凑齐，幸亏以前我在木模车间待过半年，学过几天木模工。于是我买了木头、窗帘布，自己动手做了沙发、斗柜，大衣柜因缺少木料一直做不了，但过日子很不方便。当时，赵致真给我介绍了一个名叫郎玉林的文友，他在百货公司工作，我从他那儿买了一个破旧的木货架，价格二十元。那时候，我家离百货公司至少有十站地，妻子去借了辆板车，两人一路上小声唱着号子，把那个巨大的货架拖回家，然后我叮叮咚咚敲了几天，把货架改成了大衣柜。

面对一个无限信任我的妻子，一房简陋的家具，我却把这个家里的所有积蓄换了一批假货。

那天我对着一屋子赝品坐了一夜，难以做出选择。妻子过来了，我说：来了三批人，人不一样，专业的业余的都有，话说得也不一样，但意思都一样。

妻子说：我知道，都听见了。

我：我觉得他们说的都是真话。

妻子：三批人，看起来都是权威，说话差不多，他们以前都不认识你，不会事先商量好的。

我：拍卖图谱上一件元青花最少也得一百万，可地摊和古玩店的元青花最多开两千，还还价，几十块钱就可以到手，连叫花子都买得起,只消卖一件,就可以发大财。我真是鬼迷心窍,怎么没想过这个道理?

妻子:现在想,也不晚。

我:我嘴上不说买了卖,其实心里还是想收这些东西保值增值,想发财。

妻子:诸老师劝你去处理掉这些东西,你已经上了当了,不能再拿这些去骗人。

我:我哪会卖东西?我家,你家,祖宗三代,没有一个买卖人,何况明知道是假的。

妻子:反正不能卖。

我:我知道。

妻子:现在不想这个,去睡吧。

结果是往后的几天几夜我都难入睡。

辗转反侧中,我觉得自己变成了一头猪,很瘦,没有几两肉却信心十足,一头扎进了一个张灯结彩的屠宰场。

那天晚上,我突然把已经上床的妻子拉起来,一本正经地跟她说:有些东西是要坚持的,像对错,美丑,优劣,真假,不能因为东西是自己的就不管标准,黑白不分。

妻子安静地看着我,不回话。我知道,她从不反感我的胡说。

我:这些东西,都做得那么漂亮,实际上是打扮成美女的毒蛇,是披着羊皮的狼,是放在酒里的蒙汗药,它们被做出来,只有一个目的,那就是骗钱。

妻子:有的卖家,也不一定知道自己卖的是假货。

我:有这种可能。反正我越看越烦,它摆在我们家里,每秒钟都在嘲笑我的愚蠢。我不能与狼共舞,跟它们住在一起,我看一眼就害怕,噩梦做个没完,我想把它们丢掉。

妻子:我也是,看一屋子假货还不如看我的碗柜,没有意思,丢掉最好，最好打碎了再丢，免得人家捡回去当宝。

我：好，你别动，我去丢。

当时我家住八楼，两室一厅，不到五十平方米，那还是我老婆单位分的房子。过了午夜，我抱着几件元青花跑到七楼半的垃圾通道口，看看周围无人，就把一个罐子在地上砸成一堆碎片，然后将碎片一块块地塞进通道口。

罐片穿过臭气熏天的垃圾通道嗖嗖嗖地往下坠落，最后接连传来着地的脆响，夜深人静，那砰砰砰的撞击声显得格外清脆响亮，我侧耳听着，居然产生了几分快感。

接下来的几件瓷器都顺利地被砸成碎片后丢入垃圾通道，意想不到的是一只元青花的大盘，足有四十厘米的直径，我抱着它在水泥台阶上连磕几次还是完整无缺，到后来我急了，又把它举过头顶然后狠狠砸在地上，只听砰的一声巨响，可盘子依然没碎，邻居家的门却打开了，出现一张没睡醒的脸。我顿感做了什么亏心事一样，赶快抱起大盘溜回家。

妻子迎上来，摸摸那只大盘：做得可真结实。我一直在等声音，就像笑话中的那个，等另一只鞋子落地。

深更半夜的，再不敢闹得惊天动地了。还是妻子有办法，她列出一张名单，分别把一部分瓷器送给了亲朋好友，当然，送的时候，反复强调这件东西只是现在的工艺品，可以摆着看，也可以腌萝卜咸菜，绝对不提古玩二字。

事隔多年后，无意中发现一位朋友还在用我送的元青花罐子放茶叶，甚至配了个木头罐盖，感觉特别好。

砸了一批，送了一批，可柜子里的东西似乎并没有减少，它们依然贼眉鼠眼地竖在那儿看着我，我实在不想再跟它们交流，就干脆用床单蒙起来，眼不见心不烦。当然，我知道它们暗中潜伏在我家，随时准备亮出鬼脸来吓我一跳，我必须找到彻底驱逐它们的办法。

但处理假货是件麻烦事，我一时无能为力。我不知道别人遇到这种情况有什么高招，也不敢找人求教。时隔多年后，我遇到小卫，他至今还在泰宁街开店，这是个始终在底层一线跑的古玩商。他给我讲了他的一次奇遇，情况与我小同大异：那天，他店里来了个客人，说他收藏史长达几十年，收了一屋子东西，现在不想玩了，想找个人接手，全部便宜处理掉。

小卫来了兴趣，跟着他走进一套堆满古玩的大房子，眼睛一扫，多宝柜里件件挂红披绿、金碧辉煌，都是些标标准准的假官窑。小卫行走江湖多少年，从未见过这种阵势，吞吞吐吐说：东西太好，我就是个铲地皮收荒货的，官窑这个级别，我买不起。

那客人说：你莫把它当真的，两年前，我就知道这些东西都是假货，放心，我不会当真品处理的，但买来也有二三十年了，算得上"文革"瓷了，你全部搬走，便宜。

小卫一想"文革"瓷也有销路，就试着开价每件五十元，出乎意料，那客人马上一口答应。装车时，小卫表达了他的同情：这些东西，当初买来不便宜，你亏大了。

客人说：不亏不亏，我还赚了一笔钱，不少。

原来那客人为了放那些假古玩，特地买了一套大房子，几十年过去了，假货还是那些假货，房子却升了值，赚的钱足够弥补那些赝品的损失。

可当时的我即使有买房子的钱也不会买房子，想都没想过。我只有一堆无处安放也无处驱逐的赝品。

三

大概是1991年，江滩古玩市场也开张了。据我所知，这是武汉的第三家古玩市场,第二家应该在航空路邮局门口,先有人在那儿摆地摊买卖邮票钱币,渐渐出现了瓷杂,但该地盘太小,又是交通要道,难以形成大的气候。第一家即泰宁路。江滩古玩市场设在防洪堤外即如今的江滩公园,往南就是长江,进出要通过相嵌在防洪堤中的匝道。整个市场只有两长排窄窄的简易铺面,临街的防洪墙下,则摆着一长溜地摊。

走走看看,一个地摊引起了我的兴趣,大块塑料布上,摆放着几件元青花和一些小件官窑,长相和我的藏品差不多。摆摊的是两个蛮帅的小伙子。我蹲在摊前,问其中一个:东西老不老?

小伙子:不老,要是老,一件就能换幢楼,我也就不用蹲在这摆地摊了。挑一件吧,便宜。

我头一回听卖家说自己东西不老,顿时对他们产生了好感,说:这样的东西,我收了很多,现在是不想收了。

小伙子:你收得贵不贵啊?

我:不贵。

我走开了,继续逛地摊。过一会儿,那个小伙子找我来了:你的东西卖不卖啊?

我:不卖,我不想卖假货骗人。你喜欢的话,我明天带一件来送给你。

小伙子:摊子上摆什么,我们就卖什么,是新是老,我们都会对顾客说清楚,我们从不骗人。先生,你不喜欢家里东西的话,我建议你不要乱送人,就按新东西的价处理掉,这样多少能回点本。我们到处收货,上哪儿收都一样。只要你开的价不高,就卖给我们。

我犹豫了一下,实在是想处理那批东西心切,就把他们带回了家。

撩开一条又一条床单,两人有点傻眼:这么多啊!

我:是不少。

小伙子：单卖几件行吗？

我：都拿走，便宜。

两个小伙子商量了一下，然后对我说：你东西太多，就是一枪打我们也没带那么多钱。能不能这样，我们帮你代卖。

我：怎么个代卖法？

小伙子：先列个清单，我们签个字，写个收条，把东西拖走，每个星期跟你结一次账。

我：代卖劳务费是多少？

小伙子：给个盒饭钱就行了。

我：劳务费还是要给的。这些东西，不能当老的卖啊。

小伙子：你说过的，我记住了，我们不是那种人，自己的东西都没当老的卖，你刚才见过。

真没想到，到地摊逛一圈，就把困扰我多时的难题解决了，我抑制住心里的狂喜，一口答应下来。

于是开始了流水作业，我先在每件瓷器上贴上标签，报出器名和号码，妻子一一登记在册，两个小伙子则负责打包装箱，家里的旧报纸、纸箱子什么都用光了，妻子又到外头杂货铺去买来包装材料，顺便还买来了盒饭。四个人忙了半天，总算包装完毕。

我找来了一辆面包车，先把东西一件件地搬上车，再把两个小伙子送上车，我握着他们的手说：辛苦你们了，多联系啊。

小伙子：放心，我们每两天给你打一次电话。

我和妻子目送着车子离去。

那辆载着我的元青花我的明清官窑赝品的面包车离开了我的视线。

到如今三十多年过去了，我再没见到这两个小伙子，也没接到他们一个电话，当然，我再也没见到我曾收藏过的那些赝品。

写这篇文章的时候才想到，我连他们的电话号码都没留。

四

如果举办傻子比赛的话，我觉得我能夺冠。

我相信人家的话是真的，人家的笑不是挤出来的，人家流的是泪不是眼药水。

尤其我喜欢听人家讲故事，每个古玩商似乎都是故事大王，每件古玩的背后几乎都有一个故事。

故事之一：跟皇帝及其七大姑八大姨沾点边的，不是外公的外公就是官宦人家，还有太监、丫环，或者隔壁左右的邻居。

故事之二：那个村子是宋代建的，又在不通车的深山老岭里，步行少说得一天，随身要带两双鞋。

故事之三：兵荒马乱的年代，在社会上流浪的。

故事之四：破产，清仓；或者下岗、上学、买房，只能变卖祖传之物。这类故事一般很长，悲情，很容易让人心酸流泪。

故事之五：传承有序，名人收藏。除官款外，凡大一点名头的古人姓氏在所谓的字画古玩上都能找到，用用功，甚至还能找到大活人。

我认识的一位老兄热爱书画收藏，一直仰慕某大名家，于是通过一位神通广大的古玩商再三邀请，终于得到一个机会，赶往京城拜见。会面时，那位老兄自然对名人恭敬有加，先奉上一份厚礼，恭请他好吃好喝后，再用重金买下一批藏品。回到武汉后，准备举办展览，开展前无意中一度娘，这才发现那位大名家是临时演员扮演的，连长相也完全对不上，那批藏品当然无一为真。此事包真一百年，因为这是主角亲口对我说的。

结果是进入一个又一个骗局，而且是部没完没了的连续剧。

光埋怨卖假货的显然不厚道，人家明明举个刚出窑的新货满世界吆喝着卖官窑、卖元青花，压根儿没有羊头，就是挂着一块狗肉卖，稍有点脑子的都明白，谁会傻得把实际价值几千万的东西几十块钱卖给你？就我信以为真，伸着脑壳去迎接一块块大石头。

核心问题是欲望过于强烈。

渴望一夜暴富，渴望飞来横财，渴望一脚踩出个狗屎运，结果就放弃了自身的修炼，混淆了黑白，拜骗子为师，认赝品为宝，终于成为一个假货收藏家。

好在当时的我还不老，还有足够的时间去重新开始。

更大的信心，来自我找到了诸兴这样的好老师。路途遥远，风雨莫测，有人及时给你递上一把伞，还为你指点迷津，这是人生多大的荣幸。

诸兴果然没忘了我，几天后就打电话来，约我出去参观博物馆，同时给我传授古玩之道。

这是个典型的武汉人，操着一口地道的武汉方言，咬字吐词清晰，轻重缓急把握恰到好处，给我说古玩讲人生特别有味道，很多冷僻的武汉方言，什么"弯管子、尖板眼、条瓜、铆起来、纠辫子、豆里"，我都是跟他学会的，也搞清了其真实含意。一周后，他帮我买来几本书，包括《明清瓷器鉴定》。我赶紧花了几天时间，觉都不睡，一字不漏地从头看到尾。与此同时，诸兴又带我去看博物馆，省博，市博，跑了好几趟，武汉凡稍有点名气的收藏家几乎都拜访过。黄先生收藏的几个晚明青花民窑盘我看了又看，喜欢极了，走出门我就请诸兴帮我买几个。

诸兴说：莫慌，你现在刚刚进入老货的地盘，这里名堂也不少，莫看见胡子就叫人家老子，听见一个老字就掏银子，这类小盘小碗很多，都是过去店铺里卖的大路货，给穷人家用来吃饭喝汤的，算不上真正的艺术品，一辈子也收不完，你应该树立精品意识，专收高路份的，要一件是一件，一件顶人家一百件。我的计划是三年内，帮你成为真正的老货收藏家。

我说：还老货呢，要不是你给我两个盘子，我连老的长什么样都不知道。

诸兴说：别急，等有空了我就带你到乡下去收，不说外省，湖北哪儿的码头我都熟，像黄石、荆州一带，底子深厚，东西不少。另外我在下江有一个眼力很好的朋友，小名矮子，算是个实力收藏家，在那边很有名。月底前他要到武汉来出差，到时候我叫他带几件好东西过来。

终于能看到真正的好东西了，我朝思暮想，就像插队时那样，梦中只有一碗红烧肉。

在等待矮子的日子里，我时不时去逛江滩市场，某天在一家店里发现一件木雕，约有两尺多高，虽然右手缺失、一足有伤，但放眼看去，就像个大活人那样生动，尤其是一身的斑驳精彩。

店主长发飘飘，是个男人，很有文艺范儿，见我尽盯着那件木雕看，赶紧过来介绍：好看吧？这是宋朝的。

我：怎么证明它是宋朝的？

店主拿起那件木雕指点着：你看这店里，木雕几多，这边两排，那边三排，都能开大会了，也就这件宋朝的做得像个人样，别的年代的都有点傻，也就是笨头笨脑的，比例总有点失调。你眼力真好。

我：多少钱？

店主：便宜，一百八。要不是有伤，我起码开一千八。

我搜搜口袋，只找出几张零钱，自从砸掉那些元青花后，我为了防止自己瞎买，口袋里几乎不揣钱。

店主：先付二十块定金也行，东西我给你留着，你什么时候有空就过来拿。

我付了二十元定金，走了。

那些时很忙,一直挨到星期天我才抽出空来赶到那家古玩店,可我从店里找到店外,眼睛看酸了,怎么都找不到那件木雕。

店主过来了:幸亏你今天才来,要不我加班也赶不及。

我:你在忙什么?东西呢?

店主满脸自豪:找不到了?哈哈,我知道你找不到了,就在你眼前放着呢。

再次搜索,在林立的木雕中,我终于发现我付了定金的那件木雕,新手已配上,残足已补好,全身上下还罩着一层大红油漆。

我盯着那个红光闪闪的木头人,又惊又气,眼泪都快掉出来了:你怎么可以修它?还上油漆?

店主:还不是为你好,我当这个店的老板,可不能收了钱就不管东西质量,你看,材料是一样的,老樟木,几难找啊,配手、修脚,我就花了四天,还得刮膏灰腻子,油漆也不是杂牌,不会产生污染,要不你明天来拿,我再漆一道。

我咆哮起来,声音巨大,闹得隔壁左右的都以为出了什么大事过来围观。到如今我已忘记自己骂了些什么,只记得最后我跑步冲出市场,定金也不要了。

此事我一直以为纯属偶遇,不可能重复,不料事隔多年后又再次相逢。那天我在泰宁街上买到一只大号红木文具箱,难得的全品,面板上雕着大而精致的团寿纹,两边垂着完整的铜铺首。付款后,我对店主说我到街上去逛一圈再回来拿,等我逛完地摊回到店里,只见红木箱的面板上已出现两个洞,店主正拿着一把钢凿准备打第三个,我急忙大喊大叫要他住手,问他为何故意破坏面板,得到的回答让人哭笑不得,原来,他想帮我安两把门锁。

直到今天我才明白,原来古董在某些人眼里不过是一件可以用来换钱的东西,等于一堆刚从地里挖来的泥巴萝卜,别说敬畏,连起码的尊重都没有。至于出货后还主动替买家考虑的售后服务,应予以表扬，但他们因无知而造成的过失则不可以原谅。

那只面板上留着两处新伤的老红木文具箱至今还在我家，那件可能到宋朝的木雕只能留在我的记忆中，这辈子，我也许是第一次也是最后一次接触宋朝木雕。

木雕事件过去几天，诸兴打来电话，说矮子送东西到武汉来了，要我抽空过去。我赶到饭店，只见到诸兴一人。诸兴告诉我：矮子因家中有事提前返回老家了，但留下了几件东西：

一、元末明初青花云龙纹高足盘。

二、大明嘉靖年制款红彩龙纹盘。

三、天启年制款青花筒炉。

四、乾隆年制款珐琅彩四方瓶。

四件东西竖在我的眼前，错落有致，色彩斑斓。诸兴见我看个没完没了，就要我先发表意见。

我：我看不懂，听你的。

诸兴：东西初看不错，干净，亮眼，年份也有，矮子家要盖房子，三层的，急着用钱，不得不把压箱底的货拿出来卖，价格嘛，我觉得他还是念着过去来来往往的老感情，给了我一个面子，没往高里要，这四件东西一起开价才两万块，平均每件五千。你先看看，先搞清楚自己喜不喜欢，真的假的等会儿再说，喝完茶，我就带你去找专家鉴定。

我：还找别人啊？我认识的专家就是你，你替我做主就行。

诸兴：这个主我哪敢做啊？我搞了几十年字画，写的画的都没搞清白，瓷杂半桶水都没够着，就咣啊咣的让人听个响。要是我做主，只会把你带到沟里。走，找几个老法师看看去。

诸兴和我带着东西先拜见了一个七十多岁的古玩商。

据说，该老法师见多识广，既收藏，又开店，是本市古玩圈真正的老前辈。

果然，矮子的东西不一般，四件瓷器逐一摆上桌，老法师只看一眼就说东西好，说珐琅彩四方瓶原汤原味，老气十足，没动过手脚，青花筒炉发色深沉，典型的明朝特征，尤其是那件带款的红彩龙纹盘，龙是官窑的五爪龙，民窑龙只能画四爪，窑工如果胆敢多画一爪，恐怕会掉脑袋。更重要的是那盘子比他收藏的明代五彩罐年代还早。他边说边拿出自己的五彩罐子，那颜色，明显跟那只红彩盘差不多。

他又递过一把放大镜要我对照着看。

我装模作样地拿起放大镜，镜片下两件东西的彩料都是一片鲜红，我实在看不出此红与彼红有什么区别。

老法师见我一脸茫然，马上表态：这批东西你看不上的话，我有兴趣，小诸，我不想捡你的漏，你随便打个折，优惠点给我。

诸兴摇摇头，说声对不起，提起东西，带我走出老法师店门，说：奇怪，他手头什么都有，家里就像开了个仓库，居然也看中了这批货，除非，他生意特别好，把库存的都卖了？

我说：这说明，这些东西是真的。

诸兴：不一定。找人鉴定，要韩信点兵，多多益善。只听一张嘴，容易吊死在一棵树上。

诸兴又和我打车去了黄老师家。

黄老师拿起放大镜，仔细看了东西，跟我讲了讲明晚清早瓷器的特点，然后问我的工作情况，聊了半天，临走前他又拿起青花筒炉看了一会儿，说明朝的天启年制款罕见，这款写得很有力量。

除了头头脑脑的话，这世上最难解读的就数古玩鉴定了，譬如哪位大师只说了一个好字，你先别忙偷着乐，很有可能他说的是这件新东西做得真好。如果他说这件东西可能到民国，那真实意思就是民国肯定到不了。如果他说全美品，你就赶快找个人少的地方哭去吧。

出门后，我还是要诸兴拿主意。诸兴要我把东西带回家去看几天再说，最好再多找些人看，喜欢就留下，不喜欢就还给他，要不要都没关系。

我把这四件东西摆在自己的书桌上，翻开《明清瓷器鉴定》，又找来几件赝品，对照着看了一夜，仍是一头雾水。

但我做出了决定：

诸兴是我的朋友，对朋友，我必须相信。

我要买下这批东西。

付款的时候我突然心疼起来，这两万元，几乎是我这个小家的全部积蓄，可我却把它用来换了几件不能吃不能用的瓷器。

诸兴大概看出了我的心思，说：莫想多了，什么时候手头紧了，或者不喜欢了，只管找我，分分钟，转一件就能回四件的本。

此后这四件东西就摆进了我的书柜。每当看见它们心里就感到温暖，它们不仅标志着我进入真品收藏者的行列，还象征着一份友情、一种信任，无疑是老天爷念我收藏虔诚，特意派诸兴这样的好人来助我。

日子一天天地过去，工作不忙的时候，我不会打麻将，不会斗地主，不会喝酒，连茶道那些事也不懂，只能顺着惯性往老地方跑，但一如既往地缺乏实际操作能力，经常对着一屋子的古玩发蒙，脑子里一片空白。

有一回我盯着一件东西口水直流，那线条实在是太美了，硬着头皮把它买回去，正在水池旁清洗时，不到六岁的女儿过来了，只盯着那件东西看了一眼，就哼了一句"贼光贼光都是贼光"走了，我以为平时女儿老听我念叨什么贼光，听熟了，信口开河，不料那件瓷器被清洗干净后，果真贼光闪烁，比我吃饭的碗还新。

只要离开诸兴这根拐杖，我伸手断手，伸脚断脚。

我只有这根拐杖。

但人家有人家的生活，我不能让他天天跟着我。

幸运的是我遇见了那些残件。

那年头，市面上残器很多，或掉了底，或断了头，或满身挂线，价格也十分便宜，缺口的晚明外销大盘，开价六十元，康熙年的青花海马大罐，挂了一根线，开价三百，凡有点小伤的冬瓜罐或西瓜罐，最多十块，晚清的嫁妆瓶足有五十厘米高，但只要少了只耳朵，一对不会超过二十。

我经常盯着一件残器想：坏成这样，假不了吧？做假货的聪明才智应该用在造型和釉面上，不至于把头打掉，把底摔破，把完整的老货故意整成残废，残忍得不合常理，我是不是买件试试？

事实证明，我这个对残件无赝品的推断也是错得不能再错的，制假者在利益的推动下，早已进化成神通广大的超能力者，智商远远高过爱因斯坦，你能想到的他早就想到，你想不到的他也能发明创造。譬如有一些锔过的高档瓷器，看起来，锈蚀的锔钉顺着裂缝爬满身，蜈蚣那样，展示了百年前的匠人手艺，让人很难生疑，其实，这些东西多半也是当代人的伪造，从里到外，连那些铜或铁做的锔钉都是新的。到如今，制假者早已不满足普通民窑器的仿制了，他们会用最好的材料，最好的工手，花上一两年时间精工细作一件东西，登陆万众瞩目的大拍场。

不过那时资源丰富，我运气也够好，刚开始买的几个残件居然都开门老，帮我鉴定的人也很奇怪，并非诸兴一类的新老法师，与玩家也无关，而是一位帮人锯瓷的年轻师傅。

锯瓷并不是小赵的职业，世界上也没这个行当，但瓷器口部特别容易损坏，于是一些人便找来玉工把碴口锯掉，讲究的，还会用金属或红木镶边，以便观瞻。小赵是个把作坊安在市场上的玉工，长得精精瘦瘦，一对大眼睛灵活异常。这是个怕老婆的家伙，我头一回走进这个玉器作坊就看见一个女人正在揍他，用一张报纸卷成根长筒边抽边骂：才收的一百，怎么说不见就不见了？快找，找不到就打死你！打死你！

小赵被抽得嗷嗷直叫，边叫边乱摸上下口袋，最后，那双沾满抛光粉末的手终于从裤兜里掏出一张皱巴巴的钱交给老婆。

后来才知道，老婆揍他并非掉了钱，而是嫌老公花心，只要有姑娘或小嫂子路过小店，小赵就忘了干活，喜欢盯着人家看，找机会搭个话，他老婆早已怀恨在心。

小赵捧起我的破瓶子看了看，用笔画了根锯线，我点点头，小赵就开动机器锯瓶子，砂轮飞旋，震耳的切割声顿时响起，锯不到寸长，他突然关掉机器，端详着瓶子，一本正经地说：这是件老东西。

我：你专做玉器，又不是搞古玩的，你怎么知道这是老的？

小赵：我说老的就是老的，错不了的。

我：吹。

小赵：真不是吹，我这里有鉴定机器。

我：机器在哪里？

小赵指指那台玉器磨床：就是这个，想鉴定一件瓷器的新老，放这上头一锯我就知道。为什么说我知道呢？因为我锯得多，新的，锯出来的声音是刚刚的、脆脆的，老的，锯出的声音是皮皮的、闷闷的。这叫锯瓷听音鉴定，我发明的，好吧？

我觉得这个师傅既聪明又好玩，说：好！其实我也会听音鉴定。

小赵：你搞雕刻的？家里也有机器？

我：没有，但我摔过几件假的元青花，假的砸在地上是什么声音我知道，也是很脆很刚的。

小赵：那我和你就合开一家古董鉴定店，谁想知道一件古董的真假，交给我们一锯一砸就可以开鉴定证书了。

我：行，但我还得练练手艺，元青花的声音我已经知道了，明青花我摔得少，回去还得继续摔，还得摔清朝的、民国的，到时候，唐宋元明清，什么朝代的瓷器我一摔就知道。

两人边胡说八道边哈哈大笑，快乐极了。

此后我和小赵成为朋友。我请小赵锯瓶子修杂件配鼻烟壶盖子，同时向他请教玉种玉工，什么是和田玉什么是卡瓦石什么是翡翠什么是绿松石都是他拿着材料一一教我。

小赵心灵手巧，只要不发晕，不贪玩，东西就能做得很漂亮。拍《汉口码头》时，剧中有个黑帮老大需要佩戴一条镶嵌铜饰的宽皮带，但道具遍寻无踪，我只能向小赵求助，于是这个玉工特地跑到汉正街上去买了一块牛皮，只用两天时间就制作了一条，一排排亮晶晶的铜扣镶在半尺宽的牛皮带上，演员戴上的效果特别好。

每逢周末，逛江滩地摊的比如今地铁高峰时的乘客还多，有一回我挤不进去，只能钻，无意中钻到一个围观者最多的摊子前，只见一地的残件，小贩坐在一个反扣的木桶上，面对着林立的顾客，颇有几分自豪。

我蹲在地上，正好面对他的坐具，越看越觉得是块老木头，就叫他把屁股底下的东西给我看看，小贩不太情愿地起身把木头递给我，这时我发现自己手上出现了一只大笔筒，黑乎乎的，筒面的风化腐蚀层很厚，看不清木质，但筒底黑黄交错的纹理明显，油光水滑，无疑是原主人长期把它倒扣着当板凳用，天天磨蹭，因此包浆浑厚。问价，三百，我还价二十，二百八十元成交。

我把笔筒拎到一个熟人的店里，几个古玩商顿时围着看，但个个高深莫测，谁也不说笔筒的材质，过一会儿，一个气质儒雅但在我眼里很厉害样子的古玩商过来了，拿起筒子看了看，说：让给我玩吧，我出一千元。

我说：不让。

那就一千五。

我：我要拿回去放笔，对不起。请教一下，哪位老师能告诉我，这笔筒是什么木头的？

没人回答。

其实，当时市场上已出现高手，擅长识别硬木的种类，但就是不告诉你。这样做，我的理解是为了捍卫知识产权，没有错。

见不得别人开张，也见不得别人捡漏，只要符合上述一条者就是冤家对头，此乃本地古玩行流行的潜规则之一。

凡看得见的买卖，旁人一般保持沉默，倘若你多嘴多舌，显示自己有多牛逼，挨骂是少不了的，很可能还会挨打。如果你从张家买了东西拎到李家去看，那再开门的老东西也会变成大新话，或者价格高得离谱的。但一旦聚会，个个热情得就差亲嘴，勾肩搭背，嬉笑怒骂，妙语连珠，彼此就像亲兄弟，暗中却互相仇恨，找准机会捅一刀。

口说无凭，再举一例为证：

话说有个名叫小肖的古玩货找到一件好货，某中间商为图利，帮他找到了一个喜欢古玩的外地大老板。为防止小肖跟大老板直接联系，该中介严防死守，既不让双方抛开他直接见面，也不给卖家买家留下任何联系方式。但百密终有一疏，当中介带着小肖第一次去饭店给老板看货时，任中介神目如电，小肖仍展示了他的机智勇敢，他抓起茶几上的一张报纸溜进了卫生间，然后把报纸衬在马桶盖上画上了藏宝图。那老板之所以能成为大老板，自然聪明过人，小肖和中介离开后，他在卫生间发现了那张报纸，居然看出那上头的藏宝图，于是卖家买家直接见面，那个企图分一杯羹的中间商一脚被踢出局。

但当时的我一脸懵懂，我只能拎着笔筒往诸兴店里跑，我很想让这位老师鉴定一下同时分享我的快乐，可不巧的是诸兴出差了。

几天后我又逛到老明店里。老明高大英俊，国字脸上分布着细碎麻子，为人忠厚老实，他应该是改革开放后武汉市最早的古玩商之一，在江滩上办首家古玩店的就是他。他的店，就紧挨着卖狗卖猫的宠物市场。当时他刚从乡下收货回来，东西扔得一地，乱七八糟，不知为何，满脸的不高兴。

我没工夫考虑他的脸色，只顾看地上的东西，又是个沾满泥沙的木头疙瘩让我有了兴趣，拿起看看，也是个大笔筒，裂了个口子，找块抹布擦去泥沙，筒面上出现了花纹，或似眼，或似老树根疤，感觉是人工雕刻，样子很古朴。我问：明师傅，这件什么价？

老明：一千块。

我：这么贵？还有伤。

老明：红木的，不贵。再瞎卖，只能吃屎。

几分钟后，我知道了老明不高兴的原因，几天前，他把一件画皮球花的赏瓶卖了，成交价一百八十元，卖的时候旁观者一言不发，无人提醒，买家把东西刚提走，就有几张嘴告诉老明那是件官窑，他把好东西卖丢了。老明急坏了，揣了一千八，找到买家，想把东西买回来，可对方不肯，老明咬咬牙，加到一万八，可买家还是一口拒绝，到最后，老明也只能回到店里对我唉声叹气：书读少了，不懂，糊涂买糊涂卖，怨不得别人，怨自己。对不起，那个笔筒你还要的话就少一百，算九百给你。

我付了钱，拿着笔筒走了。回到家，我看了又看，觉得可以自己动手来修复这个笔筒，我在裂口处涂上胶水，在外壁裹满厚棉布，绑上两根粗铁丝，用螺丝刀绞动铁丝，开裂处慢慢合拢，最后黏合了。

诸兴出差回来了，我把他请到家里，请他鉴定这两只笔筒。

诸兴看了东西，说：都老，都是红木的，但实在是太贵了。这种东西跑到乡下，也就是十块二十块一个。

我不信，以为他吹牛，但第二天诸兴就拎了一堆木头笔筒过来，一个个地扒拉给我看：昨天晚上跑咸宁去买的，这个十块，这个十块，这个最贵，二十，别的都是十块，一共六个，总共才七十块。你说你买的那两件划不划得来？

我说：我买的笔筒口径大，一只能装你的三只。

诸兴：东西的好坏不是用大小来衡量的，尺有所短，寸有所长。鸡缸杯那么小，卖出来却是天价。再说，买东西，是块大肥肉也要还成萝卜价。卖东西则相反，明知道卖的是个萝卜也要开个猪肉价，往后别瞎买了，你挣钱也不容易，我见过你在现场拍戏，民工一样，白汗黑流的。

我心里一阵温暖。

诸兴：还有，你现在越玩越杂，除了瓷器，对木头也感兴趣了，这我不反对，金银铜铁锡，竹木玉角石，只要老的，漂亮的，都可以收。但你现在连瓷器都没搞清白，就开始玩别的，是不是早了点？像木头，水深，套路多，你看现在红木半桌流行，市场上一下子出现了很多张，哪来的？那是用麻将桌改的，一张改两张，还有拼装货，这张少个腿，哪张下个腿来安上，我都看不懂。

我觉得诸兴一心为我好，连连点头称是。

后来才知道，诸兴买回的那批笔筒，四只是黄花梨，两只紫檀，我买的那两件也是一紫一黄。这一类老的木笔筒几乎都是好材料，但当时我不懂。

那些年，我进进出出最多的是江滩古玩市场的一个大店，具体店名早忘了，只记得该店由侯、常、彭、李等五人合伙经营，人称五人帮。江滩上，这个店的门面最大，老货最多，价格也不高，一件四十厘米高的明朝楠木造像，开价六十；一个和田玉的拉丝工圆珮，开价一百五；一张拉大钱的红木八仙桌，全品相，桌面九十九厘米的那种，开价三千。一对完整的婚嫁瓶，要价三十；一只挂线的明代超大香炉，青花环绕，缠枝中写有巴斯巴文，价格两千。我还见过一张开价六百的广式红木长案,足有两米多长,两侧旁板满雕炉、瓶等清供,还以银丝镶嵌。但当时的我时刻铭记着诸兴等大小法师的教导,已成惊弓之鸟,就坐在那儿喝喝茶,竖着耳朵,偷偷学点手艺,每见新货进门,只是上手看看,再也不敢单打独斗。

那天小常抓了件东西走进古玩店,几分钟后他又走出店门,对着阳光在看一件东西。小常是个近视眼,看东西眼睛挨得很近,就像在用鼻子闻。我凑到他身前:什么好东西?

小常:炉子,银的,才收的。

我接过那只炉子,尺寸很小,但手头较重,我在金陵船厂当过两年钳工,跟铜铁打过交道,多少有点常识,看它的边缘,比较厚,凭感觉是金属浇铸的,但是不是银铸,无法判断。因为那件东西脏兮兮黑乎乎的,只有一小块地方微微发白。

小常指着发白处:这个地方,就是银子的颜色,洗干净,我保证它全身都是白的,跟袁大头一样。还有,你看这炉底,脏得要命,但有笔画,可能有款,你要是喜欢,拿回去研究研究。

我突然产生了冲动,这炉子的线条实在是太好看了,就像一个圆溜溜的球,用快刀在上天下地平平地各削了一圈,平口的两边垂着两条优美的弧线,还分别拱着一个悬着圆环的兽头。用老法师的话来说:古朴,很有力量。

这时我把诸兴的忠告忘得一干二净,开始问价,具体价格我已忘了,大概是两三百块,买了下来,这才想起我的老师,于是赶紧打车赶到那家餐馆。

诸兴用手指弹了弹那个炉子,说:你别听了不高兴,说实话,我最不喜欢这种脏东西,你看拍卖会的那些,哪一件不是漂漂亮亮、干干净净的?真东西,就是打条瓜也不怕洗。你看这种脏,多半是用颜料和胶水涂出来的,或者是用强酸咬的,故意找件旧衣裳穿着来哄人。

我觉得那只炉子上的脏东西不是假的，应该与氧化有关，但依据不足，说不出道理，只能无言以对。

诸兴继续开导：你在外头独立操作我并不反对，眼力，就是买出来的。为什么有些私人收藏家的眼力好、水平高，甚至高过文博系统的很多人，因为公家买与私人买是不一样的，公家买，用的是公家的钱，买错，不心疼。私人呢，花的都是自己挣的辛苦钱，买对，不用说；买错，心疼泪流，说不定就要跳河上吊，因此，私人收藏，一定要练好基本功。像你，又不买了卖，就是图个喜欢，一旦买错，哗啦啦地流一地血也没人递个创可贴。莫怪我多嘴，我是心疼你瞎花冤枉钱。

这番话我似懂非懂，只能点头，无话可说。

回家后，我用抹布蘸着洗衣粉在炉子的底部擦了半天，泡沫消失后，出现了两个款，一个是戳记款：纹银，另一个是宋体的年号款：康熙年制。

发现款识的事，我没再跟诸兴提。那只小炉子，至今还在我家里，我曾经用它做过烟灰缸，更多的时候，是插根线香，摆在我女儿的琴案上。

几天后，诸兴又邀我同去江滩古玩市场。

走进一家小店，一个套件破T恤的古玩商打开一个破烂保险柜，从中取出一只破玉盘。

盘子直径最少有12厘米，高两厘米，盘心雕了两条依偎在一起的金鱼，盘口有伤，伤口宽有一厘米、长约六厘米。

我看着看着，胸口怦怦乱跳起来，那两条鱼的雕工属写实工笔那一类，实在是雕得太好了，真的一样，简直像用模子拍出来的，那材料我也认识，就是小赵那儿常见的新疆和田玉。

诸兴见我拿着盘子不松手，就拿过去看了一会儿，说声"好东西"，示意我出门。

走出门，我又回头看着那家小店。

诸兴叫来一辆出租：不早了，到我店里吃饭去，我有话要说。

两人回到诸兴任职的那家饭店，诸兴给我沏了杯茶，说：还在想那只破盘子？

我点头。

诸兴：我晓得你在单相思，实话跟你说，那叫狗头上插角——装羊，那只盘子上的伤是故意磕出来的，故意装个瘸了条腿的拜子来哄人，其实那是大开门的假货。古玩行的水比长江深多了，你就是从头到脚套满救生圈，一不小心还会淹死。

跟诸兴交往几年了，对他的评判我都点头称是，但这回我觉得自己的看法跟他不一样。

诸兴：还有，你怎么沉不住气啊？喜欢什么，不喜欢什么，都挂在脸上，明明白白的，人家瞄一眼就能看透你的心思，这样下去，怎么捡漏？怎么做生意？

我：你说得对，我这是老毛病。

分手时，诸兴把我送出餐馆大门，见我又往沿江大道方向走，便喊道：往哪走啊？

我：我去老婆单位，你知道的，就在那边。

诸兴：噢，我还以为你又去古玩市场呢，别想那只破盘了。

等诸兴背影一消失，我就开始夺命狂奔，以百米冲刺的速度冲到古玩市场，找到那位古玩商：盘子还在吧？

古玩商：在。

我：什么价？

古玩商：五千。

我：我只有二千八，卖吗？

古玩商点点头，用报纸包好玉盘，给了我。

回家后，妻子捧着那个盘子看了又看，说：两条鱼，这跟咱俩的星座一样，也是个双子座，很漂亮。

事隔不久，诸兴又逛到我家来，无意中在柜子里看到那个玉盘，脸色顿时变得很难看。

我解释道：我喜欢和田玉，但不懂，先买件回来研究研究。

诸兴不再回话，但明显有一种失落感。

事后我找到小赵，要他找块和玉盘相似的材料补缺，要求是绝对不能伤害原件，包括伤口的包浆。小赵花了七天时间才将其复原，居然严丝合缝，伤口恢复。

2006年，我给该盘和一些玉器分别拍了照片，写了点文字，整成一个帖子在雅昌论坛玉器版贴出，版主花梨镶紫檀将该帖挂红置顶数月。

现在，可以给这个盘子下个结论了：清中期和田玉双鱼洗，属官作那一类。

五

在很长一段时间里，我一直不明白，我为什么老往古玩城跑，像个牵线木偶那样，始终有只无形的手在操纵我。

专业写作的时候，也曾长期困惑不解：我爬格子是为了什么？

好像在寻找什么，好像寻找的又不是一件具象的东西。

终于找到一件牵挂多年的，可把玩没几天，又渴望下一件，就像一条永远处在饥饿状态的鱼。

古玩，对一些实用主义者来说，完全是无用亦无益的东西，浪费的只是时间和金钱，在此不做细致分析，若要究其原因，可参看我其他短文。

曾看过一本老外写的心理学著作，书中把收藏癖视为精神障碍，是精神分裂症的一种。当时被吓了一跳，赶紧把书丢开，但回过头

2021.8.14.衡良

来想想，那些分析也有几分道理。这应该是一种强迫症，内心深处有一种难以抑制的力量，不停地驱动你去购买一些喜欢或者假装喜欢的东西，如同抽烟上瘾、嗜酒成性，并不是世人推崇的好习惯。

做小孩的时候，一眨眼一个坏点子，上房揭瓦之类的坏事干得太多了，父亲不得不对我实行棍棒教育，一天一小打，三天一大打，上了班，依旧劣性不改，以为老子天下第一，智商比老板的还高，譬如评论他的书法时只夸纸好、墨好、裱得好，硬是忘了说个字好。

结果如何？用屁股也想得出来。

于是我变成个孤独的人。

孤独的人并不可耻。我身体健康，从小到大，几乎没看过病，精力特别旺盛，可以拼命看书，拼命改剧本，拼命玩网络游戏，更幸运的是，我是个工作狂，忙起来昏天黑地，乐此不疲，但一旦闲下来，陪伴我的，除了家人，似乎就只有那几件老东西。

古瓷的清雅，玉器的内敛，砚台的深沉，我百看不厌。古玩是我可以赤裸裸躲进去的蜗居，小小的螺蛳壳，让我忘记了外头的一切。

那一只只明明白白透露出几分寒碜的竹笔筒，一方方堂心被磨成深坑的古砚，每一件都有当年寒窗苦读的主人，每一件都让我联想丰富，回味无穷。

又一次操着外乡口音在江滩上淘宝，一个外型卡通化的男人冲到我面前破口大骂：老看见你在这儿转啊转的，快滚，外地人在这儿淘么事？老子再看见你就打！

我想揍他。

他赶过我好几回了，赶鸡赶狗一样，好像这个市场就是他家菜园子。

不就是个死么？打就打吧！潜伏在心底的暴戾突然如魔鬼一样苏醒。自从上小学开始，我打架打到18岁，可以说，那时候的我什么都怕，唯独不怕的就是打架。可惜1983年调到武汉至今，我只打过一架，那是在老通城，一个男人对我妻子伸出了咸猪手，刚刚听到妻子的惊叫，我冲上去就是一脚，正中对方老二，那男人顿时瘫倒在地。

我盯着这个不用化妆就可参加动漫演出的男人，暗暗备好了自卫的武器，那是一只破罐子，就拎在我手上，拍在他脑袋上正好。

卡通还在上蹿下跳，我铆足了劲，一触即发。

这时从围观者中走出了一个穿夹克的陌生男人，轻声对那卡通说：你跟我来。

卡通居然乖乖地跟着他走了。

不知那男人跟那卡通说了些什么，大约也就五六分钟时间，卡通不再口出狂言，莫名的暴怒化为一脸的谄媚，悄悄走了。

那陌生男人也走开了。

他只是做了一件他认为自己该做的事，不需要也不等待谁的道谢。

我追了上去，站在他面前，我看见了一双明亮而锐利的眼睛。

就从那天开始，一直延续到今天，我和他做了三十多年的朋友。

他姓盛，盛夏的盛。

他收藏了几百把古代陶瓷壶，从商周至今，就用那些壶串出了一部中国陶瓷史。

第一次走进他的书房我只觉得头晕目眩，紧紧挨着的各代各式瓷壶就像一个个密集的战士方阵，壶嘴整齐划一地指着同一个方向，从天花板墙角线一直排列到地板上。

他对古壶的尊重有如面对德高望重的圣知圣贤，由于收入有限，他收藏的多半是残壶，不时看到他为一把破壶跟乡村小贩讨价还价，买下后，他又从旧货市场淘来车床和琢玉工具，稍有空便亲自动手修理，装个把配个嘴什么的，其中的乐趣外人无法理解。

当时我并不知道，也许他早有一个愿望：让这些壶进入国家文物的名单，作为公益性的展览免费让人参观。多年后，他实现了这个理想。

湖广总督张之洞为保卫大清王朝一手创造了汉阳造，若干年后，正是一支汉阳造如惊雷爆射，在武昌瞄准大清王朝打出了第一枪，由此大清帝国轰然崩塌。如果以一支世界名枪亦即汉阳造为道具线索来反映这段历史，如何……在一次会议上我谈了这个想法，几个在当今文坛上红得发紫的作家都大声叫好，而这个创意，正是出自完全跟文学不沾边的盛先生。太多的文化元素，总是在他身上随随便便地出现。

一个很黑的夜晚，我俩驱车路过看不清轮廓线的古琴台，他突然冒出一句：今人对子期、伯牙之交的解读十有八九为知音，其实这里蕴藏着更深的含意，在知音的背后还有诚信，还有一诺何止千金的约定，那种约定，就是一种契约，两个男人愿意用生命来为自己的言行负责。

相识多年，从来没有利益上的任何来往，所有的只是信任。我在某古玩商那儿买了件赝品后臭脾气发作，居然把五百纸币撕得粉碎拂袖就走，他不走，也不动声色，悄悄捡起那些残片碎屑，带回家嘱女儿——贴好，第二天他亲自去银行换了五百元给我。

一人独行，人累，其实是心累。

两人同行，分享艰难、快乐，再累也不累。

常听人叹息：找个人说话也很难。我庆幸的是，如此孤僻古怪的我，竟有盛先生这样的朋友与我同行。

多少次我曾问过自己：在这位业界精英的心目中，我究竟是个怎样的人，一直找不到答案。直到一次媒体的采访我才听到了评价，他对记者说：他始终生活在一条大河波浪宽、风吹稻谷香两岸的年代。

我赶快走开了。躲进卫生间,我发现自己泪流满面。

多少年了,我寻找那种所谓的美丽,制造过无数文字或视频垃圾,也赞美过难以计数的陌生人,但我从来没有面誉过朋友一句话,也没为朋友写过一个字,直至鬓角花白,看古玩要掏出老花镜,我这才明白,一个真正的人就在我的身边。

为逃离孤独,我收藏古玩,没想到我收藏到了比古玩更珍贵的友谊。

有了友情,即使没有古玩或其他身外之物,也会让你的人生很快乐。

几十年过去了,盛先生以及稍后结交的一些朋友陪伴着我,一起慢慢变老。

古玩收藏,到底给人生带来了什么?

不仅是让你看了很多书,多少懂得了一些文明的历史,有意无意间,让你传播了一些传统文化的精华,让你交了很多朋友,让你晚上没工夫去打牌打麻将,让你把烟钱酒钱牌钱省下来去买了一件古瓷,让你灾年还能拿得出一件东西去换一碗米,让你在人家炫耀什么奢侈品时随意拿出一块汉代的玉佩,让你多少懂一点怎样辨真假、识美丑,它还带来一些意想不到的收获。

W先生,演员出身,早年是个美男子,眼睛善良深邃,还内含几分悲情,他长期担任我的助手,为人诚实,工作勤奋异常,同时也喜欢上了收藏。有一天他找我来了,脸上似乎带着泪痕。

我打量着他:你好像刚被人打了。

W先生:没法过了。

我:那是被你老婆打了。

W先生:没打,但比打还要气人,她拖地板时,故意把拖把往床底下捅。

我:床底下容易积灰,我拖,也捅。

W 先生：床底下藏着一只大瓶子，六十厘米的，没毛病，但一捅，碎了。

我断定他刚刚抱瓶痛哭过：上次去你家的时候，你把东西藏在卫生间里，现在又藏在床下，你就不能挑个好点的地方？

W 先生：都是禁区，没地方。你帮我去说说。

我见过他老婆，又漂亮又有气质的那种，好像是服装设计师，对老公搞收藏恨之入骨，夫妻之间不知爆发过多少次战争，但都以 W 先生的惨败而告终，我想了一下，说：你老婆是个恶鸡婆，换上我老婆这样，我会打她一顿。

W 先生一惊：打？怎么能打呢？

我：我只有这个办法，别的，没有。你家的事我管不了，带你入坑的是我，让你迷上了这些鬼东西，你老婆肯定恨我一头包，恨我把你带到沟里，说不定对我也会动手，我才不会去找打。

W 先生不再说什么了，直愣愣地看着我。

我心中有数：武汉这个地方跟别处不一样，不流行打老婆，但似乎流行打老公，早年我住过一个大杂院，亲眼看到抱头鼠窜出门的老公，身后跟着威风凛凛的老婆，大骂着婊子养的，手里举着拖把或者蜂窝煤，那蜂窝煤爆头的视觉效果精彩极了，但无疑疼得让人同情。所以我即使一再要求 W 先生打老婆，他也断断不会接受我的提议。

W 先生的家事后来发展如何，他没再跟我说，我也不便过问，尽管他长期在我的团队工作。

二十年过去了，有一回我逛到徐东古玩市场，无意中发现一家古玩店的真品率高达百分之八十以上，不禁有几分惊讶，我喊了一声：老板，把柜子门打开我看看。

老板过来了，是个中年女人，身材苗条，明显可看出当年的美丽，她盯着我，目光突然变得有点异样：你是……钱先生？

我连连点头,也认出她来,这古玩店的女老板居然是 W 先生的老婆!

这就是当年用拖把棍子捅烂古董的女人。

这时 W 先生也出现了,忙着烧水泡茶。

半小时后,我知道了这家古玩店的来历,只有一句话:

W 先生的老婆下岗了。

于是丈夫的业余爱好即古玩收藏,成为老婆的饭碗,尽管行情不好,但货真价实的老东西还是不难找到顾客。

看着 W 先生和他老婆的笑容,我心里特别快乐。

凡坚持追求真品美品的收藏家,几乎都有坚定理想,都是完美主义者,讲究细节,虐己也虐人,也都是工作狂,此时可再加一条,即这一类家庭,都比较和睦。

但当时的我突然开始担心另一个朋友:

诸兴对我一反常态。他不再热衷于帮我鉴定了,每当我拿东西去向他求教,他多半会叫我另请人看,同时他也不再推荐我买什么,那个矮子似乎再没来过武汉。诸兴换了一种方式跟我交往,那就是他亲自带我去乡下收购,每到周末,他就带着我往红安、黄陂、咸宁、荆州等地跑。多次扑空后,在红安的一幢老屋里,他帮我收到了一把宋朝的四系执壶,宝光四射,完整无缺,当时没找到包装盒,一路颠簸,我妻子一直把壶抱在怀中。

有一天很晚了,我和他开车去大冶,诸兴突然说:其实晚上不适合看古玩,你想,一路上黑灯瞎火地颠到那儿,推开门,也就是一盏节能灯挂在那儿眨巴,鬼火一样,一个破老太婆从猪圈里拎出个泥巴坛子,说是她爷爷的爷爷传下来的,你就是冯大师耿大师的师傅也看不了啊。

我说:跟着你,我不怕。

诸兴:但我怕,现在很多在城里开古玩店的到乡下来埋地雷,千万马虎不得。

夜深路长,诸兴又讲了一个收货的故事,参演者都是我认识的人,梗概如下:

某个月黑风高夜,四个古玩商结伴同行,赶到某市某镇某村某家,主人打开一个盒盖,赫然出现一套疑似明代的白玉带板,雕工细致,精美异常,最难得是完整无缺的一整套。于是四位老兄对视一眼,异口同声地说东西不对不好,个个脸上挂满了失望。

回宾馆路上,四人又开始评判那套带板,有说材料不对的,有说机工加手工雕刻的,有说开门新,白送给他也不要的,观点罕见统一。一番理论后,四人都明确表态不要不要,然后各回各房睡觉。午夜将过,其中有个家伙只睡了不到一小时就披衣起床出门,又匆匆赶到某村某家,一进门,这才发现这采货四人帮不约而同地又在这家会合,一个不缺,其中最敏捷的一位抱着那套带板正在付款。据说,那套带板被带回武汉后,卖了 N 万。

我肚子都笑疼了。

我最想研究的是那四个家伙重逢时的嘴脸,那会是什么表情?惭愧?羞耻?还是在后悔自己没有捷足先登?

我问:都是熟人,何必搞得这么尴尬?既然是一起出门采货,完全可以风险共担,利益共享,为什么不一起合伙做呢?

诸兴:就一块肉,狼那么多,你不抢着吃,说不定就要饿死,人呀,就这么自私,玩这个,往往只有一次机会,你不先下手,辛辛苦苦一辈子也就是个吃咸菜的命。

我也讲了一个听来的故事:还是那个在报纸上画藏宝图的小肖,看中了一件外地乡下的东西,于是雇了个黑车司机赶到货主家,连去三次,费尽口舌,价格都谈不拢。等小肖第四次赶到乡下,东西已被人买走了。小肖百思不得其解,这件东西的存在,是个他独享的秘密,他老婆都不知道,翻墙者,何许人也?经逼供、利诱,原货主交代了一切:吃黑的,就是送他三次的黑车司机。

诸兴也笑了,说:翻墙的祖宗,结果被人家翻了墙,这叫一报还一报。

车到大冶,果然有一堆地雷在等待,一屋子大开门的红木家具上,四处摆着元青花、龙泉盘、影青娃娃碗等赝品,当时我已能区分一般高古瓷的新老了,绕过一块块雷区,临出门前,无意中发现一只明末清初的青花大罐,画着麒麟送子纹,发色青翠,美丽异常,而且完好无损,小小心心将它抱回武汉,珍藏两年,不料有一天在做清洁时失手坠地,只听得哗啦一声,我至今还记得那种声音,那是一件存世数百年的老瓷器面临毁灭时的惨叫,罐子顿时化为几十块碎片,心里痛楚至极,我甚至不敢多看一眼,赶快找来几张报纸,盖在那罐子的残骸上。

几天后,诸兴又来到我家,听完我的忏悔,也为那只罐子的不幸遭遇叹息,他打量着古玩柜,突然问:那几件呢?当年我经手卖给你的那四件东西?好像有珐琅彩、五彩、青花,还写着款。

我指着一只箱子:在这儿。

诸兴:噢,没有摆出来。如果不是特别喜欢的话,这四件东西我帮你转掉算了。

我:我不买了卖,就放在我这儿,没关系的。

诸兴:你收了不少东西了,也花了不少钱,只藏不转,比尔·盖茨也会变成穷光蛋,我正好有一个机会。

我说:如果转让,这四件,能收回一点本钱就不错了,亏多点也没关系。

诸兴:那交给我了。

我:我跟你一起去行吗?我想跟你学学怎么做生意。

诸兴一口拒绝:不行,你忙,我也忙,做这个生意,我只能见缝插针。

诸兴把四件东西拎走了，两天后，他把我喊到餐馆，取出一叠钱来，说：转让了三件，总共一万七，还剩一个五彩龙盘人家没看中，你把钱拿走，盘子留在我这儿继续卖，对不起。

我：别这样说，谢谢你，盘子我还是拿回去，转掉三件我就很满意了。

诸兴点点头，一副很忙的样子，再没说什么就走了。

回去后我越想越感到此事蹊跷，一直想找机会问个明白，但每逢我提起，诸兴就吭哧吭哧，把话题岔开了。

三五年过去后，有一天诸兴喝多了酒，大着舌头，结结巴巴，终于在我的追问下吐露真相：

那四件东西你拿回家后，你只提过一次，还是跟别人说的，我在边上听得蛮清楚。你说那么多人到你家去玩，都上过手，但谁也没看出来。以后你就把东西藏不见了，再没放进过古玩柜。我想完了，你已经看懂那是什么鬼了，我心里难受得要命，想撞墙，想上吊，想跳江死了算了，没碰到我以前你买了那么多假货，拼死拼活，刚刚苏醒过来，从人家老虎窝里逃生，没过上几天安生日子，马上又进了我这张狼嘴，我这个当老师的忽悠你一下子买了四件假货。你说我还是不是人？我诸兴卖别人假的我不亏心，都不清白，乌鸦别骂猪黑，烂扫帚莫嫌破簸箕，可你，就像块玻璃，透明的，从不知道防人，人家说么事你就信么事，相处越久我就越觉得这件事我搞错了。我下定决心，痛改前非，重新做你的朋友，所以我就把那些东西要回来处理了。

我一时不知说什么才好，但实实在在地被他感动了。

那三件东西的接受者不是别人，十有八九就是诸兴自己，他把东西抱回了自己家，然后给我付了一万七千元。

事隔多年后的一天，诸兴喝了点酒，红着脸，打着哈哈对我说：其实呢，那四件东西让你收藏体现了我对你的精心安排，你想，你以前收藏的地摊货都是粗制滥造的低仿，而我给你的则是精工细作的高仿，档次很高，完全够得上拍卖会级别，地摊上根本找不到。这样，你就经历了一个从低仿到高仿的识别过程，水平自然就得到了提高。你说对不对？

这番说辞不无道理，我接连说了几个是的。直到今天，诸兴还是我的朋友。

至于还剩下的那只五彩龙盘，我把它送给了一个熟人，我告诉他：这件东西仿得还可以，你喜欢就拿回家研究一下。

六

晚上八点，我站在武昌的一个地铁站口等待。几分钟过去，夜色中出现一人，五官难辨，从身影看像是个老人，语气亲切：请问，是钱先生吧？

我点头称是。

他又仔细看了我几秒钟，说：诸先生忙事去了。请跟我来。

我跟着他走进巷子，爬上一幢老楼，进了门，眼睛免不了东张西望，只见客厅灯光昏暗，家具老旧，吊顶上倒悬几块灰皮将落未落，一个小男孩正蹲在茶几前做作业，课本旁摆着一盏节能台灯。

他推开了一扇门。

放眼看去，我恍如走进了自己家的书房，看见了自己的藏品，不过，那是在多年前。

书房里书架林立，除一个玻璃门的柜子里排列着书脊外，余下的柜子都没有玻璃阻挡，所有藏品一览无余：青花、五彩、珐琅彩、官窑、哥窑、钧窑、龙泉，争艳斗彩，不是明清官造就是五大名窑，我好像进了一个小型博物馆。

我顿时心动过速，只能强作镇静，睁大眼睛，慢步在书架前巡视，想找出一件可以上手的，只要一件。

扫描一周，大失所望，心里开始七上八下，我到底该怎么对他说，说真话还是说假话？

我乌鸦嘴是出了名的，不讲规矩，不论场合，有一回某和尚请客，我居然在席间说"会交朋友的交铁匠木匠，不会交朋友的交道士和尚"，等于当面甩起大巴掌扇人，顿时全桌哗然。幸好和尚心胸坦荡，哈哈一笑，不予计较，但事后我被朋友臭骂了几年，以后的聚会再不敢请我列席。直至今天，我仍觉得自己的嘴够贱，情商也低得要命，口无遮拦，有意无意之间，不知得罪了多少人。

管不住自己的嘴，但可以管住自己的腿，此后每逢与工作无关的什么聚会我都找个借口拒绝。

此时我只能在心里大骂诸兴，一再邀我来鉴赏这位先生的藏品，他自己却找个借口溜之大吉，明摆着给我挖了个大坑。其实，我的水平发挥到顶点也只能看看普品的新老。

说谎话，这位姓陈的先生肯定会开心异常，睡个安稳觉，不过用假话来让人得到一份并非真实的快乐，这合乎道德吗？

说真话，想想客厅里陈旧的家具，陈先生毕生的追求也包括他一家的梦想可能会被我毁灭，更大的可能是我跟他大吵一场。我晚上跑到这儿来，莫非就是为了吵架？

但谎话，就是谎话，只有恶，没有善。这世界上，好像没有善良的狼、善良的苍蝇，住在五星级宾馆里的蚊子，照样吸你的血没商量。

但世界好像不是这样，尤其是古玩圈，说一句假的人家很可能会立马翻脸，拼上老命打一架也常见。所以鉴定师是个危险活，多半是对着一件假货打哈哈。

陈先生见我在看一个青花碗，急忙递过一把放大镜：上上手，请坐，坐这儿看正好。宣德款很少见吧？

我点头。

陈先生：我知道它少见，还有这些，在古瓷中也不多见。所以，平时我从不邀请别人进这个房间，你是头一个。你看，这个德字，心上少一横，运笔中锋，起收、顺逆、提按，跟这几本图录里的一模一样。

我：是一样。

陈先生：你再看发色，是典型的苏料，勾勒平涂，锡光入骨，你放侧光下看。

我突然对他充满了同情。

这位老先生，肯定是个高级知识分子，很可能是个教授，身上披件旧西服，语言流畅，手势利索，眼神灵动飞扬，书柜里还摆着一排印着他大名的著作。可怜他节衣缩食，收了一屋子的赝品。

我从他身上看到了以前的我，似乎比我更坚定，眼睛里充满不容置疑的自信。

怎么办？

他并不是一个装睡的人，但他错把噩梦做成了美梦。

如果只有一件赝品，我必须说真话，如果赝品一屋子，我只有一条路：逃。

脑子转得飞快，我必须以最快的速度逃走，最好的运气是接到一个骚扰电话，像那种卖房的、放贷的、卖赝品名牌奢侈品的，如此我就有了离开的借口，可恨那晚打骚扰电话的似乎都把我给忘了。

我吞吞吐吐地说：谢谢陈先生的信任，让我大开眼界。其实，我对瓷器一窍不通，平时，我就玩点小玉器。

好，君子无故，玉不去身，玉有五德嘛，仁、义、智、勇、洁，戴在身上，就能时刻提醒自己。你看看我这件，大开门战汉的，这包浆沁色，层次分明，深沁入骨，多美。他从脖子上取下一件玉佩递给我。

我后悔都来不及了。

那块所谓的战汉玉佩被染成五颜六色，显然已佩戴多年，伪沁已模糊成一片。

救我的是他的小外孙，在门口吵着要睡觉，他尴尬地看着我，我趁机说了声告辞。

走出小巷，心里松了口气，但嘴里却骂了一句：

什么东西，造出了这些妖怪！

妖怪是会吃人的，不论贫富，不论贵贱，或高知、或巨商、或权贵、或打工一族，通吃。

但我能直截了当地给他说：你收藏的根本不是什么天仙美女，而是一群妖怪？

泰山压顶不弯腰，这属于勇士，即使瘦小孱弱，心里的高度何止伟岸八尺，这位先生能承受真相吗？

七

几年后的一天，凌晨两点，有人敲门，早已入睡的我急忙下床，趿着拖鞋打开房门。

诸兴抱着一只锦盒冲进门来：快，快帮我看看。

我有点不高兴：这么晚了，也不事先打个电话来。

诸兴：碰到这种东西，屎尿都憋在肚子里，还顾得上别的？来，看看。

盖子打开，锦盒里，静静地躺着一件元青花。

我怔了怔，没上手：你怎么也去买这种东西？

诸兴：我怎么就买不得？你看这釉光，这造型，这底，怎么看怎么开门。

我：Y师傅你认识吗？

诸兴：认识，在市场东边拐弯口开店。

我：听说他借了不少钱，也买了一件这样的东西，现在他把店关了，到乡下去养猪了。

诸兴一惊：不是一样的东西吧？

我：差不多，那件我也看过，好像是用了可以消除贼光的新配方，新光是不见了，可看上去怪怪的。你这件付了钱没有？

诸兴：没付，但交了六万定金。

我说：要死，快去退货吧。

诸兴救火一样冲出门。

几天后再问起诸兴，他说：去了几趟，才逼出两万，余下的四万估计要不回了，还是个老熟人。

突然想起一句话：

伤你最深的，十有八九是熟人。

我佩服那个Y师傅，买错了，就认这个账，宁可去乡下养猪挣钱来还债，也不愿嫁祸于人。

那些年，好像不玩件元青花，就不敢说自己是搞收藏的，于是景德镇的大窑小窑开足火力，天知道生产了多少千奇百怪的元青花，到如今二三十年过去了，很多人有了新的追捧热点，如南宋官窑、高古玉之类，但元青花依然占据着各地大小古玩市场，究其原因，恐怕只有一个，那就是标在拍卖图录上的一长串天文数字。

我接触过大量的元青花、明清官窑和高古玉爱好者。

有的人很努力，通过跌打滚爬，在事业上证明了自己，于是在古玩收藏上也复制了原有的轨道，自信地收藏了一大堆赝品。

有的人很风雅，条案上菖蒲葱翠，沉香熏炉，丝丝青烟中，品着普洱，吟咏小诗，隔三岔五写篇禅味十足的赝品欣赏。

有的人开着古玩会所，每当有人造访，走到门口就有古琴声迎候，还没见到藏品，光听那弦声就古色古香，再看古玩柜，果然都是真正的老货旧物，主人穿着布衣汉服，吐谈唐韵宋风，就像个悬壶济世的老中医，其背后保险柜里却埋着几个精品地雷，价格呢？不高不低，让人难以拒绝这种诱惑，一旦客人动心，被其温柔一刀后还让你感觉不到自己是一头猪。

更多的是抱着一件赝品四处推广，或摆地摊，或送拍卖行，或办展览，或印成画册出版发行，大吹大擂一番后成功捐献。

刚开始我并不明白其中的诀窍，以为他们跟当初的我一样误入歧途，难免同病相怜，于是管不住自己的臭嘴，实说实话，其结果呢？只要你说出不对两字，该宝贝的主人多半不会琢磨自己的东西，他首先会质疑提出意见的这个人：

你并非文博系统出身，你有鉴定的资格吗？

你收藏了几件东西？真的还是假的？

你见过好东西吗？你说我这件不对，你藏的东西就对？

是不是你想把自己的藏品卖给我？

偶遇过态度极好的，确实花了工夫，对古玩鉴定进行了深入持久的研究，倘若你对他的藏品稍有疑问，他就会耐心地给你讲什么一元次配方、二元配方，讲什么碳十四、热释光和微痕检测，同时拿出一大堆高倍显微镜照片，要你区分哪是老气泡哪是新气泡，哪是自然磨损哪是人工磨损，哪是电钻打孔哪是砣具拉丝。只要你耐心足够，就可以听他讲完几本教科书。

态度恶劣的，翻脸绝对比翻牌还快，你会感觉自己惹翻了一个马蜂窝。

最厉害的一招是当你费尽口舌说了半天时，一言不发的对方突然啪地甩出一张证书，就甩在那件假得不能再假的宝贝旁，那张盖着大红印章的证书上，不但印着他宝贝的照片，还签着某大师的名字，喔哟！某大师？我可是他的铁粉，顶礼膜拜了好几年。

这一招，一剑封喉，绝杀，无破解之术。

真正的教训也来自一位国宝收藏家,我给他讲我的国宝收藏经历,告诉他从现在重新开始完全来得及,牙齿说出血来,结果得到一番严厉反问:你收藏的那个年代,根本不可能有假东西,肯定是你眼力不好,不是东西不好,元青花是国之重宝,你怎么对它也下得了手?砸了又砸,你家里是不是还有没砸的元青花,现在就卖给我。

我无言以对,从此下决心不再与国宝帮对话。

他们的意志坚如磐石,不是区区我辈的三言两语就能改变的。

此前在网络上看到一位高人写的文章,大意是对国宝帮,我的理解是那种意志坚定的国宝帮,千万别以救世主自居,千万别指望他迷途知返,千万别说这件不老哪件不对,否则他会认为你否定他宝贝的唯一目的就是想兜售自己的东西,你要做的只有一件事,那就是赞扬,用足力气赞扬他拥有的国宝是多么美丽,多么值钱,多么稀少珍贵。也就是说,你要竭尽全力帮他吹一个肥皂泡,越大越美越好,既然是泡泡,迟早有崩溃的那一天。

但我从内心佩服他们的毅力和信心,居然把人生的命运托付给一件假货,一辈子的奋斗目标就是证明那只苍蝇就是只蝴蝶,爱赝品远超爱亲生儿女,有抱着赝品滚床单的,有把赝品秘藏于银行保险箱以传子孙的,对一切不利于自己藏品的评判不是屏蔽就是迎头痛击,脑子里唯一能接受的只有成交信息,即哪件跟自己藏品相似的国宝卖了多少钱。

其实,一般的古玩鉴定,并没有那么高深莫测,甚至不用多看书,只要具备一些基本常识,很多东西,就像鉴定这是狗屎还是米饭那样容易。但国宝帮中最坏的极品,就是那种明明知道这是一坨再臭不过的狗屎,还不择手段证明它不是狗屎而是米饭非要人家把狗屎当米饭来吃才甘心。

他们拒绝一切真话、真相。

毫无疑问,知假售假,这是一种经济诈骗、经济犯罪,故意在狗屎堆上插鲜花、喷香水、镀金粉,打扮得千娇百媚,多半还披着弘扬民族文化的光鲜外衣,实质上干的是谋财害命的勾当。本文所述的几个小故事,现在看起来不过是笑话,实际上笑声的背后隐藏着太多的血泪。

被赝品的伤害几乎每天都在产生,而且难以康复。严重的,有倾家荡产的,有妻离子散的,有把一屋子赝品当成国宝在外头乱吹,结果牛吹大了,被贼惦记上了造成血案的。

照理,作为商品交易,成交后一旦发现质量问题,不难退货,但古玩行例外,如果你发现自己买的古玩是赝品,想去退货,很多古玩商会振振有词地告诉你:从古到今,按行规,古玩售出后是不能退货的,因为古玩真假难辨,众说纷纭,具有不确定性,由此在交易中产生的重要特点是捡漏,你在我这儿一百买,拿出去卖了一万,你不可能把赚的钱分给我,因此古玩一旦售出,一概不退不换。这个不知从哪个粪堆挖出来的所谓行规,竟然还有人厚颜无耻地在媒体上为其张目造势,给今天的受害者大谈古代收藏者的雅量。

早年我也曾想退过一件货,三千六买下,走出市场门对着阳光一看,东西不对,赶紧返回那家店找到店主,请求他收回东西,只要退一千,这一千也不用给钱,我就在店里挑件价值相当的东西,余下的两千六就作为学费,我不要了。连这种要求,也遭店主一口拒绝,言辞中还充满轻蔑,那种不屑的眼神至今我还记得很清楚,显然我是个小心眼。

此后我买错东西,再也不要求退货,我承受不了那种屈辱,但心中多了一份警惕,以后再看中什么,千万不要一见钟情,马上付款,先拍几张照片,回去拜拜码头、做做功课,沉淀几天,然后再做决定。

售前低头哈腰,把你当老子,售后冷若冰霜,孙子的待遇都不给,哄出一件是一件,专营一锤子买卖,不论生熟,不论亲疏,通杀！这是赝品古玩商的共性。

我不明白，莫非古人售假不退就是今人售假不退的理由？我很愿意听信祖训，遵守行规，请问这些祖训在哪里？有白纸黑字的记录吗？有古代政府颁布的法规条例吗？也许我孤陋寡闻，翻了不少书，找不到一点依据，难道就凭赝品经销商的那张嘴？咳唾成珠，舌绽莲花，以讹传讹。我知道的至少有两个法规，即《中华人民共和国消费者权益保护法》和《产品质量法》，如今在网络上买到针头线脑的假货次品，就有十足的理由退货还钱，商家也照退不误，只有古玩行还在讲一些很坏的老规矩。

也有一种另类退货，即把真正的老货当作赝品退给卖家。此类怪事也为数不少。我就亲眼见过一回：小伙计看错了价，低价卖掉了一件清早期的梅瓶，老板得知后，怒发冲冠，正在训斥小伙计时，抱着那件梅瓶的买家及时出现了，他认为该瓶经多位专家鉴定：不老，要求退货，于是双方皆大欢喜，买家收回了他的钱，老板收回了他的宝贝，转手卖了高价。

印象中还有一位马姓收藏家，这位老兄背后有多位军师参谋，收藏时间够长，东西也多，但新老杂陈，双方阵营相当，其中不乏精品。如果洗洗牌，应该还有不少好牌在手。可最奇怪的是他首先清洗的就是那些老货，哪件开门就清洗哪件，到后来，他成功地把所有老货清除出门，留下的则全是大开门的假货，然后继续收赝品。有一天，他郑重告诉我：盲人骑瞎马，乱收了多少年，一再上当受骗，我现在终于清醒了，走上了正路，知道自己该收什么，不该收什么。

当时我很想多句嘴：如果依然迷信那些心术不正的军师，自己不做基本功，只是以所谓的漂亮作为鉴定的唯一标准，那高仿的假货肯定比绝大部分真品漂亮，价格也便宜，结果更不堪。可这番话我始终没说出口，相反还点了几次头，现在感觉特别虚伪。

顾客的认知缺失，伪专家的诚信匮乏，黑白颠倒，是造成这种乱象的主要原因。

后果是恶劣的，很多爱好者纷纷退出，不玩了，不退出有意思吗？纵然你才高八斗，智力超群，但你失去了法律的保护，就没那个本事斗过一个小骗子，更不用说那种道貌岸然的巨骗。

我去过不少古玩城，那些店里，长年累月，只有老板一人独守，没一个客人进门。至少有两个古玩店老板告诉我：快四年了，没开过一次张。显然，"三年不开张，开张吃三年"，只是物业所有者诱惑人家当古玩店老板的广告词。

至于我，早已彻底断绝占有一件元青花的梦想，自从上世纪90年代中期砸烂那些所谓的元青花后，我只以收藏普精即普品中的精品为乐，多年积累，逐步形成了以笔筒、印章和玉器为主的文房收藏，我不追求国宝也没有国宝，长期与这些美丽的普品包括残件朝夕相伴，老天爷已对我格外开恩了。

五年前，为防止赝品混入自己的收藏，我给自己定了几条规矩：

一、孤芳自赏，不与他人交流，是收藏大忌。切切不可躲在家里闷头独玩，每件藏品，都必须与人品好眼力也好的朋友共赏，同时尽可能把藏品的图片在网络贴出，借助全世界的人来帮你鉴定，如果招来板砖横飞，不必生气，说不定就会找到一条生路。

二、如果你收藏多年的宝贝被靠谱的专家认定为赝品，你会想起一张张躲在赝品后的脸，那么亲切、热情，伤心落泪是免不了的，但不要绝望，多想想你择友是否出了问题。

三、所有藏品，必须像晚清民国时期的冬瓜罐西瓜坛那样大开门（需要小心的是古玩市场早已出现大量东西瓜罐赝品），自己看不懂的东西，不收，只有自己看得懂的东西，也不收。

四、买错东西，必须认输认栽，可以送人，可以丢弃，但一般不要尝试退货，除非你事先做好自寻其辱的思想准备。如果想把买错的东西转让，你有可能被送上法庭，或者被挑断脚筋。

五、不要把藏品转让给朋友，否则有一天你会发现东西不见了，朋友也不见了。

六、不要把老婆买米的钱去买古玩，家庭的柴米油盐，永远比你想买的古玩重要。

七、不要反对别人玩新的，但别跟玩新东西的交朋友，千万别与国宝帮对话。

八、不美的东西，再老，再完整再稀罕，也不应该成为你的藏品。

九、做好基本功，一件东西的对错，必须有充分依据，对在哪里？错在哪里，不要信口开河，尽力去寻找到一二三。

十、最重要的一条放在最后：千万别为收藏而耽误了自己的本职工作，你的工作，要比收藏重要一万倍。

时刻记住以上几条，时刻记住：如今的收藏，就等于在主演一部超现实主义电影，如能凭借智慧和勇气，破除万难，顺利闯关，不但能收藏到真正的古玩，还能收获比古玩更珍贵的东西。

我的责任编辑（代后记）

视线离开电脑，转头搜索阳台一侧的鸟窝，那只白头翁仍趴在窝里孵蛋，小鸟还没破壳，我这本小书的正文算是写完了，但言犹未尽，还有几句与本书有关的心里话要说：

我父亲虽为作家，可我十五岁就离家谋生，他难以具体指导我的创作，但他退休后仍不停地写写写，随便找一根棍子拄着就到处采访，出了十多本书，他的勤奋，我多少得到了继承。我没上过几天学，我的启蒙老师是沈振明先生。当年，我的处女作也就是一本中篇小说才三万字，初审没通过，改稿也如此，我一度想放弃，责任编辑沈振明给我写的信竟多达百封，说题材好，你也有创作基础，绝对不能退出，他从布局谋篇到遣词造句都一一进行了指导，我修改时间长达两年，该书在上海少年儿童出版社得以正式出版。到如今回想此事，如果当初我放弃了那本书，我的人生也许将会改写。此后我的所有影视作品以及出版的几本书，几乎每部都得到了他的关注和指导。他的善良和智慧让我终生受益。

最难忘的是那年我和未婚妻因婚事问题"逃"到上海，我在客运站钱包失窃，身无分文，走投无路，恰好沈振明叫我过去，当我和未婚妻赶到少儿社已是下午六点，院子里空无一人，走进那幢海派风格的主楼门厅也没见到人迹。爬上静悄悄的二楼，却意外地见到余鹤仙和孟昭禹两位老编辑，两人守在一张摆满酒菜的圆桌旁，这时沈振明过来了，说："知道你们来，我们请单位食堂做了几个菜，给你们接个风，晚上，你们就住院子那边的小楼。"说话间，他递了个信封给我："这是给你预支的三百元稿费，拿着。"此事毫无征兆，但它自然而然地出现在我的眼前，就像雨后的晴空。当年，责任编辑就是这样跟作者交往的，看似平淡，却饱含着真情。他们如此真心对你，只是希望你出一部好作品。

这辈子，我出版了两部纪实文学，拍摄了十多部纪录片，一二十部根据真人真事改编的电视剧，颂扬过大量陌生的好人，但对站在我身后的良师益友，却从未写过一个字。去年武汉封城期间，电话铃几乎每天都响个不停，来电的除赵致真、沈振明，还有张华山、汪国辉、翟钢等央视的编辑和军史专家王淼生，这些长期扶持我的老师头一句话几乎都是："你还好吗？家人怎么样？"也许我过于脆弱，在当时特定的环境氛围中，每次接完电话我都泪流，但最多过去半个月，他们又会分别打来电话再次问候。

记忆深刻的还有何延锋，这位患类风湿疾患的责任编辑，身材高挑，说话爽朗，每回赴京，她多次用变形的手夹着方向盘开车送我去工作现场，每逢五一节她就给我发"五一五一好"的短信，却英年早逝。哀悼时我才想起，我似乎从未对她说过一声谢谢。

到现在我才明白：有一种感恩，除了用工作，还必须趁自己健在的时候大声说出来：我的老师，谢谢你们！

2011年，我的纪实文学《顽童忏悔录》在文汇出版社出版，责任编辑是乐渭琦先生，而我只与乐先生在片场见过一面，交谈还不到半小时。过后不久，收到样书，惊喜地发现这就是我想要的书。事隔十年后，这部新作又由文汇出版社出版，乐渭琦依然担任我的责任编辑，这是我的荣幸。

上海画家王贵良先生受承乐老师的邀请，为本书插图，其功力深厚，画风我十分喜欢，建议读者在看这本小书时千万别错过插图，那也是实实在在的艺术品。

在本书创作过程中，许多收藏家给我提供了大量素材，我女儿钱林子的本职是个小编辑，她责无旁贷，也给我出了不少主意，包括勘误。昨天她还告诉我，相同的一个比喻，在文稿中至少出现了四次，我当一一改正。"文章不厌千遍改"，这是三十多年前沈振明的忠告，我始终铭记于心。在此我向所有帮助过本书创作的朋友深表谢意！

我的责任编辑（代后记）